W0046947

BASTEI
LÜBBE
TASCHENBUCH

Weitere Titel der Autorin:

Dumm gelaufen
Feierabend

Diese Titel sind auch als E-Book erhältlich.

Über die Autorin:

Cynthia Ceilán verdient ihren Lebensunterhalt mit dem Schreiben von Essays und Kurzgeschichten. Sie lebt so unauffällig wie möglich in New York City. Mehr über sie auf Facebook und auf www.weirdlyhuman.com.

Cynthia Ceilán

SCHRÄG VERLIEBT

SKURRILE LIEBESGESCHICHTEN
MIT HAPPY END

Aus dem amerikanischen Englisch von
Petra Trinkaus

BASTEI
LÜBBE
TASCHENBUCH

BASTEI LÜBBE TASCHENBUCH
Band 60766

1. Auflage: November 2013

Dieser Titel ist auch als E-Book erschienen

Vollständige Taschenbuchausgabe

Deutsche Erstausgabe

Für die Originalausgabe:
»WEIRDLY BELOVED:
Tales of Strange Bedfellows, Odd Couplings, and Love Gone Bad«
by Cynthia Ceilán

Für die deutschsprachige Ausgabe:
Textredaktion: Viola Krauß; Köln
Titelillustration: © missbehavior.de
Umschlaggestaltung: Pauline Schimmelpenninck Büro für Gestaltung,
Berlin
Satz: hanseatenSatz-bremen, Bremen
Gesetzt aus der Franklin Gothic Book
Druck und Verarbeitung: GGP Media GmbH, Pößneck
Printed in Germany
ISBN 978-3-404-60766-2

Sie finden uns im Internet unter
www.luebbe.de
Bitte beachten Sie auch: www.lesejury.de

Ewig die deine
KB

Hätten wir uns auch so geliebt,
wenn du als Mensch auf die Welt gekommen wärst?
Oder ich als Hund?

Inhalt

Danksagung

Ich habe wirklich Glück. Nach nur zehn oder 15 Jahren Therapie glaube ich langsam, dass sich alles zum Guten wenden wird.

Auch habe ich Glück, mir eine solch riesige Ansammlung von guten Freunden zugelegt zu haben; mit einigen davon bin ich blutsmäßig verwandt. Das sind Leute, die mich zum Lachen bringen, die mich weinen lassen, die sich meine Geschichten anhören und mir gern die ihrigen erzählen. Mein ganz besonderer Dank gilt Matthew Rofofsky, Robert Cruz (für mich wirst du immer Bobby bleiben), Ernie Koy, »Annie Em« und wie immer Gary und Terry Martin.

Und dann sind da die vielen anderen, die mich an ihren unglückseligen Liebes- und Leidensgeschichten teilhaben ließen, von denen einige in der einen oder anderen Form in dieses Buch gelangt sind. Meist sind das Menschen, die lieber auf andere Art berühmt würden, daher kann ich ihre Namen nicht veröffentlichen. Ich habe aber jedem von ihnen eine ganz spezielle Dankeschön-Postkarte geschickt.

Gern geschehen.

Ewig werde ich meiner Lektorin Holly Rubino dafür dankbar sein, dass sie mich bei dieser Arbeit so begeistert und fröhlich unterstützt hat. Vielen Dank auch an Jim McCarthy, meinen brandneuen Agenten, den süßesten »Bösewicht«, der mir je begegnet ist.

Und an Christopher, meinen höchst eigenen Liebsten, der mich mindestens einmal pro Woche daran erinnert, mich bei ihm zu bedanken. Also danke. Noch mal. Echt.

Vorwort

*Ich kann zwar keine Eier legen, aber ich verstehe sehr
viel von Omeletten.*

George Bernard Shaw

Ich war schon relativ erwachsen, als mir klar wurde, dass
nicht jeder Mensch aus einer riesigen Familie stammt. Ich
wuchs auf inmitten wahrer Legionen von Tanten, Onkels,
Cousins und Cousinen, kleinen Brüdern, Haustieren, die wie
Geschwister waren, Paten, Eltern, Großtanten, Großonkels,
Großeltern ... es gab Tausende von uns. Ein entfernter Verwandter war für uns jemand, der in einem Land lebte, das wir
noch nicht besucht hatten.

Zu unserer »Kernfamilie« gehörten Leute, die nicht einmal entfernt mit uns verwandt waren, weder blutsverwandt
noch angeheiratet. Wenn man lange genug in unserer Nähe
wohnte, wurde man automatisch von der Herde absorbiert.
Es gab Leute, die für mich immer Tante Soundso oder Onkel
Sowieso sein werden, obwohl unsere einzigen gemeinsamen
Vorfahren meines Wissens Adam und Eva oder, was wahr-
scheinlicher ist, die Cro-Magnon-Menschen waren.

Wir trafen uns häufig, um alles Mögliche zu feiern, und
erfanden manchmal lieber einen Vorwand, als auf einen le-

11

gitimen Anlass für eine schöne Party zu warten. Einer meiner Onkels hat einmal seinen Hund getauft. Sein Nachbar machte voller Stolz den Taufpaten.

Im Großen und Ganzen war es wundervoll, so aufzuwachsen und Teil einer solch riesigen Familiengemeinschaft zu sein. Diese warmherzigen, wundervollen Menschen verschafften mir durch ihre bloße Anwesenheit das Gefühl, gut aufgehoben und geliebt zu sein. Sie hatten großen Einfluss auf die Erwachsene, zu der ich heranwuchs, und vermutlich auch eine gewisse Schuld daran, dass ich jetzt mit einem semikomatösen Hund zusammenlebe und selten das Haus verlasse.

Unweigerlich gab es eine Handvoll Verwandte, mit denen ich mich einfach niemals verstehen wollte. Darunter war die glücklicherweise kleine Sekte derjenigen, die ich insgeheim »Die Alten Tanten« nannte. Nicht alle von ihnen sind im strengen genealogischen Sinne meine Tanten, und nicht alle sind alt, aber so nenne ich sie eben.

In der Welt der Alten Tanten gibt es nur eine Art, sich zu verlieben, eine Art, richtig zu heiraten, und eine Art, die unausweichlichen Demütigungen des Eheglücks zu erdulden. Alte Tanten behaupten, zu ihrer Zeit sei »alles anders gewesen«, und die Leute hätten sich damals »zu benehmen gewusst«. Sie schauen ihre schönen jungen Nichten an, ihre frischen Gesichter, gepiercten Bauchnabel und trendigen Tattoos, und verdammen ihre Dekadenz mit selbstgerechten Urteilen. »Schande!« – »Skandalös!« – »Eine Tragödie«, schreien oder zischeln sie.

Dabei vergessen sie, diese Alten Tanten, dass ihre eigenen Mütter und Großmütter es einst wagten, in der Öffentlichkeit die Knöchel zu zeigen, sich die Haare bis zum Ohrläppchen abzuschneiden und mit Ausländern durchzubrennen. Sie werden bis zum letzten Atemzug leugnen, dass irgendeine Frau, die ihnen nahestand, jemals für ein paar Monate selbst zu einer Alten Tante geschickt wurde, während die sich längst im Klimakterium befindliche Mutter des armen, entehrten Mädels vorgab, einen »Nachzügler« zur Welt zu bringen, der in dem Glauben aufwuchs, seine leibliche Mutter sei seine Schwester.

Das ist nun wirklich eine Tragödie.

Ich bin mir nicht sicher, ob ich mich darüber gefreut hätte, dass meine eigene Tochter sich mit Tinte und multiplen Piercings fürs Leben verunstaltet hat, aber ich möchte gerne glauben, dass ich es geschafft hätte, sie ohne die gnadenlose Verdammung einer Alten Tante zu lieben. Glücklicherweise ist dies ein Dilemma, dem ich mich niemals werde stellen müssen. Alle *meine* Kinder sind fiktiv.

Im wirklichen Leben bin ich die heiß geliebte Tante sieben wunderbarer, quicklebendiger, einmalig exzentrischer Nichten und Neffen, und in diesem Frühjahr werde ich zum ersten Mal Großtante, möge Gott mir beistehen. Rein rechnerisch betrachtet bin ich damit wohl eine *Tante*, die *älter* wird. Doch eins ist sicher: Ich werde niemals eine Alte Tante werden.

Schon lange hege ich insgeheim die Hoffnung, eines Tages den Titel »Die Komische Tante Cindy« zu erwerben, in der Tradition meiner geliebten Tante Betty, meiner extravaganten Tante Saró und meiner brillanten Tante Carmen – fabelhaft starke und liebevolle Frauen, die sich niemals scheuten, eine unpopuläre Meinung zu äußern, und denen nie ein Paar High Heels oder ein auffälliges Schmuckstück unterkam, das ihnen nicht gefiel. Ich befürchte, ich werde beides sein – alt *und* komisch. Ich weiß nur zu gut, dass diese beiden Dinge einander nicht ausschließen und es sich dabei um eine ausgesprochen instabile Verbindung handelt.

Komische Tanten kann man leichter lieben. Niemand versteht so ganz ihr ausgeflipptes Stilgefühl, die seltsamen Bücher, die sie lesen, oder ihre Weigerung, »normal zu sein« (was immer das heißen mag), aber wir lieben sie trotzdem. Oder wenigstens tolerieren wir ihre Exzentrik und versprechen, uns auch dann noch um sie zu kümmern, wenn sie den letzten Rest Verstand verloren haben.

Alte Tanten hingegen ... die können wahrhaft gruselig sein. Die frommen Wünsche einer Alten Tante werden nur allzu oft durch Stacheldraht und jahrzehntelange Wut zusammengehalten. Ihre Liebe und angebliche Besorgnis um unser Wohlergehen können uns in Stücke reißen.

Tatsächlich wurde ich zu jener Recherche, aus der letzten Endes dieses Buch wurde, inspiriert von einer dieser typischen, stachligen Unterhaltungen mit einer Alten Tante, die ich seit meiner Kindheit nicht mehr gesehen hatte. Die Vorstellungen dieser speziellen Alten Tante über die Liebschaften und Beziehungen der Leute von heute hätten mich normalerweise in einen Taumel von Verwirrung und Verzweiflung gestürzt und unweigerlich dazu geführt, dass ich tagelang im bitteren Saft meiner eigenen Dilemmas und verletzten Gefühle schmorte. Stattdessen beschloss ich, dass diese ganze negative Energie einem guten Zweck dienen soll.

Ich wollte allen zeigen, dass es niemals nur eine Art gibt, sich zu verlieben, eine Liebe zu erdulden oder zu pflegen, eine Liebe zu feiern und zu würdigen und, was am allerwichtigsten ist, dass keine Methode zu seltsam oder zu abwegig ist, um eine verunglückte Liebe zu beenden. Wer sind sie denn, diese Alten Tanten – wer sind eigentlich wir alle –, dass wir jemanden dafür beschämen, dass er eine Art der Liebe vorzieht, die vielleicht ein klein wenig anders ist? Oder leugnen, dass die Liebe in all ihrer glorreichen Irrationalität jeden von uns irgendwann einmal berührt oder einen besseren Menschen aus uns gemacht hat? Selbst eine schlechte Liebe hat die Macht, uns zu mutigeren und einfühlsameren Menschen zu machen – falls wir die Kraft aufbringen, sie zu beenden und sie zu überleben und es wagen, erneut zu lieben.

Die folgenden Geschichten sind das Ergebnis einer Suche, die in den verschlungenen Zweigen meines herrlich knorrigen Familienstammbaumes begann und sich dann auf eine größere Gemeinschaft ausweitete – meine Nachbarschaft, meine Stadt, mein Land, meinen Planeten – sowie auf eine Zeitspanne jenseits der Vergangenheit und Gegenwart meiner eigenen buntscheckigen Familiengeschichte. Und da ich dazu neige, mich nur allzu leicht von der Last meiner eigenen Schuldgefühle und meinem Streben nach Gerechtigkeit erdrücken zu lassen, habe ich sogar in der schrecklich vollgestopften Rumpelkammer meines Innenlebens gestöbert und ein paar klapprige Skelette abgestaubt. Was ich dort so fand, wird vermutlich selbst den Steifnackigsten meiner Alten Tanten einen Schock versetzen und ein paar von ihnen vielleicht sogar den Rest geben.

Eine Tragödie.
Cynthia Ceilán
New York City
14. Februar 2008

Seltsame Bettgenossen

Wenn Elefanten sich lieben, werden Ameisen zertrampelt.

Afrikanisches Sprichwort

Die häufigste Frage im Reich der Romanzen lautet: »Liebst du mich [oder ihn oder sie]?« Die zweite: »Was, *die* beiden *heiraten*?!«[1]

Diese Fragen habe ich mir zu unterschiedlichen Zeiten meines Lebens wahlweise insgeheim gestellt oder laut herausgeblökt. Am häufigsten habe ich mich so etwas in Bezug auf meine eigenen Eltern gefragt.

Tatsache ist, dass es auf der Welt schon immer von Leuten wimmelte, die sich aus Gründen ineinander verliebten, die kein anderer so richtig nachvollziehen konnte. Diese Gründe sind meiner Meinung nach fein versponnene Stränge und Fasern, die derart fein in das Gewebe einer Beziehung eingewoben sind, dass sie für die Augen Außenstehender unsichtbar sind.

In gewisser Weise kann eine starke, gesunde Beziehung nach dem Prinzip »Gegensätze ziehen sich an« gedeihen.

---

[1] Ergebnisse einer nicht repräsentativen Umfrage. Quelle: ich und zwei meiner Freundinnen.

In fast jeder Beziehung ist der eine Partner ein bisschen – oder sehr viel – dominanter als der andere. Es ist schon vorgekommen, dass Kinder von einem Elternteil des Modells Sherman-Panzer profitiert haben (meist, aber nicht immer, der Vater), der sie zur Vorbereitung auf den Umgang mit einer oftmals brutalen Welt beutelte und stählte. Der weichere, umsorgende Elternteil (meist, aber nicht immer, die Mutter) lehrt sie, dass die Welt auch ein freundlicher und sanfter Ort sein kann. Außerdem hält dieser Teil den Papa davon ab, das Kind versehentlich von einem Baum fallen zu lassen.

Die Natur strebt stets das Gleichgewicht an. Das Gleichgewicht soll das Überleben eines Kindes sichern, vom Überleben unserer Spezies ganz zu schweigen. Wenn beide Eltern entweder Brutalos oder verhätschelnde, überbehütende Nervenbündel sind, profitieren nur die Therapeuten und/oder Bewährungshelfer von der Zukunft dieser bedauernswerten Kinder.

Trotzdem sind manche Paarungen wahrhaft mysteriös in ihrem Bestreben nach dem perfekten Gleichgewicht.

Nehmen Sie zum Beispiel den Fall von Chang und Eng, den ersten bekannten »Siamesischen Zwillingen«. Sie kamen tatsächlich aus Siam (dem heutigen Thailand) und waren an der Brust zusammengewachsen. Ein amerikanischer Reporter soll die beiden einmal gefragt haben, ob sie einander besonders nahestünden, worauf Chang antwortete: »Ich denke, wir stehen uns so ungefähr fünf Zoll nahe.«

In der ersten Hälfte des 19. Jahrhunderts gelangten die Brüder zu Ruhm, verdienten ein Vermögen und reisten mit diversen Abnormitätenschauen um die Welt. Es war sehr ungewöhnlich für damalige Freakshow-Entertainer, dass sie irgendwann ihr Schicksal selbst in die Hand nahmen, anfingen, sich erfolgreich selbst zu managen und somit ohne die Hilfe der Zirkusdirektoren dieser Welt zu Geld kamen.

Chang und Eng gaben das Zirkusleben schließlich auf und ließen sich im ländlichen Wilkesboro in North Carolina nieder. In dem Bestreben, ein Leben als normale, alltägliche Mitglieder ihrer Gemeinschaft zu führen, nahmen sie die amerikanische Staatsbürgerschaft an, kauften eine Farm und ein paar Sklaven und legten sich den stinknormalen Namen Bunker zu.

Sie fielen bestimmt überhaupt nicht mehr auf.

Die Bunker-Jungs waren von Temperament und Veranlagung her vollkommen unterschiedlich. Man sah sie kaum miteinander reden, was viele Leute zu der Überzeugung verleitete, sie würden telepathisch miteinander kommunizieren. In Wirklichkeit mochten sie einander einfach nicht besonders. Sprachen sie doch einmal miteinander, dann meist, um sich über ihre Vorlieben in allen möglichen Lebensbereichen zu streiten, vom Essen bis zu grundsätzlichen Weltanschauungen.

Chang war der Übellaunigere der beiden und hatte ein leichtes Alkoholproblem. Eng war stiller und intellektueller und zog eine gesündere Lebensweise vor. Im Laufe eines besonders hitzigen Streites ging Chang so weit, Eng mit einem Messer zu bedrohen. Glücklicherweise begriff Chang gerade noch rechtzeitig, welch tragischer Fehler das für sie beide gewesen wäre – der erste halb versehentliche Mord/Selbstmord der Welt.

Aber nun kommt das, was mich am meisten verblüfft: Vom Moment ihrer Empfängnis an bis zum Tag ihres Todes konnten diese beiden Männer nie auch nur für einen einzigen Augenblick wirklich allein sein. Und trotzdem schafften sie es, zu einem Arrangement zu kommen – nicht nur untereinander, sondern auch noch mit zwei anderen Frauen –, das beiden Brüdern ein eigenes Liebesleben ermöglichte.

1843 heiratete Eng die entzückende Adelaide Yates, eine dicke, furchtlose Backsteinmauer von einer Frau. Am selben Tag heiratete Chang Adelaides Schwester Sarah, ein etwas zurückhaltendes und weniger imposantes Geschöpf. Betrüblicherweise gibt es nur sehr wenige Fotos von der glücklichen Viererbande, es existiert

Chang war der Übellaunigere der beiden und hatte ein leichtes Alkoholproblem. Eng war stiller und intellektueller und zog eine gesündere Lebensweise vor.

aber ein berühmter Familienschnappschuss, aufgenommen nach etwa zehn Ehejahren – ein Bild, das Bände spricht. Die Schwestern sitzen wie Buchstützen zu Seiten ihrer zusammengewachsenen Gatten. Die recht stämmige Adelaide sitzt zur Linken und sieht aus, als könnte sie einen Baumstumpf in ihrem Vorgarten mit bloßen Händen ausrupfen. Sarah, etwas schüchterner und vergleichsweise dünn, sitzt zur Rechten und schaut missmutig unter ihren Brauen und den zu einem fast unsichtbaren Strich zusammengekniffenen Lippen hervor. Die Brüder stehen natürlich Arm in Arm da, zur Linken Eng in tapferer, nobler Pose und zur Rechten ein feixender Chang, der aussieht, als habe er gerade flüssig zu Abend gegessen.

Das Foto war nicht gerade der beste Beleg für eine glückliche Liebe, aber warten Sie's ab. Wir sind noch nicht am Ende.

Die Yates-Mädels waren die Töchter eines ortsansässigen Pfarrers, was schon an sich recht bemerkenswert ist. Dass diese guten Christinnen zusammengewachsene asiatische Zwillinge heirateten, und das zu einer Zeit und an einem Ort, an dem gemischtrassige Ehen anomal, unmoralisch und in manchen Fällen sogar illegal waren, ist absolut außergewöhnlich. Ich weiß nicht genau, ob auch die Ehen zwischen »Freakshow-Leuten« und »normalen Menschen« damals in North Carolina illegal waren, aber soviel ich weiß, gab es eine ganze Menge Stirnrunzeln und Steinewerfen, als sich die Nachricht von ihrer bevorstehenden Eheschließung herumsprach. Die Yates-Mädels und die Bunker-Jungs ließen sich davon nicht abhalten. Sie heirateten trotzdem.

Irgendetwas an dieser Geschichte lässt mich innerlich laut jubeln.

Doch sollten wir nicht außer Acht lassen, dass an den intimsten Augenblicken dieser Paare immer mindestens drei Leute beteiligt waren.

Denken Sie mal einen Moment darüber nach.

Heftig, nicht?

Jeder der Brüder hatte ein eigenes Haus, getrennt, aber fußläufig gut zu erreichen. Jede Schwester lebte im Haus ihres Gatten. Die Brüder hingegen wechselten alle drei Tage ihre Wohn- und Schlafstätten, sodass jeder Zeit in seinem eigenen Haus verbringen und mit seiner Frau und Familie leben konnte.

Ja. Beide hatten eine Familie.

Zusammen brachten Adelaide und Sarah insgesamt 22 Kinder zur Welt. Allgemein wird angenommen, dass Chang zehn davon zeugte und Eng die anderen zwölf. Welches Kind wen zum Vater hatte, bleibt jedoch ein gewisses Geheimnis. Die Namen aller Kinder waren in der Familienbibel ohne besondere Zuordnung und unter den Namen aller vier Elternteile aufgeführt.

Es gibt so viele Aspekte an dieser Geschichte, die ich liebe.

Das alte Sprichwort stimmt: Jeder Topf hat einen Deckel. Keine vier Menschen haben diesen Ausspruch jemals besser verkörpert als Chang und Adelaide und Eng und Sarah.

Ich bin mir nicht ganz sicher, was ich von den folgenden zwei seltsamen Bettgenossen halten soll, auf die ich bei meiner Recherche für dieses Buch gestoßen bin, aber ich erzähle Ihnen die Geschichte trotzdem.

2006 gab es in Nordmalaysia eine Frau namens Wook Kundor, die im Alter von 104 Jahren einen Mann namens Muhamad Noor Che Musa heiratete. Er war damals 33 Jahre alt.

Wook hatte in dem runden Jahrhundert, das sie auf dieser Erde verweilte, etliche Ehemänner verschlissen. Zwanzig, um genau zu sein. Muhamad war der 21. Mann, den sie zu lieben versprach, bis dass der Tod sie scheide.

Auf die Frage, warum er sich eine so alte Braut ausgewählt habe, erwiderte Muhamad, Wook habe ihm leidgetan, weil sie trotz ihrer vielen Ehen und ihres bemerkenswerten Alters kinderlos, alt und allein war. Er war eindeutig nicht hinter ihrem Geld her, denn, na ja, sie hatte keins. Falls es eine körperliche Anziehung oder sexuelle Verbindung zwischen ihnen gab, war Muhamad zu sehr Gentleman, um sie zu erwähnen.

Alles, was er mit seiner neuen Frau wolle, sagte er, sei, ihr Lesen und Schreiben beizubringen und von ihr alles über Religion zu lernen.

Manchmal ist die Liebe wohl tatsächlich simpel.

Sarah Knapton und Kyle Kirkland, beide 22 und Collegestudenten, haben Hunderte von Malen vor einem Richter in Montana gestanden und »Ja« gesagt, jedoch niemals zueinander. Jedenfalls nicht so richtig.

Sarah ist professionelle Braut und Kyle Mietbräutigam. Sie bekommen jeweils fünfzig Dollar dafür, dass sie als Stellvertreter bei Paaren einspringen, die heiraten möchten, es aber nicht rechtzeitig zur Kirche (oder zum Standesamt) schaffen.

Diese Heimindustrie begann 2003, als ein amerikanischer Soldat, der im Irak im Einsatz war, seine schwangere italienische Freundin heiraten wollte. Die Eltern des Soldaten engagierten einen Anwalt namens Dean Knapton, um herauszufinden, ob es stimmt, dass in Montana Eheschließungen mit zwei Stellvertretern erlaubt sind, oder ob es sich dabei lediglich um ein Gerücht handelt.

Wie sich herausstellte, stimmte es. Das Gesetz existierte schon seit Jahrzehnten, seit dem Zweiten Weltkrieg, und war höchstwahrscheinlich zu einer Zeit entstanden, als viele Soldaten in jener magischen Nacht voll verzweifelter Leidenschaft, bevor sie in die Schlacht zogen, ihre Freundinnen schwängerten. Zu jener Zeit, als Menschen heiraten »mussten«, war eine Stellvertreterhochzeit exakt der letzte Ausweg, der angesehene Familien davor bewahrte, ihre gefallenen Töchter und unehelichen Enkelkinder verstoßen zu müssen.

Seit sich die Nachricht von Mr. Knaptons kleiner Entdeckung herumgesprochen hat, haben Leute aus allen Ecken der Welt den Standesbeamten in Kalispell, Montana, nach Doppelstellvertreterhochzeiten gefragt, auch Leute, die niemals eine Soldatenuniform trugen oder einen Fuß auf amerikanischen Boden setzten.

Das Parlament von Montana machte sich 2007 an eine Gesetzesnovelle. Das Gesetz wurde infolgedessen zwar nicht völlig abgeschafft, gilt aber mittlerweile nur noch für die Einwohner von Montana und aktive Mitglieder der US-Streitkräfte.

Eine der mit Abstand einzigartigsten Verbindungen ist wohl die zwischen Christelle Demichel und ihrem Verlobten Eric, die im Februar 2004 im französischen Nizza getraut wurden. Christelle erschien zu ihrer Ziviltrauung ganz in Schwarz, Eric konnte der Zeremonie nicht beiwohnen, weil er tot war. Christelles Verlobter war Polizist und kam 2002 bei einem Verkehrsunfall ums Leben. Das stand der Trauung jedoch nicht im Weg.

Nach französischem Gesetz kann eine lebende Person eine tote heiraten, sofern die überlebende Hälfte des Paares nachweisen kann, dass ernsthafte Heiratsabsichten bestanden, bevor einer von ihnen verschied. Christelle konnte alle erforderlichen Papiere beibringen, die das Paar unmittelbar vor Erics vorzeitigem Ableben zusammengestellt hatte. Und so wurde Christelle völlig rechtmäßig in einem

Atemzug verheiratet – und gleichzeitig geschieden –, als sie
»Ja« sagte.

Brian Tandy aus dem englischen Berkshire war ein Mann,
der in die Mineralienvorkommen der Erde verliebt war. Er
war Geologe von Beruf und widmete somit den Großteil seiner Zeit dem Studium von Steinen. Als er verstarb, schien
es nur angemessen, dass seine Frau ihn in Stein verwandelte.

Brian starb 2003. Einige Monate danach schickte seine
Witwe, Lin Tandy, einen Teil seiner Asche an die US-amerika-
nische Firma LifeGem, welche versprach, die Überreste in einen »Diamanten« zu verwandeln. Diese gelblichen Kristalle
werden anschließend geschliffen und poliert, bis sie kostba-
ren Edelsteinen ähneln, und können dann in einen Ring oder
ein anderes Schmuckstück gefasst werden, das man als Erbstück von Generation zu Generation weiterreicht. Lin Tandy
war angeblich der erste Mensch in England, der einen solchen Service in Anspruch nahm.

Einige Kunden von LifeGem gaben an, dass sie sich davor fürchteten, was einmal aus ihrer Asche wird, wenn ihre
Kinder oder Enkelkinder nicht mehr am Leben sind. Wer
will schon Ur-Ur-Großmutters Urne behalten oder die Asche
des armen unverheirateten Onkels? Die Chance, dass ihre
Asche nicht im Regal eines Pfandleihers oder auf einer Müll-
deponie in New Jersey landet, erschien ihnen höher, wenn
ihre Überreste in ein geldwertes Erbstück verwandelt würden.

Lin Tandy ist es ein großer Trost, dass sie ihren Ehemann

»tragen« und überallhin mitnehmen kann und dass eine ihrer Töchter eines Tages diese Erinnerung an ihren Vater erben wird. Sie hat bereits dafür gesorgt, dass ihre eigene Asche in ein LifeGem verwandelt wird, so dass die andere Tochter ihre Mutter für den Rest ihres Lebens am Finger tragen kann.

Manchmal fällt einem das Loslassen eben schwer.

Schwäne sind nicht nur für ihre Anmut und Schönheit bekannt, sondern auch für ihren angeborenen Instinkt, ihrem Partner ein Leben lang treu zu bleiben.

Kürzlich stieß ich auf die Geschichte eines solchen Tieres, eines wunderschönen schwarzen Schwans, der im Frühjahr 2006 auf dem Aasee im westfälischen Münster landete. Die Einheimischen nannten sie Petra.

Petra verliebte sich unsterblich in ein riesiges weißes Plastiktretboot. Das Boot war einem weißen Schwan nachempfunden. Es war bestimmt fünfmal so groß wie sie. Das ist in etwa so, als würde ich mich in die Statue von Abraham Lincoln in Washington D.C. verlieben, falls er weniger wie Abraham Lincoln aussehen würde und eher wie jemand, den ich tatsächlich sexy finde.

Petra folgte diesem Tretboot den ganzen Sommer lang überallhin. Nichts konnte sie vom Objekt ihrer Liebe trennen. Sobald es jemand versuchte, wurde Petra hysterisch.

Die Anwohner des Aasees und seiner Umgebung und erst recht der Besitzer des Tretbootes waren völlig verzaubert von Petras Hingabe an den Partner ihrer Wahl. Sie begannen sich allerdings Sorgen zu machen, was am Ende der Saison aus ihr werden sollte, wenn das Boot über den Winter aus dem See geholt würde. Peter Overschmidt, der Bootsbesitzer, brachte es nicht übers Herz, die beiden zu trennen, und bald reifte in den Köpfen der Stadtbewohner ein Plan.

Die Einwohner begannen, für die Umzugskosten des Paares zu sammeln. Das Boot wurde durch einen Kanal gefahren, der den Aasee mit einem Teich im Münsteraner Zoo verband. Petra schwamm selbstverständlich die ganze Fahrt über neben ihrem Partner her. Die Zwei gewöhnten sich schnell in ihrem neuen Heim ein, wo sie sicher überwintern konnten.

Die Zoowärter hofften, Petra würde irgendwann das Interesse an dem Tretboot verlieren, vielleicht, wenn sie einem der passenderen (und entgegenkommenderen) SMSS (schwarzen männlichen Single-Schwäne) begegnete, die es im Zoo gab, aber das war nichts für Petra. Sie verbrachte den ganzen Winter an der Seite ihrer großen Liebe. Im Frühling kehrte sie mit ihm auf den Aasee zurück, zur großen Begeisterung der Einheimischen und Touristen.

Petra und das Tretboot sind immer noch zusammen, entgegen allen Gerüchten über eine kurze Affäre mit einer lebenden Ente. Vielleicht hatte sie nur versucht, das Tretboot eifersüchtig zu machen, oder war von der Gleichgültigkeit ihres Geliebten frustriert. Trotzdem verbrachten sie 2007 auch den zweiten Winter zusammen im Zoo von Münster.

Erst im darauffolgenden Winter traf Amors Pfeil Petra wieder mitten zwischen die verliebten Augen, und diesmal handelte es sich um einen lebendigen Schwan: Paul. Die Beziehung zwischen Petra und dem Tretboot hatte somit zwei ganze, stolze Jahre gedauert.

Wir werden nie mit Sicherheit wissen, ob die große Liebe, die zwischen zwei der kleinsten Menschen der Welt aufflammte, sich ebenso spontan ergab wie die zwischen Petra und ihrem Tretboot, oder ob sie das Ergebnis einer dieser großen P.T.-Barnum-Zirkuskampagnen war. Vielleicht war es auch einfach nur eine Frage der Logistik, eine Frage von Angebot und Nachfrage. Oder vielleicht war es eine Mischung aus allem. Was immer es war, anscheinend nahm das Ganze ein recht gutes Ende.

Charles Sherwood Stratton wurde am 4. Januar 1838 geboren. Er war sogar ein recht großes Baby und wog bei der Geburt über vier Kilo. Als er jedoch bei knapp sieben Kilo Gewicht und 60 Zentimetern Größe angelangt war, kam sein Wachstum praktisch zum Stillstand. Während seiner restlichen Kindheit und Adoleszenz wuchs er nur noch minimal. Als Erwachsener maß er lediglich 101 Zentimeter.

Die Welt sollte Charles Stratton später als General Tom Thumb (General Däumling) kennenlernen, den winzig kleinen Mann, der durch P.T. Barnum und seinen Wanderzirkus berühmt wurde.

Abgesehen von seiner Größe verlief Charles' Entwicklung ansonsten normal. Es war, als habe die Natur beschlossen, eine perfekte Miniaturausgabe eines gewöhnlichen Menschen zu schaffen.

1863 lernte er Lavinia Warren kennen, eine weitere »Entdeckung« von P.T. Barnum, der sie Little Queen of Beauty, Kleine Schönheitskönigin, getauft hatte. Im Alter von 21 Jahren war Lavinia 81 Zentimeter groß und wog 13 Kilo, winziger sogar noch als der Mann, den sie bald heiraten sollte. Auch sie war eine perfekte Frau in Miniaturausgabe.

Ihre Hochzeit wurde mit großem Brimborium gefeiert

und sorgte weltweit für Schlagzeilen. Sogar Präsident Abraham Lincoln und seine Frau, Mary Todd, schickten ihnen ein Hochzeitsgeschenk und ehrten sie später mit einer Einladung ins Weiße Haus zu einem besonderen Dinner. Die Trauung fand in der Grace Episcopal Church statt, gefolgt von einem verschwenderischen Empfang im schicken Metropolitan Hotel in New York City. Brautjungfer war Lavinias sogar noch winzigere kleine Schwester, Minnie Bump. Trauzeuge war einer von Charles' Co-Stars in Barnums Wanderzirkus, ein 76 Zentimeter kleiner Mann namens Commodore Nutt.

Die »Thumbs« standen auf einem Konzertflügel, um ihre Gäste zu begrüßen. Mehr als zweitausend Menschen kamen, um einen Blick auf das zauberhafte kleine Paar zu werfen. Charles und Lavinia waren zwanzig Jahre lang zusammen, bis zu Charles' Tod im Jahre 1883.

Lavinias winzig kleine, mit gestickten Rosen geschmückte Brautschuhe sind im Smithsonian Institut in Washington D.C. ausgestellt.

Durch eine äußerst unglückselige (und extrem grausame) Schicksalsfügung lernten sich ein junger Mann und eine junge Frau aus London kennen, fühlten sich sofort zueinander hingezogen, verliebten sich und heirateten. Kurz nach ihrer Hochzeit fanden sie heraus, dass sie Geschwister waren.

Noch grässlicher aber war, dass es sich bei ihnen um Zwillinge handelte, die bei der Geburt getrennt und von unterschiedlichen Adoptiveltern aufgezogen worden waren.

Der Fall kam im Dezember 2007 ans Licht, als Gesetzgeber, Adoptionsexperten und Fruchtbarkeitsspezialisten hitzig das Für und Wider der Akteneinsicht in Adoptionsfällen diskutierten und eine umfassendere Dokumentation von Geburten nach Eizellen- und Samenspenden forderten.

Ein Gericht annullierte die Ehe des Paares, sobald sich herausstellte, dass es sich um Bruder und Schwester handelte. Ihre Identität wurde aus einleuchtenden Gründen geheimgehalten.

Niemand weiß genau, was aus diesen unglückseligen Geschöpfen wurde. Mein Herz blutet für sie beide.

Manche Leute suchen auf der ganzen Welt nach der großen Liebe ihres Lebens, nur um ihn oder sie im eigenen Garten zu finden.

So etwas Ähnliches passierte einem chinesischen Schäfer namens Bao Xishun. Baos Arbeit als Viehhirte in seinem mongolischen Dorf machte es ihm schwer, neue Frauen kennenzulernen. Ende fünfzig war er noch lange nicht bereit, sich in ein einsames Junggesellenleben zu fügen, und gab überall auf der Welt Anzeigen auf. Er war wild entschlossen, eine Ehefrau zu finden.

Eine hübsche junge Frau mit Namen Xia Shujian antwortete auf Baos Anzeige, und sie beschlossen, sich zu treffen.

Wie sich herausstellte, war Xia ungefähr halb so alt wie Bao, und wenn sie sich zu voller Größe aufrichtete, reichte ihr Scheitel ihm knapp bis an den Ellbogen. Xia war nicht besonders überrascht, als sie erfuhr, dass Bao im *Guinessbuch der Rekorde* als größter lebender Mensch der Erde stand. Mit seinen 2,36 Metern ist Bao fast 76 Zentimeter größer als Xia.

Offenbar hatte das Schicksal beschlossen, sich in diese Verbindung einzumischen. Eines der Dinge, die sie aneinander mochten, war die Tatsache, dass sie im selben Dorf geboren wurden, einem Ort namens Chifeng.

Bao war bereits berühmt, bevor er Xia heiratete, und zwar aus Gründen, die nicht ausschließlich mit seiner Nennung im *Guinnessbuch der Rekorde* zu tun hatten. Im Dezember 2006 wurde Bao von verzweifelten Tierärzten gebeten, ihnen bei einer eher unschäferischen Aufgabe zu helfen.

Einige Delfine in einem Aquarium in der Provinz Liaoning waren erkrankt, nachdem sie Plastikteile rund um ihr Schwimmbecken abgebissen und verschluckt hatten. Die Ärzte konnten diese Fremdkörper mit ihren normalen Instrumenten nicht entfernen, aber Bao konnte den Delfinen einen seiner extrem langen Arme problemlos ins Maul stecken, um die störenden Teile herauszuholen – ein Manöver, das den Delfinen oft das Leben rettete.

Als die Medien Wind von der Geschichte bekamen und von Baos Verlobung mit Xia erfuhren, wollte jeder etwas von der Sache haben. Mindestens 15 verschiedene Firmen boten an, eine verschwenderische Hochzeit für das Paar zu sponsern.

Anfang 2007 warfen sich Braut und Bräutigam in traditionelle, goldbesetzte Hochzeitsgewänder. Bao fuhr in einer zweispännigen Kamelkutsche an den Ort, wo seine Zukünftige ihn erwartete – vor dem Grabmal des Mongolenherrschers Kublai Khan aus dem 13. Jahrhundert –, und begab sich dann mit ihr zur Trauung.

Tausende von Menschen waren bei der aufwendigen Ahnenverehrungszeremonie des glücklichen Paares Bao Xishun und Xia Shujian zugegen.

Die Macht des Schicksals und der Natur können dem Leben im Namen der Liebe allerdings auch interessante Streiche spielen. Lynette und Fred Debendorf, ein Paar aus Mears, Michigan, waren fast dreißig Jahre verheiratet. Auf einem Spaziergang am Ufer zwischen zwei Seen zu Beginn des Frühjahrs 2007 entdeckten sie eine Flasche im Sand. Darin befand sich ein zusammengerolltes Blatt Papier.

Die Flaschenpost hatte das frisch verheiratete Paar Melody Kloska und Matt Behr aus Wisconsin verfasst. Sie hatten ihr Ehegelöbnis zu Papier gebracht, zusammen mit ihren Namen und ihrer Adresse. Sie warfen die Flasche in den Michigansee und sahen zu, wie sie davonschwamm.

Als die Debendorfs die Flasche fanden, waren sie verblüfft, dass sie und das Paar aus Wisconsin denselben Hochzeitstag hatten: den 18. August.

Die Debendorfs schrieben den Neuvermählten, wünschten ihnen Glück und berichteten ihnen, was aus ihrer Flaschenpost geworden war. Melody und Matt, die beide bereits mehrmals verheiratet gewesen waren und jahrelang gezögert hatten, erneut den Bund fürs Leben zu schließen, nahmen dies als gutes Omen, endlich die richtige Wahl getroffen zu haben.

Von diesen Geschichten und vor allem von der Beobachtung der Ehe meiner eigenen Eltern habe ich Folgendes gelernt: Liebe ist alles andere als blind; vielmehr ist sie der Prozess, der uns die Augen öffnet für die eine wunderbare Besonderheit, die niemand sonst an dem Menschen entdeckt hat, mit dem wir fortan unser Leben verbringen möchten. Abgesehen von körperlicher Anziehung, ähnlichen Lebensgewohnheiten oder Ähnlichkeiten in Kopf, Körper und Geist ist es diese eine herrliche Besonderheit, die in uns die Liebe und Hingabe zu einem anderen Menschen auslöst. Seltsame Bettgenossen sehen im jeweils anderen etwas, das uns Übrigen entgeht.

Ich meine, damit haben sie verdammt mehr Glück als normale Bettgenossen.

Nein, *du* bist nur ein Hund

Ich gebe nicht viel auf die Religion eines Mannes, für dessen Hund oder Katze sie nichts Gutes bedeutet.

Abraham Lincoln

Nach gerade einmal zwei Jahren in der ersten ernsthaft erwachsenen Beziehung meines jungen Lebens befand mein Liebster, er könne einfach nicht mehr mit anhören, wie ich jammerte: »Aber wir *machen* überhaupt nichts mehr zusammen!« Also schenkte er mir einen Zwergspitz.

Wir nannten sie Kitty Bo, nach einer seiner Cousinen.

Er war damals viel zu höflich, um es auszusprechen, doch ich bin mir sicher, dass er mir diesen Hund nur schenkte, damit er mich aus den Füßen hatte, während er versuchte, Master of the Universe zu werden. Sein Pech, dass ihm nun nicht etwa ein Weibchen weniger ins Ohr kläffte, sondern er gleich zwei davon hatte. Aber in allem Übrigen behielt er recht. Kitty Bo erwies sich als so ziemlich alles, was ich mir je von einem Ehemann erhofft hatte.

Bevor ich fortfahre, lassen Sie mich kurz sagen, dass mir durchaus bewusst ist, wie sehr sich manche Tierbesitzer den Kopf verdrehen lassen. Ich weiß genau, dass in der Geschichte unserer Zivilisation die Aufgabe eines Hundes vor nicht allzu langer Zeit in erster Linie darin bestand, der Nachtwächter von Haus und Hof, der Hüter der Schafe und der Retriever toter Enten zu sein. Und Katzen waren wenig mehr als billige Schädlingsvernichter.

Irgendwann im Lauf der Zeit wurden diese ehemaligen Angehörigen des Tierreichs zu unseren Kindern – nicht *wie* unsere Kinder, sondern tatsächlich unsere *Kinder*. Sie sind unsere Seelenverwandten und Vertrauten und erben unser Vermögen. Wir ziehen ihnen knallgelbe Mäntelchen an, wenn es regnet, und rutschfeste Stiefelchen, wenn es schneit. Wir bauen ihnen kleine Hinterteil-Rikschas, wenn sie Hüftprobleme bekommen, und kaufen ihnen spezielle Kinderwagen, wenn sie zu alt oder zu dick sind, um noch lange zu laufen, aber trotzdem gerne ein bisschen frische Luft schnappen und Leute beobachten wollen im Park. Wir kaufen ihnen bereitwillig Flugtickets und schleppen sie in modischen, von Fluggesellschaften zugelassenen Tragetaschen rund um die Welt, um ihnen den Pariser Frühling zu zeigen und an Weihnachten Oma und Opa zu besuchen, wo besser ein Spielzeug für das Enkelhündchen unterm Baum liegen sollte – sonst gibt's Ärger.

Ich weiß. Ich weiß. Wahrscheinlich denken Sie: »Diese Leute sind irre! Absolut lächerlich!« Und bis ich eine davon wurde, dachte ich genauso.

Wer »Es ist doch nur ein *Hund*, verdammt noch mal!« oder Ähnliches zu jemandem sagt, der sein Leben mit einem so heiß geliebten Geschöpf teilt, riskiert Tod und Verstümmelung – von der Hand des Besitzers, nicht des Hundes. Diese hochgeschätzten Hausgenossen sind keine

Tiere, wird man uns unmissverständlich mitteilen. Es sind kleine, haarige Menschen mit leichter Sprachbehinderung.

Ich weiß. Ich weiß. Wahrscheinlich denken Sie: »Diese Leute sind irre! Absolut lächerlich!« Und bis ich eine davon wurde, dachte ich genauso.

Es war Kitty Bo, von der ich lernte, dass es so etwas wie »nur ein Hund« nicht gibt. Als Großnichte von Prince Charming II., dem einzigen Zwergspitz in der 132-jährigen Hundeschaugeschichte von Westminster, der je den Titel »Best in Show« errang, war sie mit jeder Pore die Prinzessin, die ihre neurotische Inzuchtabstammung vermuten ließ. Trotzdem war sie ausgesprochen schlau. Witzig, bezaubernd, ausdrucksstark, unbarmherzig im Einfordern von Aufmerksamkeit, unbeschreiblich liebevoll und maßlos theatralisch in ihren häufigen extremen Ausbrüchen von Freude, Langeweile, Traurigkeit, Ungeduld, Verzweiflung, Kampfeslust und Schmeichelei. Zwischen uns gab es keine ungeklärten Gefühle. Und das Beste: Sie war absolut fasziniert von jeder meiner Regungen. Sie geriet bei den simpelsten Dingen in Ekstase, etwa wenn sie mich sah oder wenn jemand ein Geräusch machte, als würde er mit einem Löffel in einem Napf rühren. Durch die Arglosigkeit, mit der sie einfach ihr süßes, psychotisches Selbst war, veränderte sie mein Leben auf ewig.

Ich erinnere mich insbesondere an einen Abend, an dem ich später als üblich ins Bett ging, weil ich die halbe Nacht an irgendeiner seltsamen Geschichte geschrieben hatte. Ich schlich mich auf Zehenspitzen ins Schlafzimmer und wollte gerade das Nachtlicht ausmachen, als sich mir ein herrliches Bild bot. Dort lag mein zukünftiger Herr des Universums, nahm das ganze Bett ein, platt auf dem Rücken, Mund offen, Arme ausgebreitet, und schnarchte sich die Seele aus dem

Leib. Und in ihrem Bett in der Zimmerecke lag Kitty Bo, ebenfalls platt auf dem Rücken, Vorderbeine zur Brust angezogen, Hinterbeine weit gespreizt auf entschieden undamenhafte Art, und schnarchte in perfekten Synkopen zu den Nachtgeräuschen ihres Papas wie ein winziger griechischer Chor.

Ich sah ihnen lange Zeit zu, überwältigt von einem ungeheuren Gefühl der Dankbarkeit, dass ich die beiden in meinem Leben hatte. »Niemand, der sich nicht geliebt und geborgen fühlt, kann derart unbekümmert schlafen«, dachte ich. Ich fühlte mich unglaublich gut bei dem Gedanken, dass es vielleicht auch daran lag, dass ich meiner komischen kleinen Familie ein so wohliges Heim bot. In diesem vollkommenen Augenblick spürte ich die sichere Gewissheit, dass es nichts mehr gab, das ich auf dieser Welt noch brauchen oder verlangen könnte. Es war bereits alles vorhanden.

Und das blieb auch noch mindestens drei Jahre so.

Am Ende waren es Kitty Bo und ich, die zusammen alt werden würden.

Fast ein Jahrhundert in Hundejahren waren wir unzertrennlich. Wir stritten und betüddelten einander wie zwei alte Damen, brachten einander zum Lachen, hielten einander warm und sorgten uns halb zu Tode, wenn die andere krank war. Ich wäre für dieses kleine Wesen durchs Feuer gegangen. Ich bin ziemlich sicher, dass sie dasselbe für mich getan hätte – auch wenn ich es nie zugelassen hätte. Es war eine reine, bedingungslose Liebe, exquisit in ihrer Schlichtheit, völlig frei von Zweifeln, Reue oder Vorwürfen.

Wir wissen nicht genau, was aus Kitty Bos Papa wurde, nachdem ich den Mistkerl rausgeschmissen hatte. Sie hörte irgendwann auf, auf ihn zu warten, Stunde um herzzerreißende Stunde, nachdem sie durch die Glasscheiben unserer Eingangstür nach der kleinsten Bewegung gespäht hatte, bis sie in der Diele einschlief oder es für uns beide Zeit zum Schlafengehen war. Nichts auf der Welt konnte sie davon abbringen oder ablenken. Mit der Zeit gewöhnte auch ich mir ab, auf das grässliche Knirschen des Garagentors zu horchen und mich zu fragen, ob genug saubere Unterwäsche in seiner Schublade lag oder ob er schon zu Abend gegessen hatte. All das wurde immer unwichtiger, als die Tage und Wochen ins Land zogen. Wichtig war uns immer nur, dass wir einander hatten.

Und so verrückt ich auch nach diesem wahnwitzig fordernden, zickigen kleinen pelzigen Ding war, so wunderbar und liebevoll sie mir in all den Jahren als Gefährtin war, ich habe doch noch immer gewisse Probleme, zu begreifen, wieso Menschen ihren Papagei heiraten.

Es gibt tatsächlich eine Website, MarryYourPet.com, wo man seine unsterbliche Liebe und ewige Treue dem Fellbündel, der Echse oder dem Guppy seiner Träume schwören kann.

Dominique Lesbirel aus dem holländischen Renkum betreibt diese fabelhafte Website. Es gibt eine »Priesterin Matilda«, die die Zeremonie online durchführt und den seltsamen Verlobten drei unterschiedliche Hochzeitsarrangements anbietet.

Die simpelste Zeremonie entspricht vermutlich einer Las-Vegas-Blitztrauung. Für zehn Dollar kann man seinem Haustier Treue geloben und bekommt eine hübsche Urkunde aus »100 % echten Papier«.

Wenn Sie lieber eine größere Hochzeit möchten, bekommen Sie für 35 Dollar die Urkunde plus ein T-Shirt mit I MAR-RIED MY PET, womit alle Welt weiß, was Sie getan haben.

Dann gibt es noch das Super-duper-deluxe-Paket, das Sie rund 200 Dollar kostet. Damit können Sie Ihr Tier nicht nur virtuell in Grund und Boden beeindrucken, sondern bekommen auch die Urkunde, das T-Shirt plus ein handgesticktes, individuelles Wandbild mit Ihrem Namen, dem Namen Ihres Tieres und dem Hochzeitsdatum in liebevollem Kreuzstich.

Das »Ehegelöbnis« besteht aus einer ziemlich vernünftigen und angemessenen Liste von Regeln und Verantwortlichkeiten. Ich war ehrlich gesagt ziemlich erleichtert, als ich Folgendes las: »Diese Ehe ist ein Bund im Geiste und in Kameradschaft. Sie besitzen keine ehelichen Rechte. Falls Sie Ihre Ehe vollziehen wollen, schlagen wir vor, dass Sie sich einen Kuchen teilen.«

Ich möchte gern glauben, dass die meisten Nutznießer dieser Arrangements das in dem vom Anbieter gedachten Geiste tun: um die Tatsache anzuerkennen und zu genießen, dass unsere vierbeinigen, geflügelten und geschuppten Gefährten in uns häufig eine so extreme Zuneigung auslösen, dass wir auf den Rest der Welt völlig wahnsinnig wirken – aber das ist uns nur recht.

Die Zuschriften auf MarryYourPet.com wimmeln von glücklichen Liebesgeschichten, von denen viele eindeutig ironisch formuliert sind. Ich zweifle nicht daran, dass all diese Geschichten auf echten Beziehungen zwischen Mensch und heißgeliebtem Haustier basieren. Solche Dinge könnte sich ein Nicht-Tierbesitzer einfach nicht ausdenken.

Ich fürchte jedoch, dass einige der Geschichten todernst gemeint sind.

»Frauen habe ich so ziemlich aufgegeben«, sagt Bill und

erzählt von seinem geliebten Timmy, einem kranken, verschreckten kleinen Hund, den er als Welpen auf der Straße fand und gesund pflegte. Nach sieben gemeinsamen Jahren beschloss Bill, ihn zu heiraten. »Mit Timmy ist das anders«, erklärt er. »Wir reden oder machen nicht viel, sondern gehen einfach nur schweigend spazieren … Für mich gibt es keinen besseren Partner.«

Vielleicht ist es gut so, dass Bill niemals eine Frau fand. Timmy verdankt diesem simplen Umstand auf jeden Fall sein Leben, und vielleicht hat Bill, ohne es zu wissen, irgendeiner bedauernswerten Frau den Horror erspart, mit einem Mann zusammenzuleben, dessen Vorstellung von einer perfekten Beziehung aus »nicht viel machen« und sehr vielen »schweigenden Spaziergängen« besteht. Solche Geschichten bestätigen mich in meiner Überzeugung, dass das Leben oft barmherzige Wege findet, alles zum Besten zu richten.

Anscheinend machte das Leben aber gerade Urlaub in jener Woche im Februar 2006, als Charles Tombe aus dem Dorf Juba im Sudan in flagranti mit seiner geliebten Rose ertappt wurde, die zu ihrem Pech eine Ziege war.

Mr. Alifi, Roses rechtmäßiger Besitzer, wurde mitten in der Nacht von einem schrecklichen Lärm geweckt. Als er vor seine Hütte trat, um nachzusehen, entdeckte er Mr. Tombe und Rose eng umschlungen in leidenschaftlicher Umarmung. Mr. Alifi schrie: »Was machen Sie da?!«, worauf Mr. Tombe das Gleichgewicht verlor und von Rose herunterfiel. Mr. Alifi schritt sofort ein und konnte Mr. Tombe dingfest machen und festhalten, bis jemand Zuständiges eintraf.

Mr. Tombe musste sich später vor dem Rat der Dorfältesten verantworten, welcher beschloss, er müsse Mr. Alifi eine Abfindung von 15 000 sudanesischen Dinaren (rund 50 Dollar) bezahlen, weil er Roses Ehre befleckt hatte. Und gemäß südsudanesischer Tradition wurde Mr. Tombe sodann befohlen, die Frau zu heiraten, die er entjungfert hatte. Dass sie eine Ziege war, tat offensichtlich nichts zur Sache.

Charles und Rose Tombe waren nur etwas mehr als ein Jahr zusammen. Ich hege die Vermutung, dass Charles ein kleines bisschen glücklicher verheiratet war als Rose.

Tragischerweise starb die arme Rose im Mai 2007 ziemlich plötzlich. Sie erstickte während der Futtersuche an einer Plastiktüte. Es war nicht feststellbar, ob der Tod die Folge von Charles' schlechten Ernährerfähigkeiten oder von Roses eher ungesunden Essgewohnheiten war oder ob sie einfach genug von der Perversität ihres Gatten hatte und entschied, dem Ganzen ein Ende zu setzen.

Arme Rose.

Und wenn ich Mr. Tombes Nachbar wäre, würde ich ein ausgesprochen wachsames Auge auf meine Hühner haben.

Manchmal stellt die Natur seltsame Mensch-Tier-Beziehungen einfach auf den Kopf.

2007 bekam eine nicht namentlich bekannte sechzigjährige Australierin zum Geburtstag ein Kamel geschenkt. Das hatte sie sich offenbar schon immer gewünscht. Und das Kamel schien mit dem Arrangement ebenfalls zufrieden. So zufrieden sogar, dass er, als ihn amouröse Anwandlungen überkamen, beschloss, seine neue Besitzerin zum Gegenstand seiner Zuneigung zu machen.

Entsetzte Freunde fanden die Frau eines Tages von ihrem 150-Kilo-Haustier zermalmt auf. Das Tier, in der Nachrichtenquelle ebenfalls nicht namentlich genannt, ruhte in der kameltypischen postkoitalen Stellung auf der plattgedrückten Frau.

Ob Sie es glauben oder nicht, manche Leute heiraten Tiere aus sehr viel abartigeren Gründen als Liebe oder gar Lust.

Da war das kleine siebenjährige Mädchen Shivam Munda aus Indien, dessen Vater für sie eine Heirat mit einem Hund arrangierte. Sehen Sie, Shivams obere Zähne kamen vor den unteren heraus. Die Santhal-Gemeinde, der sie angehörte, betrachtete das als ganz schlimmes Omen, einen Hinweis auf ein mit Sicherheit bevorstehendes Unheil. Die Heirat mit einem streunenden Hund würde das Kind und seine Familie von dem Fluch erlösen.

Zum Glück steht es Shivam frei, einen richtigen Menschen zu heiraten, wenn sie älter ist. Vielleicht wissen wir in ein paar Jahren ja, ob der Gegenfluch tatsächlich gewirkt hat und ob Shivam es tatsächlich zulässt, dass ihr Vater ihre nächste Ehe arrangiert.

Dafür wissen wir schon jetzt, wie es für Phulram Chaudhary ausging, einen 75-jährigen Nepalesen, in dessen Tharu-Kultur ähnliche Glaubensvorstellungen herrschen. Auch er heiratete nach ortsüblichem Brauch seinen Hund, um sich Glück und ein langes Leben zu sichern. Mr. Chaudhary, bei dem die oberen und unteren Zähne schon vor vielen Jahren herausgekommen – und ausgefallen – waren, wuchsen plötzlich in diesem späten Lebensstadium ein paar neue Zähne. In solchen Fällen verlangt es der Brauch, dass der alte Mann einen Hund zur Braut nimmt, um das Unglück abzuwenden. Also heiratete er seinen Hund in einer wunderbaren, fröhlichen Zeremonie im Kreise seiner Freunde und Verwandten.

Drei Tage später war er tot.

Ich bin keine Ärztin, aber vielleicht waren es keine Zähne, die da im Kopf des alten Mannes wuchsen. Er hätte das vielleicht besser untersuchen lassen sollen.

Für den ein wenig (sehr wenig) konventionelleren Tierfreund hat jetzt im sibirischen Krasnojarks eine Tier-Datingagentur aufgemacht.

Jelena Tulaeva ist Hochzeitsplanerin und Tierpartnercoach. Sie hilft ihren Kunden, den perfekten Liebespartner für ihr Haustier zu finden, und arrangiert dann eine formelle Zeremonie und einen Empfang in Übereinstimmung mit »sämtlichen Hochzeitsbräuchen«, korrekte Braut- und Bräutigamskleidung inklusive. Alle tierischen Bräute heiraten natürlich in Weiß.

Ich frage mich, wie sie den Schleier am Kopf einer Python befestigt. Oder wie sie bei Schildkröten Jungs und Mädchen unterscheidet.

Natürlich finden die meisten Tiere mühelos auch ohne unsere Hilfe einen Partner. Und Gott scheint es nichts auszumachen, dass sie sich ihre Jungfräulichkeit nicht aufsparen und nicht in

Weiß heiraten. Tatsächlich scheinen die Spezies, die nicht zur »Krone der Schöpfung« zählen, mit Brautwerbung, Fortpflanzung und Elternschaft sehr viel zivilisierter umzugehen als wir.

Nur wenige Lebewesen sind ihren Partnern treuer als unsere gefiederten Freunde. Schätzungen zufolge suchen sich rund neunzig Prozent der etwa 9 700 bekannten Vogelarten einen Partner fürs Leben und ziehen ihren Nachwuchs gemeinsam groß. Viele Paare kehren außerdem jedes Jahr an genau denselben Nistplatz zurück.

Einen Partner fürs Leben zu wählen heißt allerdings nicht unbedingt, dass alle diese Vögel monogam sind. Vogeljungs besuchen gern die Nester anderer Vogelmädels – und den Vogelmädels gefällt das. Die Männchen kehren jedoch nach jedem Seitensprung zur Mutter ihrer Küken zurück und engagieren sich eifrig bei der Nestpflege und Kinderaufzucht. Höchstwahrscheinlich stammt ein Teil der Brut im Nest sowieso von Mama Vogels Boyfriends. Offene Ehen sind im Land der Vögel offenbar weitverbreitet.

Eine besondere Ausnahme stellen hier die Rabengeier dar. Sie bilden nicht nur Paare fürs Leben, sondern verfolgen auch eine Nulltoleranzpolitik in Sachen Untreue. Falls ein geiler Geier sich entschließt, der Frau eines anderen Geiers unter den Rock zu linsen, werden sämtliche Geier in der näheren Umgebung den Fremdgeher windelweich prügeln.

In den paar Jahren, die ich in Atlanta lebte und mich (völlig erfolglos) abmühte, mich wie eine Vorstadtfrau aufzuführen, hatte ich das Glück, Zeugin einer wunderschönen Art von Vogelbeziehung zu werden.

Auf der hinteren Terrasse meines Hauses, von wo der Blick auf ein sehr hübsches Wäldchen ging, hatte ich ein Vogelhäuschen. Die unterschiedlichsten Vogelarten schauten vorbei und taten sich an den Körnern und Leckereien gütlich, die ich in das Häuschen legte, damit ich die Vögel vom Fenster aus beobachten konnte.

Zwei Vögel fielen mir besonders auf, ein Pärchen Kardinäle.

Ich wusste, dass die Kardinalweibchen weniger auffällig gefärbt sind als ihre bunten Partner. Das Gefieder meines kleinen Kardinalweibchens war im Vergleich zu den schönen leuchtend roten Federn ihres Partners von einem deutlich gedämpfteren Rot.

Mir fiel auf, dass das Weibchen nie zum Vogelhäuschen hochflog. Es war immer das Männchen, das einen Schnabel voll Körner aufpickte und sie an die Stelle der Terrasse brachte, an der das Weibchen auf das Dinner wartete. Er flog immer hin und her und legte die Körner vor ihr ab, direkt zu ihren Füßen, wie eine Opfergabe. Sie fraß manierlich, aber mit herzhaftem Appetit. Er flog so lange zurück zum Vogelhäuschen, bis sie genug gefressen hatte. Erst dann flog er zurück und verzehrte sein eigenes Dinner direkt im Vogelhäuschen. Danach flogen sie beide zusammen weg, zurück in den Wald, bis sie am nächsten Tag wiederkamen und alles von vorne begann. Ich konnte meine Uhr nach ihrem Ritual stellen.

Zuerst hielt ich sie für ein verwöhntes Weibchen und ihn für Schnabel über Schwanzfedern in sie verliebt trotz ihrer beharrlichen Weigerung, sich ihre Körner selbst zu holen. Die anderen Kardinäle, die meinen Garten besuchten, egal ob Männchen oder Weibchen, fraßen immer direkt im Vogelhäuschen. Doch dann bemerkte ich eines Tages, was das eine Paar von den anderen unterschied: Das Weibchen war ein bisschen behindert. Ihr fehlten an einem Fuß die Zehen, und sie konnte sich nicht auf der Stange am Vogelhäuschen festhalten oder auf ihren kleinen, streichholzdünnen Beinstümpfchen das Gleichgewicht halten.

Als ich das sah, brach ich wie ein Idiot in Tränen aus.

Was für ein glückliches kleines Vogelmädchen, dachte ich, dass sie einen so gütigen und freundlichen Partner gefunden hatte. Ich fragte mich, ob irgendjemand jemals Essen vor meine Füße spucken würde, damit ich nicht verhungerte, falls ich meine Zehen verlieren sollte. Ich konnte mir nicht vorstellen, dass mich jemals jemand so sehr lieben würde.[2]

Schließlich zog ich weg, fürchte aber, bleibenden Schaden an meiner Psyche genommen zu haben. Die beiden Kardinäle allerdings werde ich nie vergessen. Und seitdem kommt es immer wieder vor, dass ich nach ähnlichen Storys von Liebe und Ergebenheit im Tierreich suche.

So albern und seltsam manche dieser Storys auch klingen mögen, je mehr ich davon höre, desto fester glaube ich daran, dass Tiere manchmal mehr Verstand – und ein größeres Herz – haben als Menschen. Ganz sicher besitzen sie mehr Verstand und Herz als wir ihnen zugestehen mögen.

Ich weiß noch, wie ich irgendwann Mitte der Neunzigerjahre eine Geschichte in den Nachrichten über ein Paar Hauskatzen sah, das einen Wurf Junge erwartete. Die Kätzchen starben alle kurz nach der Geburt oder kamen tot zur Welt. Die Mama war untröstlich. Also ging Papa Kater in den

---

[2] Das Vorstadtleben schlug mir manchmal etwas aufs Gemüt.

Wald hinter dem Haus, fand zwei neugeborene Kaninchen und brachte sie zu seiner Frau.

Die Mama Katze stillte die Kaninchen und sorgte für sie, als ob es ihre eigenen Jungen wären. Die Kaninchen sahen aus, als würden sie sich vor lauter Horror in die Hose machen, aber ich sah, wie unglaublich sanft Mama Katze mit ihnen umging.

Sie müssen zugeben, dass hier eine gewisse Intelligenz mit im Spiel ist, etwas, das über bloßen Instinkt hinausgeht. Papa Katze begriff, dass Mama Katze sehr unter dem Verlust ihrer Babys litt, also ging er hin und fand ihr neue. Er hätte sie ebenso gut auf dem Heimweg auffressen und wegen seines Herumstrolchens am Nachmittag anlügen können.

Hätte er überhaupt nichts getan, wäre uns das völlig normal vorgekommen, schließlich erwartet kein Mensch von einem Kater, dass er ein derart komplexes emotionales und logistisches Problem löst. Dass er es dennoch tat, und zwar in einer Art und Weise, die weit über einen Zufall hinausgeht, macht die Geschichte so interessant.

Ich frage mich heute noch, ob der Katzenvater sich speziell auf die Suche nach Kätzchen gemacht hatte und, da er keine fand, ersatzweise die Kaninchenbabys mitbrachte. Die kleinen Kaninchen hatten ungefähr dieselbe Größe wie neugeborene Kätzchen, standen allerdings mit ihrem weißen Fell und den roten Augen in heftigem Kontrast zu Mamas graubraunen Streifen.

Und ich frage mich, was die Kaninchenmama machte, als sie merkte, dass zwei von ihrem runden Dutzend Neugeborenen fehlten. Fiel es ihr auf? Hat der Katzenpapa mit ihr um die beiden Karnickelchen gekämpft oder sie einfach bei der erstbesten Gelegenheit gemopst?

Ich wünschte, ich wüsste es. Und ich hoffe, dass die Raubtierinstinkte der Katzen sich erst bemerkbar machten, als die Kaninchen schnell genug waren, um zu flüchten.

Eine ganz ähnliche Geschichte ging vor gar nicht allzu langer Zeit durch die Nachrichten, im Sommer 2007, von einer Stadt namens Mamurras in Albanien. Drei neugeborene Hundewelpen verwaisten, als ihre Mutter von einem Auto überfahren wurde und starb. Eine Katze aus demselben Haushalt hatte gerade ihre neugeborenen Jungen verloren. Sie adoptierte die Hundebabys und rettete ihnen das Leben, indem sie ihnen ihre Milch gab. Zudem beruhigte sie damit vermutlich auch ihre eigenen Verlustgefühle wegen des Tods ihrer Jungen.

Und gerade heute Morgen sah ich wieder so eine Geschichte in den Nachrichten. Ein Dackel namens Tinkerbelle aus dem Herzen des amerikanischen Ackerlands hat ein Schweinebaby adoptiert und säugt es zusammen mit ihrem eigenen neugeborenen Welpen. Das Ferkel namens Pink (zusammengesetzt aus Pig = Schwein und Tink) war das kleinste und schwächste von zwölf zu früh geborenen Geschwistern. Tink hatte kurz zuvor zwei Welpen geworfen, doch einer davon kam tot zur Welt. Ihre Besitzer kamen deshalb auf die Idee, sie das arme kleine Ferkelchen adoptieren zu lassen, als sie sahen, wie gut sie mit zwei ihrer neugeborenen »Neffen« umging – Welpen aus einem sehr viel größeren Wurf, den ein anderer Dackel im selben Haushalt kürzlich zur Welt gebracht hatte.

Ich weiß nicht, womit dieser Farmer seine Tiere füttert, aber auf dieser Farm scheint es in den letzten Monaten ganz schön heiß hergegangen zu sein.

Seltsamerweise hat sich Tinkerbelle das Ferkel offensichtlich zum Liebling auserkoren und schmust und liebkost ihn, während die anderen Welpen sich um die beste Milchquelle zanken. Pink, das Ferkel, sah zufrieden und entzückend aus inmitten seiner neuen Familie und erfreut sich bester Gesundheit.

Frischgebackene Mütter im Tierreich sind nicht als Einzige bereit, gewisse körperliche Unterschiede an kleinen andersartigen Geschöpfen zu übersehen, die eine gewisse Zuwendung gebrauchen können. In einem Wildpark namens Pennywell Farm im englischen Devon gibt es einen Hund von markanter Schönheit, einen Boxer namens Billy, dessen raue Schale ein butterweiches Herz verbirgt. Billy wurde zum Freund, Beschützer und ständigen Begleiter einer kleinen Ziege namens Lilly. Deren Mutter hatte sie nur wenige Stunden nach ihrer Geburt verstoßen.

Die Tierpfleger der Pennywell Farm zogen Lilly mit der Flasche groß. Die Beschützerinstinkte von Billy dem Boxer machten sich bemerkbar, sobald er sie zu Gesicht bekam.

Lilly betet Billy an, wie eine kleine Schwester einen großen Bruder verehrt.

Sie folgt ihm auf Schritt und Tritt. Und Billy liebt sie ebenso. Er spielt mit ihr, passt auf sie auf und leckt ihr nach dem Fressen das Gesicht sauber.

Wenn hier nichts als purer tierischer Instinkt am Werk ist, wünschte ich, wir Menschen besäßen ein bisschen mehr davon.

Verrückt nach dir

Wenn man im Schatten des Wahnsinns lebt, gleicht das Auftauchen eines anderen Geistes, der denkt und redet wie der eigene, einem segensreichen Ereignis.

Robert M. Pirzig

Die Hauptverkehrszeit in Atlanta läuft allen Gesetzen der Physik, Logik und Natur zuwider. Zum Glück ist es einer der relativ wenigen Orte auf unserem Heimatplaneten, an denen sich der Verkehr tatsächlich Stoßstange an Stoßstange mit hundert Meilen pro Stunde fortbewegt – es sei denn, natürlich, jemand schert aus, um einen Reifen zu wechseln. In diesem Fall setzt der Gaffer-Effekt ein und macht aus einer Pendlerfahrt von 24 Kilometern eine vierstündige Schleichfahrt durch die Flure der Hölle. Aus dem Weltraum betrachtet müssen die stadtauswärts führenden Highways aussehen wie ein riesiges Nest von psychotischen Metallschlangen, die verzweifelt versuchen, sich aus der Verstrickung an ihrem Ausgangspunkt, Spaghetti Junction, zu befreien. Um diesen Marsch zur und von der Arbeit zweimal täglich zu überleben, benötigt man 14 Augäpfel, die kaltblütige Entschlossenheit eines römischen Gladiators und den Schließmuskel einer Stahlfalle.

Ganz so bin ich nicht gebaut.

Die beruhigenden Stimmen von Noah Adams und Mara Liasson, damals Moderatoren der NPR-Radiosendung *All Things Considered,* trugen wesentlich dazu bei, dass ich auf diesen alptraumhaften Heimfahrten ruhig und konzentriert blieb. Besonders freute ich mich auf die Geschichten der wechselnden Essayisten und Kommentatoren dieser Sendung. Eine meiner Lieblinge war Elissa Ely, eine Psychiaterin, die an einer staatlichen Klinik in Neuengland arbeitete.

Einmal handelte ihre Story von zwei langjährigen Bewohnern der Einrichtung, einem Mann und einer Frau, die psychisch und emotional zu zerbrechlich waren, um allein in jener unbarmherzigen Welt zu überleben, die sich außerhalb der Krankenhausmauern auftat. Sie fanden einander an diesem traurigen Ort, und aus ihrer Begegnung erwuchs eine der schönsten Liebesgeschichten, von der ich je gehört habe.

Die Frau, erklärte Dr. Ely, wurde unablässig von den Stimmen ihrer zahlreichen Persönlichkeiten geplagt und hin- und hergerissen von deren ständigem Geplapper. Der Mann, der sie liebte, hatte seit vielen Jahren kein einziges Wort gesprochen. Im jeweils anderen fanden sie ihr perfektes Gegenstück.

Ich lauschte der freundlichen Stimme und den ergreifend scharfsinnigen Ausführungen Dr. Elys, als sie das Fazit dieser unwahrscheinlichen Beziehung zog: »In seinem Schweigen betete er sie an, und sie liebte ihn mit allen ihren Ichs.«

Aus irgendeinem Grunde öffneten diese Worte in mir ein Schleusentor von Emotionen. Ich blinzelte die Tränen fort und griff mir ans Herz, umklammerte mit der anderen Hand das

Lenkrad und schluchzte wie eine Wahnsinnige. Ich wäre zum Weinen an den Straßenrand gefahren, wenn dieses Manöver nicht einen Spurwechsel erfordert hätte. Ich weinte während des gesamten Heimwegs. Und als ich in die Einfahrt einbog, gelobte ich feierlich, mein nächster Ehemann werde ein Irrer sein.

In meinen vernünftigeren Momenten bin ich oft zu Tode darüber erschrocken, welche Männer ich sexy finde.

Für mich ist die am stärksten erotisch aufgeladene Szene der Filmgeschichte die, in der Hannibal Lecter aus seiner Gefängniszelle in Memphis Clarice Starling ihre Akten zurückgibt. Sie greift danach, und einen winzigen Augenblick lang hält er die Aktenmappen fest. Und dann, unendlich zärtlich, streift er ihren Handrücken mit nur der Spitze seines Zeigefingers.

Ich wünschte, ich könnte das Geräusch, das ich machte, als ich das zum ersten Mal sah, in Buchstaben wiedergeben.

Selbst wenn ich jetzt daran denke, nachdem ich *Das Schweigen der Lämmer* gelesen und den Film so oft gesehen habe, dass ich die Dialoge wörtlich zitieren kann, jagt mir die Erinnerung an diese Szene gruselige kleine Schauer über den Rücken.

Das jagt mir gleich in mehrerlei Hinsicht Furcht ein.

Zunächst einmal ist der glupschäugige, starre, teiggesichtige Hannibal Lecter nicht gerade das, was man einen Hollywoodschönling nennen würde, auch wenn Anthony Hopkins im wahren Leben ein ausgesprochen distinguiert wirkender Gentleman ist und als junger Mann ein richtiges Leckerchen war. Zweitens, wenige Minuten nach dieser Fingerspitzenliebkosung biss Hannibal Lecter diesem armen Polizisten das Gesicht ab, und dann weidete er dessen Partner aus, diesen anderen bedauernswerten Polizisten. Und wie sollte man vergessen, dass dies ein wahnsinniger KANNIBALE war! Ein Menschenschlächter! Ein brillanter und nervenzerreißend gelassener, mordender Soziopath! Unglaublich hässlich noch dazu!

Ach, aber bei diesem zärtlichen Streicheln seiner Fingerspitze über Clarice' Handrücken bin ich beim ersten Sehen fast in Ohnmacht gefallen, und es zaubert mir noch immer jedes Mal ein Lächeln aufs Gesicht, wenn ich daran denke.

Krank. Das ist einfach krank. Ich bin einfach eine kranke, kranke Frau.[3]

Und hier sitze ich, so viele Jahre später, und lächele immer noch, und alles kribbelt.

Einen ähnlichen Moment muss es auch im Leben ehemals gesunder, anständiger, normaler Frauen geben, die sich wahnsinniger- und unerklärlicherweise plötzlich in gemeingefährliche Mörder aus dem wirklichen Leben verlieben. Irgendetwas muss da existieren – eine Geste, ein Blick, ein Wort –, etwas so Mächtiges und Unmittelbares, etwas so Umwerfendes, das ihr Leben und ihren weiteren Weg für immer verändert. Wie sonst ließe sich dieses Phänomen erklären?

Ich kann beinahe – beinahe! – die Anziehung verstehen,

---

[3] Nicht dass ich darüber in der Therapie viel geredet hätte, wahrscheinlich weil ich es, ganz tief drinnen, irgendwie an mir mag.

die ein Ted Bundy oder Scott Peterson ausübt. Jemand, der nichts über die grässlichen Verbrechen dieser Männer, die schiere Bösartigkeit ihrer Taten und Motivationen weiß, könnte sich möglicherweise sagen: »Also *das* ist ja ein attraktiver Typ. Ob er wohl Pachanga tanzen kann?«

Doch diese Frauen wussten alles, was auch wir übrigen über diese kaltblütigen Mörder wussten. Bundy hatte einen ganzen Fanclub von Frauen, die sich alle darum rissen, ihn zu heiraten – bis zu dem Moment, in dem die Gefängniswärter in Florida ihn auf dem elektrischen Stuhl festschnallten und den Schalter umlegten. Peterson war keine Stunde zum Tode verurteilt, als er schon seinen ersten Heiratsantrag bekam. Am Ende seines ersten Tages im Gefängnis gab es nicht weniger als 35 Mrs.-Peterson-Anwärterinnen, die sich einen gruseligen Pfad zu seiner Gefängnispforte bahnten. Lyle und Erik Menendez, diese hinreißenden elternmordenden Brüder, haben beide im Gefängnis geheiratet – Lyle sogar zweimal! Und alle drei Bräute waren allem Anschein nach reizende, normal wirkende junge Frauen.

Aber was ist mit dem dicken John Wayne Gacy in seinem Clownskostüm? Mit dem grundbösen, haarigen, abstoßenden, dummen, hässlichen und kindermordenden Richard Allen Davis? Und mit dem teufelsanbetenden Richard »The Night Stalker« Ramirez, verdammt noch mal? All diese abstoßenden, widerlich verkommenen Scheusale hatten Frauen, die sich ihnen an den Hals warfen, sobald ihre Namen und Bilder auf den Titelseiten unserer Zeitungen prangten und über die Fernsehschirme flimmerten.

Sheila Isenberg, die für ihr 1993 erschienenes Buch *Wenn Frauen Mörder lieben. Hintergründe einer rätselhaften Faszination* dreißig Frauen interviewte, schreibt, solche Frauen sehnten sich typischerweise nach Aufregung und Abenteuern. Was könnte aufregender sein, meint sie, als nicht zu wissen, ob die Liebe unseres Lebens uns heute Abend anrufen darf, ob er morgen hingerichtet wird, ob er letztendlich dreißig oder vierzig Jahre im Gefängnis schmachten wird oder nächste Woche ausbricht, damit er mit uns, seiner einzigen wahren Liebe, zusammen sein kann?

Der Gefangene ist natürlich ausgehungert nach Aufmerksamkeit jeglicher Art, bevorzugt aber besonders die der weiblichen Spezies. Und im Gegensatz zu jenen Bürgern, die sich das Recht verdient haben, als freie und produktive Menschen auf Erden zu wandeln, verfügt der Gefängnisinsasse über alle Zeit der Welt. Dadurch ist er sehr viel eher bereit – von willens und fähig ganz zu schweigen –, seine gesamte Aufmerksamkeit einer Frau zu widmen, die in ihn verliebt ist, und das auf eine Art, wie er es vielleicht noch nicht so häufig erlebt hat.

Und was springt für die Frau dabei heraus? Sie erhält die Liebe und Ergebenheit eines berühmten Mannes, und – das ist das Allerbeste – er kann nicht herauskommen und ihr etwas antun. Natürlich kann er in der Regel auch nicht herauskommen und sie anfassen, aber hat irgendjemand behauptet, man müsse für die Liebe keine Opfer bringen?

Nicht alle Frauen, die sich in die Menendez-Brüder und Scott Petersons dieser Welt verlieben, sind emotional angeknackste, opferwillige Weibchen, behauptet Ms. Isenberg. Manche sind intelligente, gebildete, selbstständige Frauen, die von der Unschuld der Objekte ihrer Zuneigung überzeugt sind. Andere glauben mit mehr Inbrunst an Wiedergutmachung und eine zweite Chance als an die Todesstrafe.

So war es im Fall einer Kalifornierin, die in den 1970ern

für ein Drogentherapiezentrum arbeitete und im Zuchthaus San Quentin die Bekanntschaft eines verurteilten Mörders machte. Dieser Mann hatte beschlossen, den Rest seines verfehlten Lebens einer Gefängnismaßnahme zu widmen, die junge Leute vor Straftaten schützen sollte. Sie war von seiner Intelligenz, seinem Charme und seinem Engagement für den guten Zweck derart beeindruckt, dass sie sich mit ihm anfreundete. Je mehr Zeit sie zusammen verbrachten, desto klarer wurde ihr, dass sie auf dem besten Wege war, sich in ihn zu verlieben. Sie heiratete ihn 1977.

Zu ihrer beider Glück wurde seine Todesstrafe später in eine lebenslange Haftstrafe umgewandelt. Und zu ihrem noch größeren Glück wurde er 1985 endgültig aus dem Gefängnis entlassen. Sie ließ sich sofort danach von ihm scheiden.

Einmal sagte sie zu einem Reporter des *San Francisco Chronicle:* »Ich kann mir nur sehr schwer vorstellen, warum andere Frauen so etwas machen sollten.«

Vielleicht verhielt er sich nicht ganz so aufmerksam oder ritterlich, wenn er nicht unter der Aufsicht schwer bewaffneter Wärter stand. Vielleicht beanspruchte er zu viel Platz im Bett, oder es stieß sie ab, dass er seine schmutzige Unterwäsche an die Türklinken hängte. Oder, ganz vielleicht, lag es, wie bei so vielen Ehen heutzutage, schlicht daran, dass nach acht kurzen Jahren der Brautwerbung und zwei Monaten unter demselben Dach einfach der Lack ab war.

Diese Frau hat häufig über ihre Ehe mit dem ehemaligen Gefängnisinsassen gesprochen, sich aber immer Anonymität ausbedungen, um ihre Karriere nicht zu gefährden. Wahrscheinlich auch deswegen, weil ihr Exgatte immer noch irgendwo da draußen rumläuft, und zwar ohne Handschellen.

Einmal sagte sie zu einem Reporter des *San Francisco Chronicle*: »Ich kann mir nur sehr schwer vorstellen, warum andere Frauen so etwas machen sollten.« Sie kenne viele, die verurteilte Gefängnisinsassen geheiratet hatten, und ihrer Meinung nach hätten diese Frauen »sie nicht mehr alle«. Ihre eigene Liebe hingegen sei ebenso rational wie echt gewesen. Sie verliebte sich in diesen Gefangenen, weil er angeblich so ein »ungewöhnlicher, interessanter« und »charismatischer Mensch« war.

Offensichtlich hörte er auf, interessant und charismatisch zu sein, sobald er bei ihr einzog.

Eine Frau, die nicht so zurückhaltend war, was die Nennung ihres Namens oder den Verlust ihres Jobs angeht, ist Isabelle Coutant-Peyre. Als Madame als reiche, privilegierte Mademoiselle in Frankreich aufwuchs, wurde sie in einigen der prestigeträchtigsten katholischen Schulen des Landes erzogen. Sie brachte es zu einer angesehenen Anwältin – bis sie von Carlos Ilich Ramirez Sanchez engagiert wurde, besser bekannt als Carlos der Schakal.

Carlos erwarb sich seinen Ruf als einer der meistgefürchteten und meistgehassten Terroristen der Welt Anfang der 1970er-Jahre. Er war eine düstere und glamouröse Gestalt, besuchte Cocktailpartys in Botschaften und war unter anderem der Kopf hinter der grauenhaft brutalen Ermordung von elf israelischen Sportlern während der Olympischen Spiele 1972 in München.

Es dauerte fast dreißig Jahre, bis man ihn 1997 endlich fasste und wegen des Mordes an zwei französischen Polizisten und einem Spitzel einsperrte. Während seines Aufenthalts im Pariser Gefängnis Le Santé machte er die Bekanntschaft der schönen Isabelle, damals eine erfolgreiche und tüchtige Frau in den Vierzigern. Sie beschrieb ihren 52-jährigen Klienten als »einen außergewöhnlich warmherzigen Mann«.

Madame Coutant-Peyre heiratete den Schakal 2001 in einer moslemischen Zeremonie in einer kargen, schmutzigen Gefängniszelle. Carlos rezitierte ein paar Koranverse, er und seine neue Gemahlin unterzeichneten eine Urkunde, und er schenkte ihr einen Platinring von Cartier.

Näher als dem Kuss, den sie sich während der Zeremonie gaben, kamen sie einem faktischen Vollzug der Ehe aber nicht, die genau genommen nicht einmal rechtskräftig ist, weil herauskam, dass Isabelle irgendwie noch nicht so richtig dazu gekommen war, sich von ihrem Mann scheiden zu lassen, und Carlos noch immer mit seiner zweiten Ehefrau verheiratet war, einer Palästinenserin namens Lana Jarrar, die vor vielen Jahren verschwand und von der man nie wieder etwas sah oder hörte. Doch für Isabelle und den Schakal ist das alles okay, denn, wie Isabelle beteuert, die Ehe wird von Moslems auf der ganzen Welt anerkannt. Und nur darauf kommt es ihr angeblich an.

In einem Fernsehinterview gab Mr. Schakal 2003 gelassen zu, für den Tod von über 1 500 Menschen im Namen der Befreiung Palästinas verantwortlich zu sein. Dies ist derselbe Mann, der seiner geliebten Gattin herzzerreißend traurige Gedichte schreibt, voller Gefühle wie »Ich bin eifersüchtig auf die Sonne, die dich bräunt/Auf den Schatten, der dich liebkost/Auf dein Laken, das mich nicht deckt.«

Isabelle ist zuversichtlich, dass sie und ihr Schakal eines

Tages eine echte Trauungszeremonie erleben dürfen und eine Beziehung, die vom Gesetz her anerkannt wird. »Wenn er frei ist«, sagt sie.

Sie muss eine verdammt gute Anwältin sein.

Interessanterweise existiert die Umkehrung dieses Gefängnisphänomens praktisch nicht.

In den USA gibt es im Moment ungefähr fünfzig zum Tode verurteilte Frauen. Keine von ihnen bekommt heiße, scharfe Briefe von männlichen Groupies, die es kaum abwarten können, sie zu heiraten. Virtueller Sex per Briefwechsel, ja. Unmengen Briefe werden deswegen hin- und hergeschickt. Heiratsanträge, nein.

Es sollte uns daher nicht verwundern, dass Frauen hinter Gittern begonnen haben, sich gegenseitig zu heiraten.

Im März 2007 gestatteten sechs Strafvollzugsbeamtinnen aus Florida zwei weiblichen Gefängnisinsassen, sich im Hochsicherheitstrakt der Haftanstalt das Jawort zu geben. Die Zeremonie, die von einer anderen Gefangenen vollzogen wurde, war, nach allem, was man hört, sehr hübsch. Zur Hochzeitsausstattung gehörten rosa Schleifen aus Gefängnisformularen sowie eine Hochzeitstorte, die aus diversen Dessertbestandteilen der Gefängnisküche konstruiert war. Die Bräute tauschten Ringe, die aus irgendjemandes Dreadlocks und ein bisschen Zahnseide gebastelt waren. Die Braut, die den Schleier trug, wurde von einer anderen weiblichen Gefangenen zum Altar geführt.

Sechs Vollzugsbeamtinnen der Lowell Correctional Facility wurden vom Dienst suspendiert, eine Wärterin wurde gefeuert, eine andere kündigte. Sergeant Jennifer Thomas, diejenige, die kündigte, beschuldigte die Gefängnisleitung, Vorurteile gegen gleichgeschlechtliche Verbindungen zu haben, die in Florida immer noch verpönt sind. Ehen zwischen heterosexuellen Mördern und normalen Menschen sind okay, der Vollzug der Ehe im Strafvollzug hingegen nicht.

Im Gegensatz dazu finden im liberalen Kalifornien in San Quentin am ersten Freitag jedes »geraden« Monats Trauungen für die Insassen statt. An jedem dieser Termine heiraten durchschnittlich zwanzig männliche Gefangene Frauen, die wahnsinnig in sie verliebt sind. Bei jeder Zeremonie befindet sich stets mindestens ein Todeskandidat unter den Bräutigamen.

Ich möchte gerne jedem das Recht gönnen, sich zu verlieben. Trotzdem kann ich nicht verhehlen, dass mich die Tatsache, dass sich all diese Beziehungen hinter Stacheldraht und Elektrozaun abspielen, ungemein beruhigt.

Es gibt einen ziemlich seltenen, aber unendlich faszinierenden Geisteszustand namens Folie à deux, was man vielleicht mit »gemeinsam bekloppt« übersetzen könnte. Es passiert, wenn die Wahnvorstellungen eines Menschen sich der Realität eines anderen Menschen bemächtigen und diesen anderen damit ebenfalls in den Wahnsinn stürzen.

Stellen Sie sich einen Mann vor, der sich für Napoleon Bonaparte hält. Er ist derart überzeugend, dass seine Frau irgendwann glaubt, sie müsse, natürlich, Josephine sein. In der Literatur hatten Don Quichotte und Sancho Pansa die perfekte wahnhafte Partnerschaft. Don Quichotte hielt sich für einen Ritter, und sein treuer Diener, Sancho, folgte ihm und diente ihm als Knappe.

Was die beiden Menschen in der *Folie* angeht, ist die Welt völlig in Ordnung. Sie leben in perfekter Harmonie miteinander und mit der Welt, die sie für sich erschaffen haben. Es sind die anderen, die blind sind für die Schönheit ihrer selbstgewählten Realität.

Manchmal tritt dieses Phänomen in größeren Gruppen auf, zum Beispiel bei der *Folie à trois* (ein Trio von Irren), *Folie à famille* (ein ganzer Haushalt davon) oder *Folie à plusieurs* (zu viele, um sie zu zählen). Manche Experten nennen den berüchtigten Massenmörder Charles Manson und seine *Family* oder auch Adolf Hitler und seine lustige Nazibande als klassische Beispiele für eine *Folie à plusieurs*.

Interessanterweise wandelt sich, sobald der Hauptirre von der Bildfläche verschwindet, der Geisteszustand der zweiten und allen weiteren verirrten Seelen häufig wieder in einen Zustand zurück, der tatsächlich an Normalität grenzt bzw. an das, was vor der *Folie* als normal durchging.

Der seltsamste Fall einer *Folie à deux*, der mir je untergekommen ist, wurde 1992 in einem Artikel von Robert Howard im *American Journal of Psychiatry* dokumentiert. Die *deux* waren in diesem Fall eine ältere Frau und ihr ungemein treuer Hund.

Die Frau, eine 83-jährige Witwe, glaubte, ihr lauter Nachbar von oben habe irgendwie herausgefunden, wie er »violette Strahlen«, wie sie sie nannte, durch ihre Decke senden könne. Sie war überzeugt, dass dieser Mann ihr und ihrem geliebten Hundi Schaden zufügen wollte. Der Beweis seien ihr verrenkter Rücken und die Brustschmerzen jedes Mal, wenn der böse Nachbar seinen kranken Plan in die Tat umsetzte. Außerdem hatte der Hund sich sehr viel heftiger zu kratzen begonnen, sagte sie, besonders nachts, wenn, wie jedermann weiß, die violetten Strahlen am tödlichsten sind.

Um sich und ihren Hund zu schützen, baute sie sich einen Strahlenschutz, indem sie ihre Matratze unter den Küchentisch legte. Dort versteckte sie sich, sobald sie hörte, wie ihr Nachbar oben seine Todesmaschine herumrückte. Außerdem baute sie für ihren Hund eine ebenso undurchdringliche Festung aus ein paar alten Koffern. Dann brachte sie ihrem Hund bei, sich in Deckung zu begeben, sobald sie den Mann oben hörten. Der Hund gehorchte natürlich und begann bald, echte Anzeichen von Angst und Verzweiflung zu zeigen, sobald der Nachbar sich in seiner Wohnung rührte.

Auf diese Weise gelang es der alten Frau, die Weltwahrnehmung ihres Hundes so zu verändern, dass sie ihrer eigenen verzerrten Weltsicht entsprach. Sie definierte für den Hund neu, was gefährlich war und was nicht, und teilte damit faktisch ihren Wahn mit ihm. Der Hund hatte natürlich keine Ahnung von »violetten Strahlen« und boshaften Nachbarn, doch er konnte menschliche Gefühle und Geisteszustände spüren. Und er wusste, dass in diesem speziellen Rudel die alte Dame der »Leithund« war und er sich deshalb darauf verlassen konnte, dass sie vieles besser wusste. Das Hündchen akzeptierte die Version der Realität, die ihm sein Chef auftischte, und verhielt sich dementsprechend, genau wie Sancho Pansa.

Linda und Burton Pugach, ein Paar aus New York City, sind die leibhaftige Verkörperung wahnhafter Liebe. Dan Kloris drehte 2007 sogar einen Dokumentarfilm über sie und nannte ihn genau so: *Crazy Love*.

Burt hatte eindeutig schon lange nicht mehr alle Tassen im Schrank, als er Ende der 1950er-Jahre zum ersten Mal die wunderschöne zwanzigjährige Linda Riss auf einer Parkbank in der Bronx sitzen sah. Er verfolgte sie galant und hartnäckig, obwohl er bereits verheiratet war und ein Kind hatte. Er warb mit Geschenken und Einladungen um sie, mit wilden Fahrten in seinem schicken Cabrio, und er schwor, Frau und Kind seien nur ein unbedeutendes – und momentanes – Hindernis. Er sei bereits dabei, sich ihrer so schnell wie möglich zu entledigen.

Nach zwei Jahren maßloser Verführungen und leerer Versprechungen beendete Linda schließlich die Beziehung zu Burt.

Eines Abends im Jahr 1959 klopfte Burt an die Tür von Lindas Wohnung in der Bronx und behauptete, er habe jetzt endlich ein Verlobungsgeschenk für sie. Als sie die Tür aufmachte, kippte er ihr Säure ins Gesicht, wodurch sie teilweise erblindete und fürs Leben entstellt war. Im Lauf der Jahre verlor Linda ihr Augenlicht komplett.

Burt kam für diesen kleinen Beweis von Zuneigung für rund 15 Jahre ins Gefängnis. Derweil versuchte Linda erfolglos, sich anderweitig zu verlieben.

Als Burt aus dem Gefängnis entlassen wurde, tauchte er wieder vor Lindas Tür auf und flehte sie an, ihn zu heiraten.

Burt kam für diesen kleinen Beweis von Zuneigung für rund 15 Jahre ins Gefängnis. Derweil versuchte Linda erfolglos, sich anderweitig zu verlieben.

Und sie sagte Ja.

Noch erstaunlicher ist, dass die beiden immer noch zusammen sind. Linda überschüttet ihn täglich mit Gemeinheiten, um ihm heimzuzahlen, was er ihr angetan und was er ihr genommen hat. Doch sie ist völlig von ihm abhängig, und er ist überzeugt, dass sie ihn liebt.

Auf ihre eigene verdrehte Art sind die zwei offenbar füreinander geschaffen.

Das Sprichwort »Liebe ist eine Form von Wahnsinn« wird häufig dem Marquis de Sade zugeschrieben, dem Psychopathen, der uns weismachen wollte, dass Schmerz gleich Lust ist. Jeder, der schon einmal wahnsinnig und stürmisch verliebt war, weiß, dass er Recht hat, zumindest was den Wahnsinn anbelangt.

Wirklich erstaunlich ist nicht nur, dass wir alle empfänglich sind für dieses Phänomen der unerklärlichen Verwandlung vom vernünftigen zum geistesgestörten Wesen, sondern dass wir, selbst wenn wir einem solchen Wahn verfallen sind, in der »normalen« Welt weiterhin mehr oder weniger funktionieren.

Eine andere schrecklich abgebrühte Seele befand einmal: »Die Heilung für die Liebe ist die Ehe.«

Ich glaube, dann bin ich doch lieber verrückt.

Ich liebe meine Sachen

Ich liebe Micky Maus mehr als alle Frauen, die ich je gekannt habe.

Walt Disney

Der richtige Stift, der sich sanft in meine warme Handfläche schmiegt, ist für mich ein einzigartig intimes Erlebnis. Wenn es sich dabei auch noch um einen schönen Füllfederhalter handelt, falle ich quasi vor Ekstase in Ohnmacht.

Ein Stift ist das perfekte Schreibgerät für bestimmte Schriftstücke – Lyrik, Liebesbriefe, Grabreden. Da wir schneller denken, als wir schreiben können, zwingt der Stift die Worte zum längeren Verweilen in unserem Herzen und Hirn, wo sie mit der Zeit eine große Kraft entfalten können. Ich bezweifle, dass Shakespeares Sonette so bedeutsam geraten wären, wenn er sie in einen PC gehämmert hätte.

Die moderne Technik bietet uns die Möglichkeit, auf allen blumigen Schmus zu verzichten und lässt unsere Finger im Schnellfeuergewehrtempo Worte zu Papier bzw. auf den Bildschirm bringen. Das Ganze ist äußerst effizient, man kann alles speichern und sofort versenden, und wir müssen uns keine dämlichen Regeln zu Rechtschreibung und Grammatik mehr merken. Das macht die Computertastatur und das elektronische Handgerät zum perfekten Werkzeug für Geschäftsmitteilungen, Hassmails und Cybersex.

Viele von uns, die in den Dunklen Jahrzehnten (vor 1980) tippen gelernt haben, besitzen ein Wissen, das euch Übrigen vermutlich leider entgangen ist: Das Klack-Klack-Kling einer echten Schreibmaschine hat etwas geradezu Magisches.

Ich war zwölf, als mein Vater mir aus dem Büro eine uralte Smith Corona zum Spielen mitbrachte, eine von vielen, die auf dem Müllhaufen gelandet waren, um einer Ladung neumodischer IBM-Elektroschreibmaschinen Platz zu machen. Ich brachte mir das Tippen auf diesem grässlichen Ding selbst bei, es wog mehr als mein kleiner Bruder, und seine Tasten musste ich praktisch mit einem Hammer anschlagen, um einen leserlichen Abdruck auf dem Blatt zu hinterlassen.

Als ich endlich immer seltener nach den richtigen Tasten suchen musste, schloss ich meinen Frieden mit diesem widerspenstigen Metallklotz und seinen diversen beweglichen Teilen. Als meine Finger ihr eigenes muskuläres Gedächtnis entwickelten und ich ein bisschen mehr Tempo aufnahm, begann ich etwas Rhythmisches und seltsam Vertrautes aus dem Klang der gegen die Walze hämmernden Typenhebel zu hören. Mir gefielen auch die Millionen tastbarer Abdrücke auf der Rückseite glatter Papierblätter, die meine Fingerspitzen kitzelten, wenn ich sie wie Blindenschrift zu lesen versuchte. Das Schreiben auf einer Schreibmaschine sprach fast alle meine Sinne an, aber was ich unwiderstehlich hypnotisch fand, das war das Klack-Klack-Kling.

Dieses spezielle Geräusch hat etwas an sich – völlig anders als das gedämpfte und unecht klingende tapp-tapp-tapp einer Computertastatur –, das offensichtlich in den verwinkelten Korridoren meiner Fantasie die sehr viel interessanteren Türen öffnet. Zwar weiß ich es durchaus zu schätzen, auf Anfrage eine unbegrenzte Anzahl von Kopien ausdrucken und auf meinem PC mühelos Korrekturen machen zu können, in vielerlei Hinsicht aber lässt mich dieser Prozess irgendwie unbefriedigt zurück. Wenn ich etwas aus den tiefsten Tiefen meiner Seele schreiben möchte, sehne ich mich unweigerlich nach dem Sound der Schreibmaschine, deren Echos nach mir rufen wie die Erinnerungen an eine alte Liebe. Ich genieße die Gewissheit, jederzeit zu ihr zurückkehren zu können, als sei ich nie weg gewesen.

Bei aller Liebe, die ich je für meine diversen Schreibgeräte empfunden habe, und so sehr ich auch über die mechanischen Wunder und die ganze Kraft gestaunt habe, die ich in meinen eigenen Fingerspitzen entdeckte, habe ich doch nie den Wunsch verspürt, mit meiner Smith Corona Sex zu haben.

Ich kann mir nicht einmal vorstellen, wie ich es im Falle eines Falles anstellen müsste.

Es gibt eine brandneue psychische Störung – oder vielleicht auch nur einen neuen Namen für eine Eigenart, die möglicherweise so alt ist wie die Menschheit selbst – namens Objektophilie. Es handelt sich dabei um Menschen, die sich in ein unbelebtes Objekt verlieben, etwa einen Toaster oder einen Laternenpfahl.

Ein Objektophiler spürt Liebe, sexuelle Anziehung und Befriedigung bei Dingen statt bei Menschen und kann sich nicht vorstellen, eine derartige Beziehung mit einem lebenden menschlichen Wesen zu führen.

Objektophilie ist etwas anderes als die »Liebe«, die man für, sagen wir, einen roten Ferrari oder einen Orgaz-O-Matic, einen wasserfesten, schnurlosen Vibrator, empfinden kann.

Im Falle des Vibrators fällt die Unterscheidung ein wenig schwerer, doch der Hauptunterschied ist folgender: Egal, wie oft man Sex mit ihm, in ihm oder auf ihm hat, weder der Wagen noch der Vibrator können unsere Liebe jemals erwidern, und man würde etwas Derartiges auch nicht erwarten. Falls Sie das verstehen und akzeptieren können, sind Sie vermutlich kein Objektophiler. Vielleicht sind Sie etwas anderes, womit wir uns in einem anderen Kapitel beschäftigen, aber das sind Sie auf alle Fälle schon mal nicht.[4]

In manchen Fällen ist es gar nicht so schwer zu verstehen, wie ein Mensch starke Gefühle für ein Objekt entwickeln kann, etwa bei dem nicht namentlich genannten jungen Mann, der sich Beziehungsratschläge von Gleichgesinnten im Online-Forum Conscious Loving erhoffte, als in ihm die Befürchtung aufkeimte, dass mit ihm irgendetwas nicht in Ordnung war. Eines schönen Tages wurde ihm wie aus heiterem Himmel klar, dass er tiefe Liebe und körperliche Anziehung für seine Akustikgitarre entwickelt hatte. Er war sich völlig im Klaren darüber, dass dies nicht normal war, doch er konnte nichts dagegen tun.

Die meisten Leute, die ihm antworteten, waren freundlich und empathisch, aber nur wenige schienen zu begreifen, worum es hier tatsächlich ging. Der verwirrte junge Mann versuchte sich wieder und wieder zu erklären. »Wenn ich ein Mädchen treffe, das mich interessieren könnte«, schrieb er, »bringt mich der Gedanke, dass ich ihretwegen vielleicht weniger Zeit mit meiner Gitarre verbringen werde, zum Erschau-

---

[4] Je tiefer man zu solchen Perversionen vordringt, desto mehr verschwimmen die Grenzen. Zu Vergleichszwecken könnten Sie sich die Transformationsfetischisten in Kapitel 5 ansehen. Sie sind seltsam, scheinen aber im Alltag mit weniger Medikamenten zu funktionieren.

dern.« Er versteckte sich nicht hinter der Gitarre, um sich vor einer echten Beziehung zu drücken, wie manche es in ihren Antworten andeuteten; ihm *gefiel* tatsächlich die Beziehung, die er bereits mit seiner Gitarre hatte, und er wollte keine andere. Noch bedeutsamer ist, dass er glaubte, die Gitarre würde seine Gefühle irgendwie erwidern. »Meine Gitarre behandelt mich besser, und ich fühle mich besser mit ihr, als das je bei einer Frau der Fall war«, sagte er.

Und genau da liegt der Hase im Pfeffer.

Ich kann verstehen, wie eine Gitarre scheinbar »zum Leben erwacht«, wenn man sie auf die richtige Art und an genau den richtigen Stellen streichelt und zupft. Ihre Form ist sogar den klassischen Kurven einer Frau nachempfunden. Trotzdem deutet einiges darauf hin, dass das Verlangen dieses speziellen jungen Mannes nach Liebe und Zuneigung doch irgendwie ein *kleines bisschen* neben der Spur ist.

In Schweden lebt eine schöne Frau namens Eija-Riita Eklöf-Mauer. Am 17. Juni 1979 heiratete sie ihre große Liebe. Sie verlor diese große Liebe auf tragische Weise, als sie im November 1989 von einem rasenden Mob brutal gemeuchelt wurde. Eija sah das Ganze im Fernsehen mit an.

Obwohl sie nun schon seit vielen Jahren verwitwet ist, verwendet Eija immer noch den Ehenamen Mauer. Zehn Jahre lang war ihr Gemahl – Sie haben es erraten – die Berliner Mauer.

Klingt wie ein schlechter Witz, ich weiß, doch es ist wahr.

Eijas Trauungszeremonie bestand im Wesentlichen darin, zum Standesamt zu gehen und ihren Nachnamen offiziell in

Berliner-Mauer ändern zu lassen. Und so unterschreibt sie auch bis heute.

Seit der frühesten Kindheit glaubte Eija an Animismus, also daran, dass jedes Ding eine Seele hat. Und so kann sie zu Gegenständen dieselbe Art von Beziehung aufbauen wie zu Menschen. Für sie sind alle Dinge lebendig. Als Eija in die Pubertät kam und körperlich reif war, verschmolz ihre Vorstellung von Animismus ganz natürlich mit ihrer Selbstwahrnehmung als sexuelles Wesen.

Eija ist es gelungen, die Trauer über den Verlust der Berliner Mauer zu überwinden, indem sie die natürliche Trennung transzendierte, die häufig mit dem Tod eines Geliebten einhergeht. Sie sammelt Fotos und andere Souvenirs von der Mauer und hat mehrere Modelle des Bauwerks gebastelt. Sie schreibt häufig Gedichte an ihren Liebsten, in denen sie Empfindungen zum Ausdruck bringt wie »Ich brauchte eine starke Stütze ... und ich fand DICH – meine geliebte Berliner Mauer!«.

> Eijas Trauungszeremonie bestand im Wesentlichen darin, zum Standesamt zu gehen und ihren Nachnamen offiziell in Berliner-Mauer ändern zu lassen.

Obwohl sie der Liebe ihres Lebens treu bleibt, fühlte Eija häufig eine starke sexuelle Anziehung zu anderen Objekten. Von besonderem Interesse sind für sie Bauwerke, die eine gewisse Symmetrie aufweisen, zum Beispiel Eisenbahnschienen, Zäune, Tore und Brücken. »All diese Dinge haben zwei Dinge gemeinsam«, sagt sie. »Sie sind rechteckig, sie haben parallele Linien, und sie trennen irgendetwas. Das ist es, was mich körperlich anzieht.«

Der angesagte deutsche Sexualwissenschaftler Volkmar Sigusch, ehemaliger Leiter des Instituts für Sexualwissenschaft an der Universität Frankfurt, hat sich seit geraumer Zeit mit Menschen wie Frau Berliner-Mauer beschäftigt. Dr. Sigusch überrascht das Aufkommen dieses Phänomens nicht im Geringsten. Seiner Meinung nach wimmelt es in praktisch jeder Großstadt auf der Welt nur so von »Singles, isolierten Menschen, kulturellen Sodomiten, massenweise Perversen und Sexsüchtigen«.

Offenbar war er noch nie in einer durchschnittlichen amerikanischen Vorstadt gewesen.

Für Dr. Sigusch fallen auch Tiere unter die Kategorie »Gegenstände«, weshalb beispielsweise Menschen, die ihre Haustiere heiraten möchten, für ihn ebenfalls Objektophile sind.

Nun bin ich kein angesagter deutscher Sexualwissenschaftler, doch in diesem Punkt muss ich ihm widersprechen.

Tiere sind per definitionem keine unbelebten Gegenstände. Die meisten Haustiere, von Salinenkrebsen möglicherweise einmal abgesehen, sind in der Lage, auf unsere Beweise von Zuneigung zu reagieren, beziehungsweise sich zu wehren, wegzulaufen oder vor Kummer zu sterben, wenn man sie vernachlässigt oder gar misshandelt. In dieser Hinsicht unterscheiden sie sich gar nicht so sehr vom Menschen. Und sie sind defintiv ansprechender als ein Spatel.

Andererseits treffen auf Menschen, die Sex mit Tieren haben, eine ganze Menge Sachen zu, die nicht zu sagen ich mir allergrößte Mühe gebe – zum Beispiel, dass sie kranke, perverse Dreckskerle sind –, aber das macht sie noch lange nicht zu Objektophilen. Diejenigen, zu deren sexuellen Neigungen Sodomie zählt, könnten nur dann Objektophile sein, wenn das betreffende Tier eine ausgestopfte Eule oder ein Elchkopf wäre. Wenn es tot, aber nicht ausgestopft ist, dann wäre der kranke, perverse Dreckskerl für mich ein nekrophiler Sodomit (oder so etwas Ähnliches).

Es gab tatsächlich einen Typen in Minnesota, Brian Hathaway, der für einige Zeit im Gefängnis landete, nachdem er dabei erwischt wurde, wie er es 2006 am Straßenrand mit einem Rehkadaver trieb. Sein Anwalt versuchte, einen Freispruch zu erwirken mit dem Argument, sein Klient habe sich nicht der (in Minnesota verbotenen) Sodomie schuldig gemacht, da das Reh tot und deshalb »kein Tier mehr« war. Netter Versuch. Der Richter schloss sich dieser Auffassung hinsichtlich Verstößen gegen die Sexualmoral nicht an. Außerdem war es nicht gerade hilfreich, dass Hathaway anderthalb Jahre zuvor keinen Widerspruch eingelegt hatte, als man ihn anklagte, ein Pferd getötet zu haben, damit er Sex mit ihm haben konnte.

Da schwirrt einem der Kopf, nicht?

In einer anderen Fallstudie von Dr. Sigusch geht es um einen Mann namens Joachim. Im Alter von zwölf Jahren entwickelte er eine emotional und körperlich äußerst komplexe und tiefe Beziehung mit einer Hammondorgel. Die Beziehung hielt mehrere Jahre.

Was Joachim am meisten antörnt, ist das Innenleben technischer oder mechanischer Objekte. Dadurch kann seine Treue zu einem Partner ernsthaft in Gefahr geraten. Die Reparatur eines Kühlers zum Beispiel könnte leicht in einer Affäre münden.

Zur Zeit befindet sich Joachim in einer monogamen Beziehung mit einer Dampflok-Modelleisenbahn.

Bill Rifka, ein 35-jähriger Psychologiestudent, ist verliebt in sein iBook. Für Bill ist sein Laptop eindeutig ein Männchen. Er gibt zu, dass diese spezielle Beziehung damit eine homosexuelle Affäre darstellt, aber damit hat er überhaupt kein Problem.

Von allen Studienobjekten Dr. Siguschs scheint Bill der Normalste zu sein.

Einige Fälle von Sex mit Nichtmenschen befinden sich sozusagen an der hauchdünnen Grenze zwischen Objektophilie und etwas, was man ansonsten als simple, opportunistische Halbverbrechen aus Leidenschaft einordnen würde.

Der junge Michael Plentyhorse aus Sioux Falls, South Dakota, wurde zum Beispiel wegen eines Sexualverbrechens angeklagt, als er im November 2005 bei dem Versuch erwischt wurde, im Kunstzentrum Washington Pavilion eine intime Beziehung mit einer kahlköpfigen und weitgehend unbekleideten Schaufensterpuppe anzuzetteln. Es war offenbar nicht das erste Mal, dass Michael seiner speziellen Geliebten einen Besuch abstattete. Wärter des Kunstzentrums berichteten, sie hätten die Puppe häufig mehr oder weniger entkleidet vorgefunden. Man geht davon aus, dass Michael jeweils der Schuldige war.

Ein Jahr nach Michaels Verhaftung verfügte ein Berufungsgericht, dass Michael doch nicht als Sexualstraftäter registriert werden müsse. Des Weiteren befand man ihn der unsittlichen Entblößung für nicht schuldig, da niemand zugegen war, der die eigentliche Entblößung hätte bezeugen können – außer der Schaufensterpuppe und dem Wärter, der ihn mit auf die Knöchel heruntergelassener Hose erwischte.

Der schottische Radfahrer Robert Stewart hatte weniger Glück. Der 51-Jährige betrieb gerade »schwere sexuelle Ruhestörung« mit seinem geliebten Fahrrad, als das Reinigungspersonal ihn in dem Hostel überraschte, in dem er übernachtete. Robert war zu diesem Zeitpunkt nur mit einem weißen T-Shirt bekleidet. Er bumste das Fahrrad so enthusiastisch, dass er das hartnäckige Klopfen an seiner Tür entweder nicht hörte oder zu ignorieren beschloss. Der Hausmeister rief den Sheriff, und Michael wurde verhaftet. Das Gericht verurteilte ihn zu drei Jahren auf Bewährung und verlangte, dass er sich während der Bewährungsfrist als Sexualstraftäter registrieren ließ.

Robert Stewarts Fall löste nach seiner seltsamen Verhaftung und Verurteilung jede Menge hitzige Diskussionen über diverse Themen aus. Vor allem Frauen fragten sich, ob man sie eines Sexualverbrechens bezichtigen könnte, falls sie zufällig vom Sheriff oder einem vorwitzigen Zimmermädchen dabei erwischt würden, wie sie gerade einen sorglosen Moment der »Stressreduktion« mit einem voll aufgeladenen Vibrator genossen.

In einem ähnlichen Fall in Schottland, dieses Mal in Edinburgh, wurde der 38-jährige Robert Watt 1997 zu einer Geldstrafe von 100 Pfund verurteilt, weil er auf offener Straße versucht hatte, Sex mit einem Schuh zu haben. 2002 nahm man ihn erneut fest, weil er gegenüber einem Absperrkegel sexuell übergriffig wurde, während eine Fußgängerhorde zusah. Einige waren entsetzt. Andere fanden es dagegen ziemlich unterhaltsam.

Robert Watts Fall bestätigt vornehmlich die Tatsache, dass manche Menschen einfach alles vögeln, egal ob es sich bewegt oder einen Puls hat oder nicht. Anders als Robert Stewart, der sein Fahrrad aufrichtig liebte, suchte Robert Watt einfach nur ein passendes Loch zum Bumsen, vorzugsweise in Anwesenheit von Zeugen. Es ist unwahrscheinlich, dass Watt dies um der Liebe und übrigens auch nicht um der Fortpflanzung willen tat.

Objektophilie reicht weit über den Wirkungskreis gewöhnlicher Sterblicher hinaus. Im Herbst 1993 fiel der Blick eines 320-Kilo-Elches auf einen falschen Hirsch. Das endete tragisch.

Die Familie Morrill aus Waterboro, Maine, hatte den mit Schaumstoff ausgestopften Plastikhirsch als Zielscheibe beim Bogenschießen benutzt. An diesem kalten, einsamen Oktobertag wurde der Hirsch stattdessen das Objekt der ungezügelten Begierde eines Elches.

Die Morrills nahmen die Begegnung der beiden auf Video auf, während der Elch nicht von seinen Schwängerungsversuchen am Hirsch abließ, auch nicht, als dessen unechtes Geweih abfiel. Schließlich wurde der Hirsch bei dem Kopulationsversuch enthauptet. Die Tatsache, dass Kopf und Geweih vor den naheliegenderen Teilen der Hirschanatomie zerstört wurden, wirft bei mir die Frage auf, ob der Elch vielleicht irgendein wahnwitziges Vorspiel versucht hatte oder ob es dem Elch ziemlich egal war, mit welchem Ende des Hirsches er es trieb. Erst als der Hirsch kaum noch mehr war als ein Haufen Abfall auf dem Rasen, gab der Elch schließlich auf und wanderte niedergeschlagen zurück in den Wald.

Es handelt sich hier keineswegs um einen Einzelfall. Man weiß von amourösen Elchattacken auf alle möglichen elchunähnlichen Geschöpfe, darunter Kühe, Pferde, Gartenmöbel, Autos und den einen oder anderen langsam einherwandeln- den Jäger.

An einem anderen Ort in diesem großen Land berichtete das Southwest National Primate Research Center von Gab- riel, einem Schimpansenmännchen, das eine totale Obses- sion für einen Lederstiefel entwickelte. Gabriel entwand den Gegenstand einer Wärterin, indem er sie am Bein festhielt und mit ihr so lange kämpfte, bis sie ihre Fußbekleidung he- rausrückte.

Man sah Gabriel häufig in wilder, leidenschaftlicher Af- fenliebe mit dem Stiefel, weshalb manche annehmen, dass Gabriel womöglich eher ein Schuhfetischist als ein Objek- tophiler war. Es ist jedoch nichts davon bekannt, dass Gab- riel jemals echtes Interesse an der Fußbekleidung anderer Menschen oder an andersartigen Ledergegenständen ge- zeigt hat, nicht einmal an dem zweiten Stiefel der Wärterin. Und er hat nie versucht, irgendjemandem sonst die Schuhe zu rauben. Offensichtlich hat er den einzig richtigen gefun- den.

Falls die Vorstellung von Objektophilie per se Ihnen noch nicht außergewöhnlich und seltsam genug ist, gibt es eine Vielzahl von Varianten und Unterkategorien, die sich mit Fug und Recht dieser Sammlung sexueller und romantischer Ver- irrungen zurechnen lassen. Eine davon bezeichnet man als »Mechaphilie«. Es ist jene Form der Objektophilie, die sich speziell auf Maschinen richtet.

2003 schrieb ein Autor, von dem lediglich der Name

Schlessinger bekannt ist (weder Vorname noch Initialen), seine Erinnerungen an sein Dasein als Mechaphiler nieder. Darin beschreibt er, wie er diesen Aspekt seiner Sexualität zu akzeptieren lernte und wie seine Beziehungen zu einer Vielzahl mechanischer Objekte waren, etwa die mit dem kecken kleinen Tonbandgerät, dessen heiße Kurven ihm vor einigen Jahren das Herz brachen. Schlessingers Buch mit dem passenden Titel *Mechaphilia: Sexual Attraction to Machines* (Mechaphilie: Sexuelles Hingezogensein zu Maschinen) ist die Chronik seiner Abenteuer in allen Bereichen seines sexuellen Universums, darunter auch Begegnungen mit echten Menschen. Das Schwierigste an seiner Objektophilie war, schreibt er, die Akzeptanz und das Verständnis seiner Familie zu gewinnen. Ansonsten ist er völlig zufrieden damit, sich emotional und sexuell zu Maschinen hingezogen zu fühlen.

Chris Donald aus dem Westen Großbritanniens schafft es, noch einen draufzusetzen. Chris fühlte sich so stark angezogen von Motorbooten, Jetskis und vor allem Autos, dass er den Auspuff einer seiner Wagen weiten und runden ließ, um ihn seiner Anatomie anzupassen. Sein »Boudoir« ist die beheizte, mit Teppich ausgelegte Doppelgarage seines Hauses.

Chris ist online zahlreichen anderen Mechaphilen begegnet, von denen einige lediglich Voyeure sind. Sie sehen gern zu, wenn Chris mit seinem Wagen »Liebe macht«. Einige filmen diese Begegnungen.

Ich weiß nicht, ob es ein spezielles Wort für die Kerle gibt, die gerne zuschauen, aber sie wirken alle ziemlich normal, sobald man von Karl Watkins hört, einem Elektriker aus dem englischen Worcestershire. Karl kam 1993 ins Gefängnis, weil er Sex mit einem gepflasterten Straßenabschnitt hatte.[5]

Wenn das Ding, das Sie am meisten auf dieser Welt lieben, Ihr eigenes »Ding« ist, oh Mann, dann haben Sie Glück.

Zügellose und zukunftweisende Städte wie San Francisco, London und Kopenhagen haben bereits erfolgreich sogenannte »Masturbate-a-Thons« veranstaltet. Das Event ist genau das, wonach es sich anhört.

Das erste fand 1998 in Kalifornien statt. Zu meiner großen Verblüffung dauerte es eine Weile, bis das Event sich durchsetzte, aber mittlerweile findet das Masturbate-a-Thon jährlich statt, zuletzt 2012 in San Francisco.

Die Organisatoren benennen als eines ihrer Ziele das Aufbrechen jener zahlreichen, zählebigen alten Tabus, mit denen die uralte Kunst der Selbstbefriedigung belegt ist. Die dänische Sexologin Pia Struck Madsen konnte es gar nicht abwarten, Männer und Frauen jeder Couleur in Kopenhagen zu begrüßen und sie in die wundervolle Welt von »Lust, Entspannung und Selbstfindung« einzuführen.

Irgendetwas sagt mir, dass die Teilnehmer kaum eine Einführung brauchen werden. Sie wissen bereits, wo es langgeht.

Normalerweise stellt man Männer und Frauen getrennte Räume zur Verfügung, es gibt aber auch welche für diejenigen, die ihre sexuellen Erfahrungen gerne mit anderen teilen, ohne dabei jemanden berühren zu müssen.

---

[5] Autsch.

Wenn Sie auch nur einen einzigen Augenblick lang meinen, dieses Event sei der Inbegriff hemmungsloser Egomanie, dann liegen Sie völlig falsch. Die Teilnehmer tun es, um Geld für ihre Lieblingswohltätigkeitsorganisationen zu sammeln. Ob die Organisationen sich dessen wohl bewusst sind?

Durch einen ziemlich interessanten Kniff ist es einigen Leuten tatsächlich gelungen, ihre Neigung zur Eigenliebe mit einer Form von Objektophilie zu kombinieren. Vielleicht nicht absichtlich oder in vollem Bewusstsein, aber das Ergebnis ist dasselbe.

Eines der besten Beispiele für diese kreative Variante ist die Erfindung von Amber Hawk Swanson, einer jungen Frau Ende zwanzig, der es 12 000 Dollar wert war, einen lebensgroßen Klon von sich selbst in Form einer Sexpuppe anfertigen zu lassen.

»Amber Doll« wurde von einer Firma mit dem Namen Real-Doll produziert, eine von mehreren Firmen, die sich auf anatomisch korrekte, lebensechte, speziell zum Gebrauch als Sexualpartner gefertigte Puppen spezialisiert haben. Die Firma bietet mehrere Modelle an, mit einer Auswahl an diversen Haarfarben, Hauttönen, Augenfarben und anderen Merkmalen. Alle Puppen haben realistisch modellierte Gesichtszüge, eine weiche Silikonhaut und bewegliche Gliedmaßen. Diese Playmates haben nichts zu tun mit den aufblasbaren 08/15-Sexspielzeugen. Aber Amber wollte mehr.

Sie nahm Kontakt zu Cyber F/X auf, einer Firma in Burbank, die die Filmindustrie in Hollywood beliefert. Nachdem sie einen dreidimensionalen Scan von Ambers Gesicht vorgenommen hatten, schufen sie in Zusammenarbeit mit RealDoll eine Maske, die sich mit Klettverschluss am Gesicht von RealDoll befestigen ließ. Das Ergebnis war ein etwas kleinerer Zwilling mit einem Gesichtsausdruck, der sich nur als »hübsch, aber dumm« beschreiben lässt. Buchstäblich hohl.

Es dauerte etwa neun Monate, bis Amber Doll fertig war. Die echte Amber vereinbarte mit der Firma, dass sie sie an ihrem Geburtstag aus der Fabrik abholen konnte, was die Beziehung nur noch komplizierter machte. Die echte Amber betrachtet Amber Doll nun als eine wie auch immer geartete Kombination aus Geliebter, Zwillingsschwester und Kind.

Die echte Amber musste mühsam lernen, dass *alle* Beziehungen ein gewisses Maß an Arbeit erfordern. Zwar ist Amber relativ wartungsfrei, zumindest im Vergleich zum durchschnittlichen Sexualpartner, doch dafür macht sie so gut wie nichts selbst. Ihre Silikonhaut fasst sich weich an und lässt sich mit einer Heizdecke anwärmen, zieht aber auch reichlich Schmutz, Staub und … seien wir ehrlich, Haare an. Um Amber Doll zu säubern, braucht man eine Menge Fusselrollen und Flüssigreiniger. Außerdem fällt ihr Gesicht schon mal ab, wenn es etwas rauer zugeht.

Im Januar 2007 fuhr die echte Amber ihre Amber Doll nach Las Vegas, um sie zu heiraten. Sie trugen das gleiche Brautkleid. »Nur einer hat mich richtig angewidert angesehen«, sagte sie über die Reaktionen der Passanten. Die anderen glotzten einfach nur.

Ich nehme an, die Leute in Las Vegas haben schon Schrägeres gesehen.

Es ist durchaus möglich, dass es nur einen einzigen Menschen gibt, neben dem Amber und ihre maßgefertigte Schwester/Tochter/Gattin wie ein alltägliches, normales, typisch amerikanisches Durchschnittspaar wirken. Dieser Mensch hieß Carl von Cosel.

Carl kam in den 1920ern nach Amerika und ließ Frau und Familie in seiner deutschen Heimat zurück. Auf seinem Weg nach Florida machte er einen kurzen Abstecher nach Kuba, geleitet von der unerklärlichen Überzeugung, dass ihn dort die Liebe seines Lebens erwartete. Er stellte sich eine hinreißende dunkelhaarige Latino-Schönheit vor, die fröhlich in der Karneval feiernden Menge tanzte, und machte sich daran, sie in den überfüllten Straßen von Havanna zu suchen.

Nach vier Tagen gab er, müde und verzweifelt, die Suche auf und widmete sich wieder seinem ursprünglichen Ziel, nämlich im Alter von 51 Jahren in einem neuen Land sein Leben noch einmal von vorne zu beginnen. Er bestieg die Fähre nach Key West, wo seine Schwester auf ihn wartete.

Ein paar Jahre später, als Carl in einem Krankenhaus arbeitete, das, wie man munkelte, gelegentlich auch als Bordell und Flüsterkneipe diente, verliebte er sich in eine Patientin namens Maria Elena de Hoyos, eine wunderschöne 22-Jährige, die an tödlicher Tuberkulose litt. Endlich, endlich hatte er seine hinreißende Latina gefunden.

In tiefster Nacht stahl er den Körper aus der Krypta. Er brachte sie in sein Schlafzimmer und schlief jede Nacht bei ihr.

Carl hielt sich für einen ziemlich fähigen Erfinder und Brauer von heilenden Tränken. Mit Erlaubnis der Familie der jungen Frau machte er sich daran, sie von ihrer zu jener Zeit unheilbaren Erkrankung zu kurieren. Maria Elena starb trotzdem.

Carl überredete die Familie Hoyos, Maria Elena nicht zu begraben, sondern sie in einem Mausoleum bestatten zu dürfen. In ihrer Trauer und aus einer gewissen Dankbarkeit gegenüber Carl wegen seiner Bemühungen um ihre Tochter willigten sie ein.

Ohne dass die Familie es wusste, besuchte Carl den Leichnam jede Nacht und behandelte ihn sorgfältig mit Formaldehyd und anderen Konservierungsmitteln. Und irgendwann hielt er es für leichter und weniger riskant, das Mädchen einfach mit nach Hause zu nehmen. In tiefster Nacht stahl er den Körper aus der Krypta. Er brachte sie in sein Schlafzimmer und schlief jede Nacht bei ihr.

Als der unvermeidliche Verfall Maria Elenas einen Schatten auf die Beziehung des Paares warf, verfiel Carl auf eine noch genialere Methode, sie zusammenzuhalten. Er flocht Klaviersaiten durch ihren nunmehr freiliegenden Brustkorb, füllte ihre Bauchöffnung mit duftenden Kräutern, stopfte ihre erschlaffenden Körperteile mit Lumpen aus und besprenkelte sie gelegentlich mit etwas Parfüm. Außerdem überzog er das, was von ihrer Haut noch übrig war, mit überlappenden Schichten aus Wachs und Seide. Als Maria Elenas Haare ausfielen, sammelte Carl sie auf und knüpfte eine Perücke daraus. Als ihre Augäpfel zerfielen, setzte er ein Paar Glasaugen in die Höhlen. Und als ihre weiblichen Organe nicht mehr brauchbar waren, setzte er ihr ein Stück Gummischlauch ins Becken ein.

Erst Jahre später entdeckte Maria Elenas Schwester, dass deren Leichnam sich nicht mehr im Mausoleum befand. Sie suchte sofort Carl von Cosel auf und fand die Überreste von

Maria Elenas Leichnam in seinem Bett. Sie war mit einem verrottenden Brautkleid aus Spitze und einem Brautschleier bekleidet.

Carl wurde verhaftet, konnte aber keines Verbrechens bezichtigt werden. Der Tatbestand des Grabraubes war in den sieben Jahren, die er seine zusammengeflickte Braut in seinem Haus behalten hatte, verjährt. Carl wurde auf freien Fuß gesetzt. Maria Elenas Familie begrub ihre sterblichen Überreste an einem geheimen Ort.

Carl lebte noch rund ein Dutzend Jahre, allerdings nicht völlig allein. 1952 fand man ihn tot auf dem Boden seines Schlafzimmers, eine lebensgroße Puppe in den Armen. Die Puppe trug das Brautkleid und die Totenmaske, die einst Maria Elena gehört hatten.

Es bricht einem das Herz, nicht wahr? Was tun wir nicht alles aus Liebe …

Von allen sexuell Abartigen scheinen Objektophile mit nur wenigen Ausnahmen normalerweise die harmlosesten. Sie sind weder an unseren Kindern noch an unseren Tieren interessiert, nicht einmal an unseren Partnern. Stattdessen sollten wir unsere Gartendeko im Auge behalten. Hätte ich die Wahl zwischen einem Objektophilen und einem Ziegenficker, würde ich jederzeit den Dingeliebhaber als Nachbarn vorziehen. Ganz sicher könnte ich das plötzliche Verschwinden eines Plastikflamingos verkraften, mein Hund jedoch ist selbstverständlich tabu, selbst in seinem semikomatösen Zustand. Er sieht nur *aus* wie ein Stück Fell. Aber ich weiß, es steckt noch Leben darin.

Was für wunderbar interessante Gespräche könnte ich an verregneten Nachmittagen mit einer süßen alten objektophilen Nachbarin führen. Ich sehe alles deutlich vor mir: die liebe verwirrte Mildred und ich bei einer schönen Tasse Tee, und sie erzählt von ihrer tiefen, beständigen Liebe zu dem Hängefarn in ihrem Schlafzimmer oder der heißen Affäre, die sie einmal mit einem Unkrauthäcksler hatte.

Es gibt so vieles, was ich sie gern fragen würde.

Andere Welten

Wir wissen, dass es bekanntes Bekanntes gibt: Es gibt Dinge, von denen wir wissen, dass wir sie wissen. Wir wissen auch, dass es bekanntes Unbekanntes gibt: Das heißt, wir wissen, dass es Dinge gibt, von denen wir wissen, dass wir sie nicht wissen. Es gibt aber auch unbekanntes Unbekanntes – das, von dem wir nicht wissen, dass wir es nicht wissen.

Der ehemalige US-Verteidigungsminister
Donald »Rummy« Rumsfeld

Meine erste Liebe war ein Hammer. Venus streckte einen wunderschönen, geschmeidigen Arm nach mir aus, griff in meinen weit offenstehenden Mund, hinein in meine Kehle, durch mein Zwerchfell und in meine Eingeweide, gab dann einen kräftigen Ruck und stülpte mein Innerstes nach außen, während Amor ein paar schiefe Töne auf einem Spielzeugklavier klimperte und sich vor Lachen in die Windeln machte.

Beim leisesten Flüstern seines Namens – den süßesten Silben, die ich je vernommen hatte – stockte mir das Herz, und meine Augen verdrehten sich ganz wie von selbst. Ich war hingerissen, verzaubert, litt Höllenqualen, ich war außer mir vor Liebe. Ich war zwölf.

Keine Ahnung, wie ich es überlebte, mich in David Cassidy zu verlieben.

Ich und fünfzig bis sechzig Millionen andere anbetende kleine Mädchen in Schlaghosen, geblümten oder gebatikten Tops und Fransenwesten, die alle die ersten zaghaften Anzeichen der gerade beginnenden Aknejahre zeigten. Wenn wir nicht damit beschäftigt waren, unsere jeweilige Hochzeit mit David zu planen, verschwendeten wir unglaublich viel Zeit mit den vergeblichen Versuchen, auf unserem Kopf so etwas wie »Cher hair« anzurichten. So sah die Parallelwelt aus, in der wir lebten.

Ich wusste, dass ich nicht das einzige Mädchen war, das in den schönsten Jungen der Welt verliebt war, doch ich ließ mich keinen einzigen Augenblick lang davon überzeugen, dass ich nicht diejenige war, die David letzten Endes zu seiner Braut erwählen würde. All das Necken und Augenverdrehen von Leuten, die es besser hätten wissen sollen – den Erwachsenen –, hatte lediglich zur Folge, dass daraus meine *heimliche* Liebe wurde.

Ich sah David vor ein paar Monaten im Fernsehen, und mir wurden zwei Dinge klar: (a) Ich bin zu einem dieser grässlichen Erwachsenen geworden und (b) ich war wirklich bescheuert.

Er ist immer noch irgendwie süß, auf eine traurige, leicht nostalgische Art. Aber je länger ich ihn ansah, desto froher war ich, dass meine emotionale Entwicklung nicht ganz bei zwölf Jahren stehengeblieben ist. Und bestimmt wäre David ebenso erleichtert zu wissen, dass er nicht bei mir geendet ist. Alles andere wäre schlicht unaussprechlich gruselig.

Trotzdem staune ich immer noch über die enorme Macht, die die erste Liebe auf den Rest unseres Lebens ausübt. Und es macht mich ein wenig traurig zu wissen, dass keine zukünftige Liebe, wie real oder aufrichtig oder gut oder richtig sie auch sein mag, jemals so magisch sein wird wie diese erste.

Jede Beziehung nimmt ein kleines Stückchen von uns mit, wenn sie vergeht. Wenn wir das große Glück haben, in unseren späteren Jahren unsere große Liebe zu finden, bekommt unser Partner nur allzu oft eine etwas verbeulte und zusammengeflickte Version unseres ursprünglichen Ichs. Ein bisschen älter und weiser, sicher, und mit etwas Glück noch immer willig, an Magie zu glauben, aber ein bisschen zu vorsichtig, um so zu tun, als wisse man es nicht besser. Das großäugige, grenzenlose Staunen, das in unserem romantischen Babyalter herrschte, ist das kleine Stückchen von uns, das wir an unsere erste Liebe verlieren. Und bei jeder nachfolgenden Romanze bricht wieder ein Stück ab.

Als ehemaliger liebeskranker Tweenie, deren erste Liebe ein völlig unerreichbarer Junge/Mann war, der süßer war als jeder echte Junge, dem ich je begegnet bin (und, seltsamerweise, auch süßer als die meisten Mädchen, die ich kannte), kam es mir ganz natürlich vor, dass die allererste Erfahrung romantischer Schwärmerei sich häufig auf jemanden richtet, der weit außerhalb unserer Lebenswirklichkeit steht, jemanden, den wir nur aus dem Paralleluniversum von Fernsehen und Kino kennen.

> Natürlich gab es auch Mädchen, die schon mit zwölf direkt vom Gummihüpfen zu französischen Küssen übergingen, mit kaum einem Herzschlag dazwischen.

Natürlich gab es auch Mädchen, die schon mit zwölf direkt vom Gummihüpfen zu französischen Küssen übergingen, mit kaum einem Herzschlag dazwischen. Ich habe nie geglaubt, dass eine von ihnen Grund hatte, den Fabians, David Cassidys, Corey Haims oder James van der Beeks ihrer Zeit sonderliche Aufmerksamkeit zu schenken. Es hat schon seinen Grund, dass unsere Omas sie als »schnelllebig« bezeichneten.

Diese anderen Mädchen aber, diejenigen, deren Eltern sie nicht mit Jungs ausgehen ließen, bis sie deutlich älter als zwölf waren, oder die sich kein bisschen zu den linkischen Preteen-Jungs ihrer Welt hingezogen fühlten, das sind die Mädchen, die mich interessieren. Auch die strengsten Eltern oder religiösesten Schuldgefühle können uns nicht vom völlig natürlichen Prozess des Verliebens abbringen. Wie viele dieser Mädchen verlieben sich beim ersten Mal in jemanden, der so zuverlässig unerreichbar ist wie ein Teenie-Idol?

»Hast du dich schon mal in jemanden aus dem Fernsehen verliebt?«, fragte ich Angie, als Joanne außer Hörweite war. Zu meiner großen Erleichterung sah Angie mich nicht an, als sei ich das nächste depperte Kind in ihrem bereits deppenüberfüllten Universum.

Damals habe ich mich nur ein einziges Mal getraut, ein anderes Mädchen danach zu fragen. Wenn ich mich recht entsinne, hieß sie Angie. Ich sah sie nur selten. Sie war die Cousine von Joanne, der Tochter einer Freundin meiner Mutter. Mit Joanne war ich nur flüchtig befreundet, weil sie zwei Jahre älter war als ich. Außerdem war sie ziemlich gemein. Sie erinnerte mich gern daran, dass ich »nur ein Baby« war und nie irgendetwas begreifen würde.

Angie war ungefähr im gleichen Alter wie Joanne, aber

sehr viel netter. Außerdem wohnte sie weit, weit weg von der Bronx, irgendwo ganz weit draußen in Brooklyn, so dass keine Gefahr bestand, dass mein süßes Geheimnis weitere Kreise zog und sich bei meinen Schulfreunden herumsprach. Selbst wenn Angie es Joanne erzählen sollte, war das Risiko gering: Joanne und ich gingen nicht auf dieselbe Schule.

»Hast du dich schon mal in jemanden aus dem Fernsehen verliebt?«, fragte ich Angie, als Joanne außer Hörweite war.

Zu meiner großen Erleichterung sah Angie mich nicht an, als sei ich das nächste depperte Kind in ihrem bereits deppenüberfüllten Universum. Nein, sie wirkte sogar absolut erleichtert. »*Ja!*«, sagte sie und beugte sich näher zu mir herüber. Sie schien etwas in sich zusammenzusinken, als sie diese Antwort hervorstieß, doch sie war froh, sie lächelte. Es war, als hätte sie Ewigkeiten darauf gewartet, diesen Seufzer loslassen zu können und von jemandem genau diese Frage gestellt zu bekommen.

Ich rückte ein Stückchen näher an sie heran. »In wen?«, fragte ich, und innerlich betete ich vor mich hin: »Lass sie nicht David sagen. Lass sie nicht David sagen.«

»Also, das ist echt peinlich, weil es ziemlich komisch ist, aber ich bin total verliebt in Speed Racer.«

Meine Reaktion stand mir wohl unmissverständlich in mein junges Gesicht geschrieben. »Den Cartoon?«, fragte ich ungläubig.

»Ich weiß. Komisch, nicht? Aber ich kann nichts dafür! Ich liebe ihn!«

Es liegen Welten zwischen einer Zwölfjährigen und einer 14-Jährigen. Noch vor wenigen Augenblicken war ich mir nicht einmal sicher, ob ein cooles und hübsches Highschool-Girl wie Angie überhaupt auf die Idee käme, mit mir zu reden, vom Mitteilen intimer Einzelheiten aus ihrem verzweifelt geheimen Liebesleben ganz zu schweigen. Ich starrte sie an, vermutlich ein wenig zu lange. »Oh«, sagte ich schließlich.

»Und du?« Es lagen eine solche Freundlichkeit in ihren Augen und solch eine Hoffnung in ihrem Gesicht, dass es mir fast das Herz brach. Stimmte etwas nicht mit ihr? Etwas, das ich nicht bemerkt hatte oder nicht wusste? War sie als Baby auf den Kopf gefallen? Wohnte sie deshalb in Brooklyn und kam nur ein-, zweimal im Jahr zu Besuch?

»Nein«, log ich. »Es gibt niemand Ähnliches, der mir gefällt. Ich hab nur so gefragt.«

Angie zog die Mundwinkel herunter. Obwohl ich sie tatsächlich komisch fand, wollte ich nicht, dass sie sich deswegen schlecht fühlte. »Aber dieser Speed Racer, na ja ... yeah. Der ist schon irgendwie süß. Ich verstehe, dass er dir gefällt. Und Astro Boy auch. Stimmt's?«

Angie wurde wieder munter. »*Astro Boy*? Der ist doch nur ... ein *Junge*! Und ein *Roboter*!« Und dann lachte sie und verdrehte die Augen, als redete sie doch nur mit einem dummen Baby. »Speed ist ein *Mann*«, sagte sie und lächelte wissend.

Na klar.

Wenigstens schon mal ein Mädel, bei dem ich mir keine Sorgen machen musste, dass sie mir meinen David klaute.

Auch wenn sich viele von uns erst einmal in Film- und Fernsehidole verlieben, bin ich doch zuversichtlich, dass die meisten von uns sich danach weiterentwickeln und lernen, echte Beziehungen zu richtigen Menschen aus Fleisch und Blut zu haben. Und egal wie schlimm unerwidert diese seltsamen ersten Lieben auch gewesen sein mögen, sei es aus harter Lebensnotwendigkeit oder aus schlichtem Pech, so müssen wir doch alle mit mindestens einem weiteren derartigen Herzensbrecher auf unserem Lebensweg rechnen. Wenn wir Glück haben, bleibt es bei einem.

Natürlich beginnen und enden nicht alle imaginären Liebesaffären in der Vorpubertät, ebenso wenig sind sie ausschließlich die Domäne überbehüteter, schwärmerischer Mädchen, die als Baby mal auf den Kopf gefallen sind oder auch nicht. Selbst gut verdienende, festangestellte erwachsene Männer haben schon Phasen vorübergehenden Wahnsinns durchgemacht, wenn die Promi-Schwärmerei sie packte.

Vor einigen Jahren hatte Paula Abdul, Jurymitglied bei *American Idol*, dem US-Pendant von *Deutschland sucht den Superstar*, einen Routinetermin bei ihrem Frauenarzt, der sie bat, an der Rezeption eine Urinprobe abzugeben. Das Behältnis verschwand ziemlich schnell. Später stellte sich heraus, dass einer der Mitarbeiter des Arztes, der wahnsinnig in Paula verliebt war, den kleinen Plastikbecher geklaut und als Souvenir behalten hatte. Der Mann wurde gefeuert, sobald sich seine Schuld herausstellte, doch soweit ich weiß, könnte sich die goldene Trophäe noch immer in seinem Besitz befinden.

Eine Leidenschaft für Promis und die dazugehörigen Qualen unerwiderter Liebe beschränken sich allerdings nicht ausschließlich auf die Eskapaden besessener Fans, die keinerlei Grenzen respektieren. Manchmal lechzen sogar Promis

> Manchmal lechzen sogar Promis wahnsinnig nach ihresgleichen und sind füreinander genauso unerreichbar wie für unsereinen.

wahnsinnig nach ihresgleichen und sind füreinander genauso unerreichbar wie für unsereinen.

Ernest Hemingway verliebte sich ebenso heftig in Marlene Dietrich wie fast jeder, der je zehn Cent bezahlt hatte, um ihre hinreißende Schönheit auf der Leinwand zu betrachten. Im Gegensatz zu solchen Fans hatte Hemingway allerdings tatsächlich das Glück, ihr zu begegnen. Sie befanden sich 1934 zufällig beide auf demselben französischen Passagierdampfer auf der Rückfahrt nach Amerika.

»The Kraut«, wie Hemingway seine unerreichbare Angebetete scherzhaft nannte, ging ihm zwar nicht ganz so direkt aus dem Weg, wie sie es wohl mit anderen liebeskranken Trotteln gemacht hätte, aber der Spitzname, den er ihr verpasst hatte, machte die Sache vermutlich nicht gerade besser. Trotzdem entwickelte sich zwischen den beiden eine Art Freundschaft, und sie blieben viele Jahre lang in Briefkontakt – jedenfalls so lange, bis er sich 1961 das Hirn wegpustete.

In einem der vielen Briefe und Telegramme, welche die Kennedy Library in Boston kürzlich herausgab, fragte Hemingway einmal Marlene: »Was möchtest du dir wirklich zur Lebensaufgabe machen? Für einen Dime jedem das Herz brechen? Du könntest meines jederzeit für einen Nickel brechen, und den Nickel würde ich selbst mitbringen.« (Dime = 10 Cent, Nickel = 1 Cent; A.d.Ü.)

Der Mann konnte eben schreiben.

Einem Freund versuchte Hemingway folgendermaßen zu erklären, warum aus ihrer Beziehung nie etwas wurde: »Wenn ich gerade nicht verliebt war, steckte the Kraut tief in irgendeinem romantischen Kümmernis, und immer, wenn Dietrich an der Oberfläche war und mit diesen wunderbaren suchenden Augen herumschwamm, war ich gerade untergetaucht.« Seinen Worten zufolge waren sie beide Opfer einer »unsynchronisierten Leidenschaft«.

In der Welt von uns Normalsterblichen fällt einem dazu der folgende Satz ein: »Sie steht einfach nicht auf dich.«

Und doch war Marlene trotz ihrer legendären Distanziertheit einem Flirt keineswegs abgeneigt. Tatsächlich kam sie während ihrer transkontinentalen Korrespondenz sogar an einen Punkt, an dem sie zugeben musste, dass auch sie Gefühle für ihn hegte. »Ich lese deine Briefe wieder und wieder und rede mit ein paar ausgewählten Menschen über dich.«

Das löste in Hemingways Kopf bestimmt alle möglichen neidgelben Bilder aus. Unerwiderte Liebe verhält sich manchmal eben komisch.

Vermutlich hat die Tatsache, warum einige von uns sich in jemand so völlig Unerreichbaren wie einen Filmstar oder gar eine Zeichentrickfigur verlieben, eine Menge damit zu tun, dass sie uns gerade dadurch, dass ihre Umlaufbahn derart weit von unserer Realität entrückt ist, nicht wehtun können. Wir können uns vollkommen der ungezügelten Leidenschaft hingeben, die sie in uns wecken, und wir können das gute Gefühl des wahnsinnigen Verliebtseins sogar genießen, ohne irgendwelche Anzeichen von Zurückweisung fürchten oder ahnen zu müssen.

Irgendwann aber fällt der unvermeidliche Schmiedehammer unerwiderter Liebe aus dem Himmel auf uns herab. Entweder springen wir dann gerade noch rechtzeitig zur Seite und bringen uns in Sicherheit, mehr oder weniger erschüttert von dieser Erfahrung, aber noch am Leben, oder wir werden unter dem Gewicht komplett zermalmt. Ist Letzteres der

Fall, werden wir von Ordnungskräften fortgeführt, entweder in Handschellen oder in einer Zwangsjacke.

Interessanterweise scheint es heutzutage einen Mittelweg zwischen diesen beiden Welten zu geben, zwischen derjenigen, in der wir uns in echte Menschen verlieben und unsere Egos für die unvermeidlich auf uns zukommenden Beulen und Schrammen zu wappnen versuchen, und jener Welt, in der wir uns in Menschen verlieben, die die alternative Realität von Stars und Fantasie bevölkern.

Unter anderem gibt es ein Phänomen namens Transformationsfetisch (TF), das es Menschen gestattet, ihre romantischen und/oder sexuellen Ambitionen auszuleben und dabei mit je einem Fuß (wie wackelig auch immer) in beiden Welten zu stehen.

Nach allem, was man hört, ist TF ein sehr weit gefasster Begriff für alle möglichen Fantasiebeziehungen und sexuellen Begegnungen. Leute, die regelmäßig in die diversen Untergruppen und Nebenkategorien von TF gesteckt werden, verbringen unglaublich viel Zeit mit der Diskussion darüber, wer tatsächlich für eine Mitgliedschaft qualifiziert und wer einfach nur pervers ist. Ich will gar nicht erst versuchen, mich in die Debatte einzuklinken. Für mich ist alles davon faszinierend.

»Sie war dann doch nur ein Kerl wie jeder andere«, erzählte Todd mir später mit einem traurigen Seufzer. »Ich wünschte, ich hätte sie nie so gesehen.«

Das Hauptcharakteristikum von TF, wenn es überhaupt eines gibt, besteht darin, fasziniert, angezogen und/oder sexuell erregt vom Prozess der Transformation selbst zu sein – Menschen, die sich in andere Menschen verwandeln (wie Promis), in andere Wesen (wie Tiere, Geister oder Außerirdische) oder in andere Dinge (wie Strumpfhosen oder Spülmittel).

Vor vielen Jahren besuchte ich eines Freitagabends mit einigen Kollegen ein Cabaret. Unser Freund Todd brachte uns dorthin; er war zufällig wahnsinnig verliebt in einen der Akteure, einen Damenimitator, der Sigourney Weaver unheimlicherweise ähnlicher sah als Sigourney selbst – und das, obwohl sie die Lippen zu Songs von Cher bewegte, (zumindest biologisch) ein Mann war und Todd schwul und sich normalerweise zu kräftigen, muskulösen Machotypen wie Feuerwehrmännern und Bauarbeitern hingezogen fühlte. Wir amüsierten uns an diesem Abend prächtig, wobei ich sagen muss, dass es sich unbestreitbar um die verwirrendsten vier Stunden meines Lebens handelte.

Todd hatte kein echtes Interesse an dem Darsteller in seinem/ihrem Normalzustand. Erst als Sigourney Weaver erschien sie ihm absolut unwiderstehlich. Damals wusste ich noch nicht, dass es so etwas wie Transformationsfetisch gibt, heute würde ich aber vermuten, dass wir es mit einer Form davon zu tun hatten.

Lange Zeit bemühte Todd sich erfolglos um die Liebe der falschen Sigourney. Doch ach, am Ende war sie für ihn ebenso wenig erreichbar, wie es die echte Sigourney gewesen wäre. Seine Schwärmerei hörte schließlich eines Tages abrupt auf, als er sich mit dem Besitzer des Cabarets anfreundete, einem kräftigen, muskulösen Typen, und eines Abends die unechte Sigourney hinter der Bühne besuchen durfte. Es war sehr spät, nach der Show, und sie hatte bereits Perücke und Make-up abgelegt. »Sie war dann doch nur ein Kerl wie jeder andere«, erzählte Todd mir später mit einem traurigen Seufzer. »Ich wünschte, ich hätte sie nie so gesehen.«

Gerne würde ich berichten, dass es ihm mit dem Clubbesitzer besser erging, aber das erwies sich auch nur als ein weiterer Traum, der irgendwann geplatzt ist. Armer Todd. Er war so ein netter Typ.

Ich frage mich heute noch, ob er jemals den perfekten Partner gefunden hat und in welcher Form oder Gestalt diese Liebe dann daherkam. Bei Todd konnte man nie wissen.

Nie wäre ich darauf gekommen, dass ein Mensch sich angezogen oder erregt davon fühlen könnte, wenn sich jemand in Butter verwandelt. Buchstäblich.

Keine Ahnung, warum mich solche Sachen immer wieder überraschen. Mittlerweile sollte ich es nun wirklich besser wissen. Aber immer wenn ich glaube, alles gehört und gesehen zu haben, entsteht prompt eine neue Subkultur und haut mich von den Socken.

Diese Variante von TF, bei der es Leute antörnt, wenn sie sehen, wie jemand *etwas* und nicht *jemand* anderes wird, ist notgedrungen ein Ereignis, das sich überwiegend in der Fantasie abspielt. Fans dieser Form von TF wird bei ihren Wunschvorstellungen mit äußerst fantasievollen (wenn auch verstörenden) bildlichen Darstellungen und Computeranimationen zur Seite gestanden. Es gibt kein Kostüm, mit dessen Hilfe sich ein Mensch in eine eiskalte Dose Cola light oder einen Klecks Rasiercreme verwandeln kann, aber so etwas auf dem Computerbildschirm zu sehen reicht den meisten dieser Leute völlig.

Die einzige denkbare Ausnahme ist eine weitere Variante gerade beschriebener Variante, etwas namens Agalmathophilie. Dieses Phänomen bezeichnet Gefühle von Liebe oder sexueller Anziehung zu Statuen, Puppen, Schaufensterpuppen und anderen Objekten, die eine gewisse Ähnlichkeit mit der menschlichen Gestalt besitzen.

Ein solcher agalmatophiler Moment ist für zwei TF-Fans sehr viel leichter im Rollenspiel zu kreieren. Einer der beiden muss einfach sehr, sehr regungslos daliegen, wenn er oder sie sich in eine Schaufensterpuppe oder Statue »transformiert« hat. Ich nehme an, es wäre hilfreich, wenn derjenige, der sich in eine Statue verwandelt, in genau der richtigen Pose »einfriert«, um die Logistik für irgendeine Art sexueller Begegnung zu gewährleisten.

Manche Agalmatophile geben sich natürlich gar nicht erst mit einem menschlichen Partner ab. Sie können einfach hergehen und eine Statue bumsen.

Männer, die schöne, dicke Frauen lieben, sind nichts Ungewöhnliches, nicht einmal in einer Gesellschaft wie der unseren mit ihrer Obsession für halbtote Supermodels, die den Maßstab weiblicher Schönheit darstellen. In einigen Ländern, darunter den Vereinigten Staaten (wenn auch im Großen und Ganzen in geringerem Maße), können die üppigen Kurven, fleischigen Beine und prallen Pobacken einer Frau bei manchen Männern glückselige Anfälle lustvoller Ekstase auslösen. In ganz Lateinamerika bekommt man von Männern wie Frauen versichert: »Knochen sind für den Hund. Fleisch ist für den Mann.«

Vor einigen Jahren erzählte mir eine Frau von der afrikanischen Elfenbeinküste, es sei der glücklichste Moment ihres Lebens gewesen, als sie auf die Waage stieg und sah, dass sie die 38 Kilo wieder zugenommen hatte, die sie während einer langen Krankheit einbüßen musste. In ihrem Land gilt: Je dicker eine Frau, desto wohlhabender ihre Familie. Für exakt diese Frauen sind die begehrenswertesten Männer diejenigen, die man für tüchtige Arbeiter und ausgesprochen gute Versorger hält, alle dünn wie Schilfrohr. Eine perfekte Ehe besteht also aus einer gigantischen, wohlgenährten Frau und ihrer fleißigen Bohnenstange von Mann.

Wir müssen aber nicht weit reisen, um ganz gewöhnliche, normal aussehende Männer zu finden, die von ungewöhnlich dicken Frauen besessen sind. Nicht einfach schönen, dicken Frauen, sondern echten gigantischen Riesinnen.

Ich sah ein Foto, das mich dermaßen verstörte, dass ich ernste Zweifel an meinem Ehrgeiz, die Rachegöttin meiner Alten Tanten zu werden, hegte. »Das muss mit Photoshop bearbeitet sein«, dachte ich. Mittlerweile bin ich mir nicht mehr so sicher.

Einen Großteil des Bildes nahm etwas ein, das ich zunächst für einen in der Luft hängenden Sumoringer hielt, bis mir klar wurde, dass es sich dabei um eine nackte Frau handelte. Sie hing mittels eines Systems von Flaschenzügen ein Stück über dem Boden, mit ausgebreiteten Armen und Beinen und einem irgendwie unbeteiligten Gesichtsausdruck. Sie starrte direkt in die Kamera. Ein dürrer kleiner Mann saß unter ihr, die Beine auf dem Boden ausgestreckt. Sein ganzer Kopf steckte in ihrer Vagina.

Sein ganzer Kopf.

Der auf seinen Schultern.

Medizinische Nachschlagewerke belehren uns, dass das weibliche Geschlechtsorgan eine raffiniert flexible kleine Körperöffnung ist, in der Lage, sich fest um Objekte zu schließen, die so dünn sind wie ein Sektquirl oder so dick wie ein Fünfeinhalb-Kilo-Baby. Wie es scheint, ist alles möglich.

Ich konnte auf dem Bild leider nicht sehen, ob diese Frau über die Maßen dick bzw. der Mann ungewöhnlich klein war oder ob er an eine Sauerstoffflasche angeschlossen war, als er dort eindrang.

Diesen speziellen Fetisch nennt man Makrophilie – die Liebe zu großen Dingen. Es überrascht mich nicht, dass fast alle Makrophilen männlich sind. Unvorstellbar, dass sich Frauen auf ähnliche Art in der einzigen Körperöffnung auf Entdeckungstour begeben wollten, die ein Mann zu diesem Zweck zu bieten hat. Aber wer weiß das schon genau.

Manche Makrophile ziehen ihre Liebe und/oder sexuellen Genuss aus einer Infantilisierung ihrer selbst. Bei ihrem Transformationsfetisch geht es darum, sich irgendwie verkleinert zu fühlen. Sie suchen sich gewaltige, mutterähnliche Geschöpfe aus, die sie im Haus herumtragen können, wie Babys wiegen, ihnen den Hintern pudern und sie wickeln, so tun, als würden sie sie stillen, und sie verhauen, wenn sie unartig sind.

Für alle anderen besteht der Fetisch lediglich darin, wie ein Insekt unter den Füßen oder Schuhen einer Frau, groß wie ein Wolkenkratzer, zermalmt zu werden oder sich wie irgendetwas Schleimiges zwischen ihren gewaltigen Zehen zerquetschen zu lassen. Frauen dieses Formats sind ein relativ rares Gut, das Internet versorgt uns jedoch reichlich mit fantasievoll gestalteten Bildern und virtuellen Rollenspielwelten, in denen man diese speziellen TF-Fantasien ausloten kann.

Viele Männer, die sich als Makrophile bezeichnen, haben diese Neigung ihrer Aussage zufolge bereits recht früh im Leben entwickelt, schon vor der Pubertät. Geschichten wie *Gullivers Reisen* und Filme wie *Godzilla*, *King Kong* und *Angriff der 20-Meter-Frau* machten sie neugierig auf das Leben in einer Liliput-Welt und beeinflussten den Weg, den ihre sexuellen Neigungen einschlugen. Für einige schwule Makrophile war die Erfahrung im Kinderzimmer mit Puppen wie G.I. Joe und Ken maßgebend.

Eine von zahlreichen Spielarten dieses makrophilen Themas nennt sich Vorarephilie – der Wunsch, von einem Riesen verspeist oder verschlungen zu werden wie ein Snack. Wäre so etwas tatsächlich möglich, bliebe das Vergnügen einmalig. In der virtuellen Welt hingegen lässt sich der Genuss beliebig oft wiederholen.

Die Gesetze der Physik lehren uns, dass es für jede Handlung eine gleichwertige Gegenreaktion gibt. Wenn unter uns Makrophile leben und arbeiten – und ich versichere Ihnen, es gibt sie –, dann muss die Welt auch Platz bieten für die Mikrophilen, die deren Liebe erwidern. Wie der Name vermuten lässt, ist ein Mikrophiler ein großer Mensch, der winzige Menschen oder menschenähnliche Kreaturen liebt. Ein Mikrophiler könnte auch ein durchschnittlich großer Mensch sein, der zu etwas derartig Gigantischem transformiert werden möchte, dass die normale Welt dagegen winzig wirkt.

Und überall, wo es eine Marktlücke gibt, gibt es jemanden, der damit Profit macht.

Viele ungewöhnlich dicke Frauen spielen nur zu gern die Rolle der herrschsüchtigen, perversen Mutter und/oder bedrohlichen Domina, um damit ganz anständig zu verdienen. Genauso gibt es Scharen von Grafikern und Computerdesignern, die mit dem Ausgestalten der Fantasiewelten, die viele Makro- und Mikrophile notgedrungen bewohnen, ein gutes Geschäft machen.

Ich habe beschlossen, mich einfach darüber zu freuen, dass jeder seinen eigenen Weg zum Glücklichsein gefunden hat.

Momentan gibt es zahlreiche – häufig ziemlich hitzige – Debatten zwischen den Fans von TF und den »Furrys«, Leuten, die sich gerne als Tiere oder Plüschtiere verkleiden und Sex haben.

Einige Furrys geben sich damit zufrieden, sich zum TF als ihrem höchstpersönlichen Fetisch zu bekennen. Andere weisen diese Vorstellung empört zurück und behaupten, es sei nicht die Transformation, sondern der Akt, etwas anderes zu *sein*, der ihnen Lust verschaffe und ihr wahres inneres Selbst besser zum Ausdruck bringe. Wieder andere behaupten, ihr Furrytum habe nichts mit »Yiffen« zu tun (ihr Ausdruck für »Sex haben«); es ginge lediglich darum, eine alternative Identität anzunehmen, nämlich eine, die keusch und gesund sei.

Die Vorstellung von Fetischismus an sich wirkt bereits abstoßend auf gewisse Leute, die ein wohlanständiges Leben führen, genauso wie auf diejenigen, die heiraten und Kätzchen bekommen (oder Welpen oder Junge oder was auch immer ihr gesetzlich sanktioniertes Yiffen hervorbringt).

Ob nun absichtlich oder nicht, es scheint, dass es den Furrys bestens gelingt, sowohl das Tierreich als auch die Welt der Zweibeiner nachzuahmen. Sie führen nicht nur Krieg gegen ihre natürlichen Feinde (Menschen, die keine Furrys sind), sondern auch heftige Kämpfe untereinander über die jeweilige Zusammensetzung ihrer eigenen Community.

Einigen Furrys reicht es als Transformation vollkommen aus, sich hinten an die Gürtelschlaufe ihrer Hose einen Schwanz zu heften und vielleicht ein Paar Kaninchenohren aufzusetzen, um den gewünschten Effekt zu erzielen. Für andere kommt nur ein Ganzkörperkostüm in Frage.

Es überrascht wohl kaum, dass es viele verheiratete Furrys gibt. Meist konvertiert ein Nonfurry, wenn er entdeckt, dass der Mensch, der ihm oder ihr das Herz gestohlen hat, eine solche Identität besitzt.

Es gibt eine Frau, die sich Kowe Chobe nennt und ihre Furry-Inkarnation als »black pantherwolf« bezeichnet. Sie betrachtet sich selbst offenbar als Produkt eines artenübergreifenden Zuchterfolges. Sie hatte schon viele Jahre als Furry gelebt, als sie ihren Mann kennenlernte. Nachdem sie einige Monate verheiratet waren, nahm er selbst eine Furry-Identität als »werret« an, eine Art Wolf-Frettchen (ferret = Frettchen). Ein Ehejahr später erwarteten sie ihr erstes »little fur«.[6]

---

[6] Würg.

Furry Mouse, Uraltmitglied einer Online-Furry-Community, begrüßte Kowe und ihren Mann mit einer freundschaftlichen Warnung: »Hüte dich vor schwulen Furs, die behaupten, sie könnten deinen Mann ›umdrehen‹.«

Offenbar ist ein ungewöhnlich hoher Prozentsatz von Furrys schwul. Bestimmt fallen uns allen jede Menge unangebrachte Schlussfolgerungen und lebhafte Bilder zu diesem Thema ein, aber irgendetwas sagt mir, dass wir diese Gruppe nicht mit Rachefantasien auf unseren Fersen wissen möchten. Ich kann mir gut vorstellen, dass zu ihren Standardaccessoires scharfe Zähne und ausklappbare Krallen gehören. Wichtiger noch, Homosexualität scheint mir, egal in welchem Ausmaß sie in dieser Gruppe vorherrscht, die am wenigsten Interessante ihrer Marotten zu sein. Überlegen Sie doch mal: Zwei oder mehr als Waschbären oder Stachelschweine, Tiger oder Bären verkleidete Leute, die es nach Hundeart im Wald oder bei jemandem im Hobbykeller treiben ... spielt es da wirklich eine Rolle, wer davon das Weibchen ist?

Viele Furrys sind asexuell und verspüren einfach eine stärkere Affinität zu Tieren als zu Menschen. Andere halten sich für Tiere, die in einem menschlichen Körper gefangen sind. Ein paar behaupten, die Welt sei höchstwahrscheinlich voll von Furrys, denen vielleicht noch nicht bewusst ist, dass ihr Gefühl des »Andersseins« in Wahrheit ihre innere Furryheit ist, die sich danach sehnt, aus dem Keller oder hohlen Baumstumpf oder was auch immer auszubrechen, der sie davon abhält, das ihnen vorbestimmte Leben zu leben.

Wie schon gesagt, es herrschen große Meinungsverschiedenheiten in ihren eigenen Reihen.

Etwas, das offenbar alle Furrys gemeinsam haben, ist das Zulegen eines sinnigen Namens, um das tierische Selbst zu vervollkommnen. Der Vorsitzende der 2007 in Spokane, Washington, abgehaltenen All Fur Fun Convention ist zum Beispiel ein niedergelassener Zahntechniker, der sich Moorcat nennt, wenn er nicht gerade die Drähte an der Zahnspange irgendeines armen Kindes richtet. Der Security-Manager dieser Convention war passenderweise ein »Wolf« namens Lupercus.

Pelzige Outfits sind ein ganz großes internationales Geschäft für diese täglich wachsende Community. Firmen wie Irene Corey Design Associates und Sugar's Mascot Costumes sind auf solche Kostüme spezialisiert, die die Maskottchen von Sportteams oder Fernseh-»Fursonalities« (ihr eigener Begriff) wie Barney tragen. Die meisten Kostümbildner bieten auch spezielle Änderungen für Furrys, die eine individuelle anatomische Passform wünschen. Ein maßgefertigtes Kostüm kann mehrere tausend Dollar kosten.

Ein Furry namens Crssa Fox musste zu ihrem Bedauern ihr kunstvoll maßgeschneidertes Füchsinnenkostüm auf Furbid. com (eBay für Furrys) zum Verkauf anbieten, um die Anzahlung auf ein Haus leisten zu können. Sie beschreibt ihr geliebtes fuchsiges Ensemble so: »Es ist kaum benutzt, wurde nur zum FWA [Furry Weekend Atlanta] und Megaplex [Furry-Convention in Jacksonville, Florida] und zum Ostereiersuchen an der Kirche getragen. Das ist ALLES!«

Vermutlich heißt das, die Klappe an ihrem Fuchskostüm blieb jungfräulich. Aber ich wüsste doch nur allzu gerne, was die anderen Gemeindemitglieder von ihrem Auftritt als Osterfuchs hielten.

Und welche Subkultur wäre komplett ohne ihr eigenes Gefolge aus Perversen und Lästermäulern? Tatsächlich existieren randständige Furrys, die die normalen Furrys zu Tode erschrecken und/oder abstoßen. Auch an Kritikern herrscht kein Mangel.

Einige der sogenannten perversen Furrys verkleiden sich nicht nur gerne als ihr Lieblingstier, sondern haben auch einen Riesenspaß daran, leblose Furrys wie Teddybären zu yiffen.

Als ich das erfuhr, war meine erste Reaktion: »Sorry, das ist einfach nicht in Ordnung.« Doch dann erinnerte ich mich, wie hart ich an mir arbeitete, um bloß keine Alte Tante zu werden, also versuchte ich die Sache anders zu sehen: »Der Teddybär ist nur ein schaumstoffgefülltes Stück Stoff mit Knöpfen als Augen und einem Plastikdreieck als Nase. Es ist kein echter Bär.«

Das funktionierte nicht. Es kommt mir immer noch ziemlich gruselig vor.

Es gibt zahlreiche Antifurry-Websites, die ihrer Empörung und Verachtung freien Lauf lassen und von denen ich zwei sehr lustig fand. Diejenige namens Godhatesfurries.com ist absichtlich witzig. Der Websitebetreiber muss kaum etwas dazu tun; die Hassmails allein sind zum Schreien komisch. Die andere Website heißt TrueChristian.com. Die sollte irgendeinen Preis gewinnen. Sie ist das krasse Gegenteil von fundiertem Wissen.

Eine Nachricht auf Godhatesfurries.com stammte von einem empörten Tierchen namens Christian Kimmey. Ich wette, dass er sein Kostüm während dem Schreiben nicht trug, weil er seinen Furry-Namen nicht verwendete; entweder das, oder sein Furry-Ich kann nicht tippen. Der Betreff der Nachricht lautete »Grüße eines Intellektuellen«. Sie fing an: »Was, verdammte Scheiße, ist bloß dein Problem?!?!?!?« Mr. Kimmey zitiert sodann Jesus und »andere heilige Dokumente« bei seinen Bemühungen, den Webmaster zu erleuchten und das Ansehen seiner Community wiederherzustellen.

Die andere Website, True-Christian.com, erklärt den normalen Menschen zunächst seitenlang, was die Furry-Bewegung genau ist. Pastor Jim Nicholls schreibt: »Bei meinen Reisen durch das Internet sind mir viele weibliche Furrys mit ... Penissen begegnet. Nein, ich scherze nicht, dieses Furry-Tum hat eine Menge mit Crossdressing und Homosexuellen zu tun. Die meisten Furrys sind im Grunde Hermaphroditen oder Homosexuelle. In der gesamten Bewegung dreht sich im Allgemeinen alles um Sex und Sex mit Tieren. Im Grunde handelt es sich hierbei um die moderne Form der typischen Bäume umarmenden Hippies.«

Unter denjenigen, auf die der gute Reverend mit seinem Wahren Christlichen Finger zeigt, sind »einige wirklich extremistische Liberale« (darunter fasst er auch die Mitglieder der Tierschutzorganisation PETA), »diverse Science-Fiction-Idioten«, Veganer und andere »völlig Perverse«.

Ich frage mich, wer in Pastor Nicholls Kirche wohl den Osterhasen spielt.

Eine Beitrag über Furrys wäre unvollständig, würde man diejenigen nicht zumindest erwähnen, deren Fantasien und Obsessionen um Disney-Figuren kreisen, vor allem um solche, die Tieren ähneln.

Seit Disney Leute engagiert, die Goofy-Köpfe und Donald-Duck-Schwanzfedern tragen, existieren Gerüchte um das geheime Leben der Menschen hinter den Masken. Seit Jahrzehnten schon kursieren Gerüchte um Orgien, nicht jugendfreie Nachstellungen der völlig jugendfreien Filme und sogar Disney-»Snuff«-Filme, die es angeblich gegeben haben soll.

Manche Menschen, die begeistert die Kostüme ihrer liebsten Disney-Figuren anlegen und sich in deren Rolle versetzen – bezahlt oder unbezahlt – bezeichnen sich als echte Furrys. Einige brüsten sich sogar mit der beständigen Aufmerksamkeit ihrer höchsteigenen Disney-Groupies. Die Walt Disney Corporation sieht so etwas natürlich nicht besonders gern, hat allerdings nie etwas dagegen unternommen.

Aber selbst jenseits all dessen, was man mit gutem Willen noch zum Personal des Magic Kingdom zählen kann, und all der seltsamen Wege, die die Disneymania dank der Furrys einschlägt, gibt es eine unglaublich produktive Cartoon-Pornoindustrie, die die Fantasien derjenigen nährt, die sich als Kinder in jene Figuren verliebten und deren sexuelles Erwachen irgendwie mit dem verschmolz, was diese Bilder für sie bedeuteten.

Dan Savage, Kolumnist für die Detroiter *Metro Times*, hat eine interessante Theorie zu den Furrys. Er schreibt: »Nachdem sie während ihrer Kindheit [Disneys] Bildern von knuffigen, ungefährlichen, großäugigen, anthropomorphen Tieren ausgesetzt waren, tischte man genau diesen Kids in der Pubertät eine tödliche und gefährliche Art von Sex auf ... Ist es da ein Wunder, wenn ein winziger Prozentsatz dieser Disney/Abstinenz-Generation schließlich die ungefährlichen und knuffigen Stofftiere der Kindheit fetischisiert?«

Mir gefällt diese Theorie als mögliche Erklärung für die jüngste Generation der Furrys – derjenigen, die in den letzten beiden Jahrzehnten aufwuchsen und besonders derjenigen mit Disney-Fixierung, aber irgendetwas sagt mir, dass es Furrys schon viel, viel länger gibt.

Werwolf-Legenden kursieren schon seit Jahrhunderten und haben die meisten Leute fast zu Tode geängstigt, aber ein paar haben sie bestimmt auch ganz schön angetörnt. Und weit früher noch erfanden die Griechen Pan, eine flötespielende, bockshufige Gestalt, halb Mensch, halb Tier, der Orgien mehr liebte als das Leben.

Ganz bestimmt hat Lon Chaney als Wolfsmensch in den 1940er-Jahren nicht wenige Schlafzimmerfantasien beflügelt. Ich weiß genau, dass Frank Langella als Dracula in den 1970ern die Frauen verrückt gemacht hat (obgleich vielleicht nicht ganz so viele, wenn er sich in eine Fledermaus verwandelte). Heute würde ich allerdings die Möglichkeit nicht mehr ausschließen, dass irgendjemand irgendwo, in einem dunklen Kinosaal oder Autokino, diese Fledermaus irgendwie sexy fand und vielleicht sogar die ersten scheuen Regungen einer seltsamen neuen imaginären Romanze aufkeimen spürte.

Zu glauben, man habe sich tief und aufrichtig in einen Filmstar oder ein Teenie-Idol verliebt, mag auf Menschen, die ein solches Phänomen nie selbst erlebt haben, bedauerlicherweise pervers oder bemitleidenswert wirken. Falls das Objekt unserer Zuneigung tatsächlich ein Objekt sein sollte, verstärkt sich dieser Eindruck für gewöhnlich. Wenn jemand

Liebe oder sexuelle Anziehung für eine Cartoonfigur oder ein unechtes Tier empfindet, egal wie süß, sexy oder knuffig es auch dargestellt sein mag, verschlägt es manchen Leuten schlicht die Sprache. Und das ist vielleicht auch besser so.

Männer und Frauen
passen einfach nicht zusammen

*Ich habe schon jahrelang nicht mehr mit meiner Frau
gesprochen. Ich wollte sie nicht unterbrechen.*

Rodney Dangerfield

»Was wollen Männer wirklich?«, fragte ich meinen lieben
Freund Ernie, den rigorosesten Macho, den ich kenne.

»Männer wollen Frauen, die sie in Ruhe lassen«, erklärte
er, als verstehe sich das von selbst.

Normalerweise fände ich es völlig in Ordnung, jemanden,
der eine berechtigte Frage derart barsch beantwortet, windelweich zu prügeln. Aber ich kenne Ernie lange genug, um zu
wissen, dass selbst hinter seinen ungeheuerlichsten Ansichten häufig ein Stückchen interessante Logik steckt. Deshalb
stellte ich diese spezielle Frage ihm und nicht irgendeinem
sensiblen Typen, der mich mit einem Haufen dämlicher Plat-
titüden volllabern würde. Ich wusste, ich konnte mich darauf
verlassen, dass er mir die Wahrheit sagte.

»Wie meinst du das, dich in Ruhe lassen?«

»Ganz einfach. Männer sind einfach. Die Sache ist die: Wir
müssen raus in die Welt und Sachen machen, die uns wichtig
sind – Arbeiten, Bauen, Töten. So sind wir genetisch program-

miert. Das tun wir nun einmal. Die Frauen kapieren das nicht. Sie werden völlig bescheuert und jammern, dass wir keine Zeit für sie haben.«

> Wenn ein Mann etwas sagt wie: »Ich möchte den Rest meines Lebens mit dir verbringen«, hört sie: »Ich möchte *Zeit* mit dir verbringen, *jeden Tag*, bis einer von uns *tot* umfällt.« Das macht sie glücklich.

»Und warum heiraten Männer dann?«

Er schob die Unterlippe vor, kratzte sich und erwiderte: »Was hat das damit zu tun?«

Es ist mir ein absolutes Rätsel, wie Männer und Frauen so effektiv miteinander kommunizieren können, dass sie über das dritte Date hinauskommen. Sobald wir uns einigermaßen miteinander wohlfühlen, fangen wir an, völlig unterschiedliche Sprachen zu sprechen.

Kommunikation zu Beginn einer Beziehung ist im Grunde kein Rätsel. In jenen ersten Wochen sind wir beide völlig neben der Spur vor lauter Hormonwallungen, durchgeknalltem Optimismus, uneingestandener Verzweiflung, geifernder Lust, wahnhafter Besessenheit, den in dunklen Ecken lauernden Geistern namens Kindheitsängsten und der unvorstellbaren Freude darüber, dass noch jemand auf dieser Welt uns fast genauso schön und faszinierend findet wie wir selbst.

Das nennen wir »die erste Liebesblüte«. Sie dauert ungefähr einen Monat.

Sobald sich die Hormone beruhigen und die wechselseitige Faszination nachlässt, beginnen wir langsam, die verstreuten Einzelteile unseres normalen Lebens einzusammeln und wollen alles wieder in eine gewisse Ordnung bringen.

Dann versuchen wir, in normaler, alltäglicher Sprache zu kommunizieren, und plötzlich wird uns klar, dass wir keine Ahnung haben, was der andere da sagt.

Hier kommt ein Ausschnitt aus einer Unterhaltung, die ich einmal mit meinem Herzallerliebsten führte. Damals waren wir ungefähr drei Monate zusammen:

Ich: Ich hasse meinen Chef.
Er: Soll ich ihn umbringen?
Ich: Was? Nein! Ich erzähl's dir nur! Ich rede nur!
Er: Reden? Warum?

Wenn ein Mann hingegen in einer seiner Meinung nach völlig klaren Sprache spricht, gerät *sie* unweigerlich in totale Verwirrung. Wenn ein Mann etwas sagt wie: »Ich möchte den Rest meines Lebens mit dir verbringen«, hört sie: »Ich möchte *Zeit* mit dir verbringen, *jeden Tag*, bis einer von uns *tot* umfällt.« Das macht sie glücklich.

Die Reizworte »Zeit verbringen« lösen im Herzen der meisten Männer unvorstellbares Grauen aus. Für Frauen umfassen sie das gesamte Leben, einschließlich, aber nicht beschränkt auf: zusammen essen, über die Arbeit jammern, eine Familie gründen, Rechnungen bezahlen, Wäsche zusammenlegen, einander zum Lachen bringen, überlegen, was man kocht, neue Arten von Vorspiel erfinden, Urlaube planen, fernsehen, Verwandte einladen, Tapeten aussuchen, mit den Nachbarn grillen, hinter den Sinn des Lebens kommen, den Wagen waschen und hin und wieder dem anderen zuliebe einen Film angucken, ohne sich laut zu fragen, ob man einen totalen Deppen oder – schlimmer noch – einen latenten Massenmörder geheiratet hat.

Wenn die Männer wüssten, dass es das ist, was Frauen tatsächlich hören, würden sie nie wieder die Worte aussprechen: »Ich möchte den Rest meines Lebens mit dir verbringen.« Nie, nie wieder.

Interessanterweise bringt bisweilen gerade diese Unfähigkeit, in derselben Sprache zu kommunizieren, ein Paar überhaupt erst zusammen. Der beste Beweis dafür ist eine Geschichte, die mir mein Cousin Robert erzählte.

Robert war während der wilden Disco-Ära Stammgast in einem Club namens Lemon Tree in Forest Hills, Queens. Robert wirkte auf mich nie wie ein Disco-Typ, daher erschrak ich ein bisschen vor dem Bild, das vor meinem geistigen Auge entstand, als er mir diese Story berichtete: Plateauschuhe, Schlaghosen, aufgeplusterte Frisur, Paisley-Hemd mit schwindelerregenden, explosiven psychedelischen Mustern ... Vermutlich hat er gar nicht so ausgesehen, doch dieses Bild hat sich nun unauslöschlich in meinem Kopf festgesetzt.

»Ich war ständig dort«, sagte er. »Und dann eines Abends sah ich sie: Disco Girl.«

»Hat sie dich auch gesehen?«, fragte ich und stellte ihn mir immer noch in seinem Dancing-Machine-Outfit vor, redete mir aber gleichzeitig angestrengt ein, mit so einem Typen hätte ich niemals in einem Club getanzt.

»Ich versuche gerade, dir eine Geschichte zu erzählen«, erwiderte er.

»Hattest du Paisley-Muster an?«

»Du bringst mich um.«

»Sorry. Erzähl weiter.«

»Ich sah also Disco Girl und beschloss, sie anzumachen – so nannten wir das damals. Ich fragte, ob sie tanzen wollte, sie legte ihre Handtasche auf den Tresen, und los ging's.«

»Warte mal«, unterbrach ich erneut. »Wir sind in den 1970ern in New York City. Du lernst ein Mädchen in einem Club kennen, und sie lässt ihre Handtasche auf dem Tresen, unbewacht, damit sie mit dir, einem Wildfremden, tanzen kann?«

»Es war ein harmloses Lokal. Und es war Queens, verdammt noch mal.«

»Oh. Okay.«

Als sie zurückkamen, war die Handtasche weg.

Robert, Stammgast im Lemon Tree, hatte sich mit der Zeit mit dem Clubbetreiber angefreundet, also ging er ihn sofort suchen, um ihm zu erzählen, was passiert war. Zu Roberts großer Überraschung besaß der Clubbetreiber eine ganze Sammlung von Handtaschen, die er einem Dieb abgenommen hatte, der just an diesem Abend die Bar heimsuchte. Robert ging zurück zu Disco Girl und brachte sie zu dem Handtaschenhaufen, in dem sie sofort ihre schwarze Coach Bag entdeckte. Tasche und Disco Girl waren glücklich wiedervereinigt, und Robert, der Disco-King, begleitete beide wieder zurück an die Bar.

Ein merkwürdiger Ausdruck huschte über das Gesicht von Disco Girl. Sie starrte Robert lange düster – beinahe drohend – an. Schließlich sagte sie: »Ah, ich verstehe, wie das läuft. Du und der Wirt, ihr seid Komplizen. Du forderst mich zum Tanzen auf, ich lasse meine Tasche liegen, jemand aus dem Club klaut meine Tasche und legt sie zu den Fundsachen, als hätte ich sie ›verloren‹. Ich gerate in Panik, du verschwindest, du tauchst zehn Sekunden später wieder auf wie ein Held, und der Wirt zaubert meine Tasche aus dem Ärmel.

Und jetzt bin ich dir was ›schuldig‹, stimmt's? So bringst du Frauen dazu, mit dir zu schlafen?«

Robert starrte sie wie vom Donner gerührt an. »Wow«, dachte er, »diese Frau hält mich für genial!«

Er gab sich größte Mühe, sie zu überzeugen, dass es keine Absprache zwischen ihm und dem Wirt gab. »So clever bin ich doch gar nicht«, erklärte er ihr aufrichtig, »aber ich bin geschmeichelt, dass du mich für schlau genug hältst, einen solchen Plan auszuhecken.«

Offenbar war es genau dieser süße Moment von ehrlicher Bescheidenheit, der sie für ihn gewann. Und damit begann dann eine Beziehung, die mindestens sechs Monate dauerte, wahrhaftig eine lange Zeit in jenen heißen Disco-Tagen.

Anscheinend ist es Mutter Natur im Grunde egal, ob wir dieselbe Sprache sprechen oder nicht. Sie will einfach nur Gelegenheiten zur Fortpflanzung schaffen. Selbst das eine oder andere eklatante Missverständnis kann manche Paare dazu bringen, sich ganz diesem Plan zu unterwerfen. Jede beliebige Abfolge von wild zusammengewürfelten Unterhaltungen und Fehlinterpretationen funktioniert im Grunde genauso blendend wie die gute alte schlichte Wahrheit.

Und obwohl es Mutter Natur völlig gleichgültig ist und Männer und Frauen offensichtlich unfähig sind, dieselbe Sprache zu sprechen, gibt es doch Ehen, deren Beständigkeit sich bis in die Unendlichkeit auszudehnen droht.

Ich glaube nicht, dass Menschen, die mehr als zwei Jahrzehnte lang verheiratet sind, besser zu kommunizieren gelernt haben als Paare, deren gemeinsame Reise gerade erst begonnen hat. Ich glaube, die Beständigen sind einfach nur früher darauf gekommen, dass man nicht zu genau auf das hören sollte, was die Liebe ihres Lebens sagt.

Nehmen Sie zum Beispiel Liu Yang-Wan und ihren Mann, Liu Yung-Yang, die 1917 in Taiwan heirateten. Sie war 103 Jahre alt, als der Fotograf sie 2003 am 86. Hochzeitstag des Paares aufsuchte. Ihr Foto wurde in Zeitungen und Zeitschriften auf der ganzen Welt abgedruckt. Liu Yang-Wan sah aus, als schliefe sie fest oder sei vielleicht sogar tot. Ihr Mann hielt ihre Hand und lächelte, irgendwie. Wie ich sie so ansah, dämmerte mir, dass dies keine Frau war, die 86 Jahre lang an den Lippen ihres Mannes gehangen hatte. Liu Yung-Yang seinerseits war, soweit es ihm möglich war, außer sich vor Freude.

Dasselbe galt für Percy Arrowsmith und seine heißgeliebte Florence, die 2005 zu Hause im englischen Hereford ihren achtzigsten Hochzeitstag feierten. Florence, Gott segne sie, wirkte auf ihrem Foto wesentlich munterer als Liu Yang-Wan, obwohl sie in die Kamera blinzelte, als sei sie entweder stinksauer oder verwirrt ob des ganzen Getues. Percy zeigte wie sein taiwanesisches Gegenstück ein schiefes kleines Lächeln.

Ein britischer Reporter fragte Percy, was seiner Meinung nach das Geheimnis einer solch bemerkenswert langen Ehe sei. Percy versicherte, es liefe alles auf zwei kleine Wörtchen hinaus: »Ja, Liebes.«

Ich wette, Percy hat kein Wort von dem gehört, was Flo seit 1923 gesagt hat. Aber so wie es aussieht, hat er ihr auch nie den Mund verboten, und das hat offenbar für beide bemerkenswert gut funktioniert.

Meine eigenen Eltern, die sich kennenlernten, als Elvis noch dünn war, führen eine dieser Ehen, die die Theorie belegt, dass man seinem Lebensmenschen mit höchstens einem halben Ohr zuhören kann. Hier die Mitschrift eines ihrer Gespräche, das ich einmal zufällig belauscht habe:

Mom: Oh, nein! Die Milch ist alle!
Dad: Hmm?
Mom: Die Milch ist alle.
Dad: Hmm?
Mom: Wir müssen einkaufen gehen. Milch holen.
Dad: Hmm?
Mom: Wir brauchen Milch.
Dad: Hmm?
Mom: Die Milch ist alle.
Dad: Hmm?
Mom (guckt Dad an): Oh mein Gott! Bist du heute so vor die Tür gegangen?
Dad: Hmm?

Dabei guckte Dad die ganze Zeit über Sport im Fernsehen. Ein paar Stunden später erhob er sich aus seinem Sessel und sagte zu niemand Bestimmtem: »Oh-oh! Die Milch ist alle!«

Einen oder zwei Tage danach kam mein Neffe Alex zu Besuch. Hier die Unterhaltung, die er mit meiner Mutter führte:

Mom: Alex! Wo sind deine Schuhe?
Alex: Hmm?
Mom: Deine Schuhe.
Alex: Hmm?

Mom: Wir müssen dir Schuhe anziehen.
Alex: Hmm?
Mom: Wo hast du deine Schuhe gelassen?
Alex: Hmm?

Lieber Himmel, dachte ich. Dieser kleine Junge denkt, die Leute müssten so miteinander reden!

Erst machte ich mir Sorgen, Alex hätte einen zu großen Teil seiner Baby- und Kleinkinderzeit im Haus meiner Eltern verbracht und genau diese Art der Kommunikation zwischen Männern und Frauen gelernt. Nach reiflicher Überlegung wurde mir jedoch klar: Falls meine Theorie zutrifft, werden Alex und diejenige, die er heiratet, wahrscheinlich hundert Jahre lang zusammen sein – besonders, wenn die Liebe seines Lebens keinen gesteigerten Wert darauf legt, eine echte Antwort auf irgendeine ihrer Fragen zu bekommen.

In Philadelphia gibt es ein Paar, das es vermutlich goldrichtig gemacht hat, denn gleich zu Anfang ihrer Verlobungszeit legten sie ein einmonatiges Schweigegelübde ab.

Jennifer Farina und Ryan Donlon nahmen im Juni 2007 am My M&Ms Sweet Silence Challenge teil. Für jeden Tag in einer Zeitspanne von 31 Tagen, an dem es dem Paar gelingen würde, den Mund zu halten, erhielten sie von der Süßwarenfirma 1 000 Dollar. In ihrem Haus wurden Kameras installiert, damit die zwei nicht etwa heimlich durch Bauchreden kommunizierten.

Die beiden ließen etwa 9 000 M&Ms mit Nachrichten bedrucken, die sie zur nonverbalen Kommunikation benutzen konnten. Außerdem stellten sie Regeln für einen Farbcode auf; mit den roten M&Ms drückten sie Wut und Momente des Irrsinns aus, und die pinkfarbenen standen für das Flüstern süßer Nichtigkeiten.

Jennifer und Ryan gewannen den Wettbewerb. Der Mars-Konzern, zu dem auch M&Ms gehört, zahlte ihnen 31 000 Dollar für ihr Zusammenleben ohne jegliche verbale Kommunikation. Das Paar wollte das Geld für seine Traumhochzeit verwenden.

Als sie endlich wieder miteinander reden durften, fragte Ryan seine Zukünftige: »Hast du meine braunen Schuhe gesehen?«

Ich begann mich zu fragen, ob es diese seltsamen Muster von Kommunikation, Nichtkommunikation und Fehlkommunikation im selben Maße und in derselben Art auch in gleichgeschlechtlichen Beziehungen gibt. Fallen zwei Männern die Gespräche leichter, weil sie beide ganz natürlich in Jungssprache miteinander reden? Ist es eine gute oder eine schlechte Sache, wenn zwei Frauen einander beim Wort nehmen dürfen und tatsächlich zuhören und sich an jedes Wort erinnern, das jemals zwischen ihnen gesprochen wurde?

Ich beschloss, meinen guten Freund Matt zu fragen, dem ich jede dumme Frage stellen darf, die mir einfällt, und der mich trotzdem immer lieben wird. »Mattie«, sagte ich, »was heißt es, wenn ein schwuler Mann grunzt?«

»Oh, Honey ...«

»Also, nein, warte mal«, sagte ich, bevor er mir nur allzu freudig eine noch mysteriösere Ecke des Universums zeigen konnte, »ich meine ›grunzen‹ als eine Art von ›hier ist deine Antwort‹. Oder macht ihr so was nicht?«

Nach Matts Gesichtsausdruck zu urteilen, hatte ich mich etwas zu vage ausgedrückt, sogar für den schlauen Matt, also versuchte ich, mich besser zu erklären: »Weißt du, wenn ein Typ als Antwort auf etwas, das seine Frau oder Freundin gesagt hat, grunzt, dann kann das alles Mögliche heißen. Es kann ›ja‹ heißen, es kann ›nein‹ heißen, es kann heißen ›Ist mir egal‹, es kann heißen ›Oh-oh, sie redet schon wieder‹ oder ›Sprich mich nach dem Spiel wieder an. Ich kann mir das jetzt nicht anhören. Oder nie.‹«

»Unnmgh«, grunzte Matt.

»Ja. Genau so. Was soll das heißen?«

»Also, jetzt gerade heißt es: ›Ach so. Ich verstehe.‹«

»Grunzt ihr, du und Rob, als Antwort, wenn der andere etwas fragt?«

»Oh, nein«, antwortete Matt entschieden. »Rob ist dafür viel zu kultiviert. Aber ich habe auch andere gekannt. Nach den ersten drei Monaten ist der längste Satz, den man an den meisten Tagen aus ihnen herausbekommt, ›Unnmgh‹.«

Drei Monate, sagte Matt. Nicht dreißig Tage. Das merkte ich mir.

»Hmmm«, sagte ich. »Hat dir Rob schon mal angeboten, deinen Chef umzubringen, nachdem du auf der Arbeit einen schlechten Tag hattest?«

Darüber dachte Matt eine Sekunde lang nach. »Also, gerade neulich wollte ich ihm von dieser Kollegin erzählen, die mir das Leben zur Hölle macht, und da sagt Rob: ›Ach, Honey, wir wissen doch beide, dass diese Frau grässlich ist.

Trink einfach noch ein Glas Wein und vergiss das Ganze.‹ Ich war am Boden zerstört. Ich wollte doch nur zehn oder zwölf Stunden lang darüber reden. Das verstehst du doch, oder?«

»Absolut.«

Irgendwie machte mich dieses Wissen glücklich. Natürlich freute es mich nicht, dass dieses abgewürgte Gespräch Matt nicht das gab, was er brauchte, aber ich verstand vollkommen, was er mit dem »einfach nur reden wollen« meinte. Und ich fand es nicht mehr ganz so verrückt von mir, einfach nur über meinen blöden Chef jammern zu wollen, ohne dass mein Freund gleich Mord vorschlug.

»Willst du den wahren Unterschied zwischen Männern und Frauen wissen?«, fragte Matt. Natürlich wollte ich ihn wissen. »Wenn sich zwei Männer streiten, ist es ein Kampf auf Leben und Tod. Keiner von beiden wird jemals nachgeben oder auch nur einen Zoll zurückweichen. Es hat nichts damit zu tun, ob man schwul oder hetero ist. Es hat aber sehr viel damit zu tun, dass man ein vollblütiger amerikanischer Mann ist. Wir sind einfach nicht dazu erzogen, einem Kampf auszuweichen. Und genau da sitzen Frauen am längeren Hebel. Selbst wenn sie wissen, dass sie im Recht sind, werden Frauen bei einem Streit irgendwann nachgeben, und sei es nur, um den Kampf zu beenden. Damit sind sie die Gewinner. Es reicht ihnen, zu wissen, dass sie im Recht sind. Und deshalb haben sie mehr Macht als Männer.«

Ich dachte an all die Male, wo ich bereit war, meine Argumente bis auf den Tod zu verteidigen, und an all die Male, wo ich mich lieber zurückzog, im Recht oder im Unrecht, beleidigt oder einfach zu müde oder zu gelangweilt, um meinem Liebsten weiter irgendein dämliches Argument in den dicken Schädel zu hämmern. Wer sich zurückzog, errang mühelos den Sieg. Bis zu diesem Moment hatte ich das allerdings nie als eine Demonstration von Macht betrachtet. Für mich war es einfach der Beweis, dass jemand, der sich »bis auf den Tod« mit mir streiten will, ein Volldepp ist.

»Aber eines verstehe ich nicht an euch Frauen«, fuhr Matt fort. »Ihr verweigert Sex, wenn ihr sauer seid. Männer verweigern einander *niemals* Sex. Das ergibt für uns einfach keinen Sinn. Egal, wie verletzt oder wütend wir sind, wer Recht hat, wer Unrecht hat, oder wer verrückt ist – wir verweigern *niemals* Sex. Scheiße, wir können sogar Sex haben, *während* wir uns streiten, und uns dann später weiterstreiten, wenn es sein muss.«

»Unnmgh«, grunzte ich.

Ich war mir nicht sicher, ob ich dazu irgendetwas sagen konnte.

Ich dachte immer noch über die Kommunikation bei weiblichen Paaren nach. Also fragte ich meine Freundin Annie, der ich auch jede dumme Frage stellen darf, die mir in den Kopf kommt, und die nur selten meinetwegen ihre Augen verdreht.

»Also, du kennst doch den alten Witz über Lesben«, begann sie.

»Welchen?«

Ihre Augen wurden schmal. Ich grinste idiotisch.

»Den, der anfängt: ›Was bringt eine Lesbe zum zweiten Date mit?‹«, soufflierte Annie.

»Einen Umzugswagen«, antwortete ich pflichtschuldigst.

»Na ja, das stimmt«, sagte sie. »Meistens. Na ja, nein, nicht meistens. Oft. Wenn wir in den Zwanzigern sind. Manchmal auch in den Dreißigern. In den Vierzigern dann nicht mehr so oft. Aber ja. Wir bilden einen Großteil des Kundenstamms von Umzugswagenvermietern.«

Sie versuchte anscheinend, einen Witz zu machen, aber sicher war ich mir nicht. Ich beschloss, später eine meiner anderen Freundinnen zu fragen.

»Unsere Kommunikationsprobleme tauchen meist aus dem Nichts auf und lösen sich dann genauso schnell wieder, oder sie explodieren«, fuhr Annie fort. »Ich glaube, es liegt daran, dass bei uns alles immer *sofort* passieren soll. Aber es ist noch komplizierter.«

»Na klar«, antwortete ich wissend. Und dann dämlich: »Was ist kompliziert?«

»Dass es nicht nur ein Problem ist, ob wir dieselbe Sprache sprechen oder nicht. Das Problem ist auch, dass wir zu viel reden. Alles muss immer *verarbeitet* werden.«

»Klar«, sagte ich wieder. Und dann: »Wie meinst du das?«

»Das ist so: Sobald Konflikte auftauchen, verarbeiten wir erst mal alles in unserem Kopf. Dann verarbeiten wir es als Paar. Dann verarbeiten wir es mit unseren anderen Freundinnen. Manchmal wird das gemeinsame Verarbeiten viel zu laut und verletzend, und eine fängt zu weinen an, dann müssen wir *das* verarbeiten – in unserem Kopf, miteinander und dann wieder mit den Freundinnen. Und dann endet es manchmal damit, dass wir mit einer der Freundinnen schlafen, und bevor man sich's versieht – Umzugswagen.«

»*Wirklich?*«

»Nein, Dummchen. Aber ja. Viel öfter, als ich zugeben mag. Besonders wenn wir jünger sind. Wenn wir älter werden, neigen wir dazu, eine ganze Menge mehr Scheiß durchgehen zu lassen. Es wird sonst einfach zu anstrengend.«

»Grunzt du manchmal?«, fragte ich.

»Nicht, ohne es zu verarbeiten«, antwortete sie.

Und was lerne ich daraus? Was die Kommunikation mit dem Liebsten angeht: Je weniger man sagt, desto besser.

Wer wird denn nachzählen

*Ich bin der einzige Mann auf der Welt, dessen Trauschein
auf »An die betreffende Person« ausgestellt ist.*

Mickey Rooney

Großmutter Many-Names, die Frau mit den vielen Namen, war eine dieser fabelhaften alten Südstaaten-Damen, die die meisten von uns nur aus dicken Schmökern oder aus Theaterstücken von Tennessee Williams kennen. Ich hatte das Glück, einige wenige kurze Jahre mit ihr bekannt zu sein, als ich mit ihrem zweitliebsten Enkelsohn verheiratet war.[7]

Many-Names hat nicht weniger als vier Ehemänner zu Grabe getragen, trotzdem verfügte sie am Ende über sechs Nachnamen, die sie ohne bestimmte Reihenfolge zu unterschiedlichen Lebensabschnitten gebrauchte und austauschte. Es schien darauf anzukommen, ob der momentane Gatte tot oder lebendig war und auf welcher Erinnerungs- oder Beliebtheitsstufe er sich gerade befand.

Sie erfand sich ebenso furchtlos neu, wie sie sich verhei-

---

[7] Ihr allerliebster Enkelsohn war Chris, der Arzt. Sie liebte es, wenn er zu Besuch kam. Sie bekam Herzrasen und gab dann vor der restlichen Familie damit an, wie Chris sie kuriert hatte. Leider nützten die Computerfreak-Talente meines Gatten einer alten Lady sehr viel weniger. Aber sie liebte auch ihn. Nur eben nicht so sehr.

ratete. Sie war nicht nur Ehefrau und Matriarchin, sondern stürzte sich im Laufe ihres langen, bunten Lebens auch in mehrere unterschiedliche Berufslaufbahnen und war nicht zuletzt eine der ersten Frauen, die jemals in den Senat von North Carolina gewählt wurden.

Dabei hätte sie während ihres ersten Wahlkampfes ein seltener Anflug von Naivität beinahe zu Fall gebracht. Sie ging in die nächstbeste Druckerei, um Wahlkampfmaterialien anfertigen zu lassen. »Sie brauchen noch einen Slogan«, sagte der Drucker zu ihr. »Für die Buttons.«

»Oh«, erwiderte sie. »Sie haben Recht. Was meinen Sie, was draufstehen sollte?«

Der Drucker dachte einen Moment lang nach und schlug dann vor: »Wie wäre es mit ›Go All the Way with Mary Faye‹?«

Der Mann unterstützte offensichtlich den anderen Kandidaten, einen Republikaner.

Many-Names, die jargonmäßig nicht mehr ganz auf der Höhe der Zeit war, verliebte sich in den Klang dieses Reimes und bestellte mehrere hundert Wahlkampfbuttons mit diesem Slogan. Nur sehr wenige davon kamen tatsächlich in Umlauf, vielleicht dank der scharfen jungen Augen der hipperen Mitglieder ihrer Wahlkampftruppe. Die Wahl gewann sie trotzdem. [A.d.Ü.: Go all the way = bis zum Äußersten gehen = miteinander schlafen.]

Ich hatte Gelegenheit, Many-Names allerliebsten Enkelsohn, Chris, den Arzt, kennenzulernen, als er eines Sommers in den Süden kam, um der Familie seiner Mutter seine Verlobte vorzustellen. Mein Mann und ich trafen sie zum Essen in einem Restaurant, wo ich der letzten Illusionen beraubt wurde, in eine normale Familie eingeheiratet zu haben.

Many-Names bestand natürlich darauf, das Essen zu bezahlen. Als sie die Kreditkartenquittung unterschrieb, sah Chris, dass sich ihr Nachname mal wieder geändert hatte. »Jetzt sind wir also wieder Hull, wie ich sehe.«

»Ja. Hull ist der Name, den ich auf den Schecks und bei anderen geschäftlichen Sachen verwende, wo Sherwood jetzt weg ist.«

Mr. Sherwood war schon ein gruseliger alter Bock, muss ich sagen, und ungefähr 173 Jahre alt, als ich ihn kennenlernte. Das Haus, in dem er mit Many-Names lebte, war vollgestopft mit

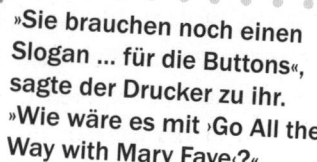

»Sie brauchen noch einen Slogan ... für die Buttons«, sagte der Drucker zu ihr. »Wie wäre es mit ›Go All the Way with Mary Faye‹?«

Antiquitäten, die er von seinen Weltreisen mitgebracht hatte. Er trug tagein, tagaus ein weißes Smokinghemd und eine dunkle Krawatte und saß in einem riesigen staubigen Sessel in einem düsteren Salon, stirnrunzelnd über den Gehstock gebeugt, den er zwischen seinen langen, dünnen Beinen hielt, zu seinen Füßen eine Katze, die keinen Deut weniger misstrauisch und ungesellig war als ihr Herr. Die schweren Vorhänge vor den Fenstern mussten immer zugezogen bleiben, weil Mr. Sherwood überzeugt war, es könnten sich japanische Soldaten aus dem Zweiten Weltkrieg in den Bougainvilleen verstecken, ihm auflauern und darauf warten, ihn in seinem eigenen Vorgarten erneut gefangen zu nehmen.

In Mr. Sherwoods Testament gab es eine Zeile, in der sinngemäß stand: »Und die Katze nehme ich mit.« Als er starb, erlöste die Familie also die arme uralte Mieze von ihrem letzten bisschen Elend, äscherte sie beide ein und ließ endlich die strahlende Sonne von Carolina zum ersten Mal seit vielen Jahren in dieses riesige alte Haus.

»Und dann habe ich wieder den Namen Hull angenommen«, sagte Many-Names.

Chris schien einen Moment lang zu zögern, konnte sich aber die Frage doch nicht verkneifen: »Hull ist zwei oder drei Ehemänner her, richtig?«

»Ja. Das war der, den ich aus Liebe geheiratet habe«, antwortete sie und lächelte. Möglicherweise errötete sie sogar.

Mein Mann beugte sich zu mir und flüsterte: »Hull war der erste Mann, der ... äh ... ihr die Zehen gekräuselt hat.« Ich klappte die Kinnlade genauso schnell wieder hoch, wie sie mir auf den Dessertteller gefallen war. Dann klappte ich die Augen wieder in den Kopf zurück und gab mir die größte Mühe, auszusehen, als würde ich immer noch höflich zuhören.

»Woher willst du das wissen?«, krächzte ich ihm ins Ohr.

»Erkläre ich dir später.«

Many-Names erzählte weiter: »Die anderen, na ja, die habe ich aus anderen Gründen geheiratet. Wegen des Geldes, wegen des gesellschaftlichen Status, um nicht allein zu sein ... Hull war der Einzige, den ich aus Liebe geheiratet habe.«

»Ja, an den Typen erinnere ich mich«, wagte sich Chris zögernd vor. »Aber, Großmutter ... war er nicht, na ja ... ein Nazi?«

Gerüchte besagen, dass einer der zahlreichen Gatten von Many-Names eine ziemliche Zuneigung zur Flagge der Konföderierten hegte und ein Sammler historischer Memorabilien von jener Art war, bei denen den meisten von uns übel wird. Ich habe den Mann nie persönlich kennengelernt, also kann ich nichts über seinen Charakter sagen, aber nach allem, was man hört, war er ein ganz anständiger Mensch ... mit einer Neigung zur politischen Unkorrektheit. Und Many-

Names kannte ich gut genug, um zu wissen, dass sie sich nie wissentlich mit jemandem eingelassen hätte, der möglicherweise absichtlich böse war.

Auf die Frage ihres allerliebsten Enkelsohnes schoss sie daher sofort zurück, zur Verteidigung Mr. Hulls ebenso wie zu ihrer eigenen: »Also, *ich* wusste nicht, dass er ein Nazi war! Ich dachte, er war ein Demokrat!«

Wenn man verliebt ist, ist es vermutlich manchmal schwer, den Unterschied zu erkennen.

Eine der Fragen, die diese Story für mich aufwirft, ist die, was einen Menschen dazu bringt, wieder und wieder zu heiraten.

Promis sind natürlich meistens ebenso berühmt für die Häufigkeit und Kurzlebigkeit ihrer Ehen wie für das, wofür sie sonst noch berühmt sind. Die wirklich Ungewöhnlichen sind die, deren Ehen am längsten halten, und jene Paare, für die Scheidung offenbar nie eine Option war. Zu den bemerkenswertesten zählten Bob Hope und Dolores de Fina (69 Jahre), Charlton Heston und Lydia Clarke (64 Jahre), Paul Newman und Joanne Woodward (fünfzig Jahre), Kirk Douglas und Anne Buydens (bei Redaktionsschluss 58 Jahre) und die Youngster der Gruppe, Samuel L. Jackson und LaTanya Richardson (32 Jahre und noch nicht ehemüde).

Und dann sind da die anderen.

In den 1950ern und 1960ern war der Name Zsa Zsa Gabor die Pointe bei fast jedem Ehewitz, den damalige Comedians erzählten. Besser bekannt für ihre Ehemänner, als sie es je für ihre Filmkarriere war (mal ehrlich, können Sie auch nur zwei ihrer fast siebzig Film- und Fernsehrollen nennen, ohne sie mit ihrer Schwester Eva zu verwechseln?), hat Ms. Gabor nicht weniger als neun Männern ewige und unsterbliche Liebe gelobt. Nur acht davon endeten allerdings in einer rechtsgültigen Ehe.

Ihre längste Ehe ist die mit ihrem derzeitigen Gatten, Frédéric Prinz von Anhalt, der, soweit bekannt ist, weder ein Prinz noch von königlichem Geblüt ist, dem es aber offenbar gefällt, wenn die Leute das denken. Ihre kürzeste Ehe führte sie mit einem mexikanischen Filmstar namens Felipe de Alba; sie dauerte 1982 fast einen ganzen Tag und wurde auf der Stelle annulliert, als Zsa Zsa wieder nüchtern war und sich daran erinnerte, dass sie noch mit ihrem siebten Gatten, Michael O'Hara, verheiratet war. Interessanterweise war O'Hara der Anwalt, den sie engagierte, um sich von ihrem sechsten Ehemann, Jack Ryan, scheiden zu lassen.

Wenige Stunden nach der Trauung schloss Jean sich im Badezimmer ein und jaulte, sie habe einen furchtbaren Fehler gemacht. Später kehrte sie ins Haus ihrer ehemaligen Geliebten, der Schauspielerin Grace Diamond, zurück und blieb bei ihr.

Von allen ihren Gatten fasziniert mich am meisten der Schauspieler George Sanders, mit dem Zsa Zsa fünf Jahre verheiratet war. Er selbst hatte vorher bereits viermal geheiratet. Seine letzte Ehefrau war Zsa Zsas andere Schwester, Magda. Diese beiden waren ganze sechs Wochen verheiratet. Nach der zweiten Gabor reiste George nach Spanien, widmete sich dem Alkohol und nahm sich dann das Leben.

Eine weitere Ehe, die man nur allzu leicht verpassen konnte, war die der Stummfilmstars Jean Acker und Rudolph

Valentino. Genau genommen waren sie noch keine Stars, als sie heirateten, aber für Rudy handelte es sich nur um eine Frage der Zeit.

Wenige Stunden nach der Trauung schloss Jean sich im Badezimmer ein und jaulte, sie habe einen furchtbaren Fehler gemacht. Später kehrte sie ins Haus ihrer ehemaligen Geliebten, der Schauspielerin Grace Diamond, zurück und blieb bei ihr. Nicht einmal der beste Liebhaber der Welt konnte Jean überreden, zu ihm zurückzukehren.

Carmen Electra und Dennis Rodman heirateten im November 1998. Fünf Monate später ließen sie sich scheiden. Das war rund viereinhalb Monate länger, als Rodman Carmens Ehemann sein wollte. Er beantragte neun Tage nach der Trauung in Las Vegas die Annullierung und behauptete, er könne sich nicht an die Heirat erinnern, weil er damals betrunken gewesen war.

Die Schauspielerin Robin Givens und der Boxer Mike Tyson waren ein Jahr verheiratet, von Februar 1988 bis Februar 1989, bevor sie die Scheidung mit der Begründung einreichte, er habe sie körperlich misshandelt. Achteinhalb Jahre später, älter und weiser, heiratete Robin am 22. August 1997 den Tennislehrer Syetozar Marinkovic und trennte sich noch am selben Tag von ihm.

Und dann ist da noch Bonny Lee Bakley, die zehnmal verheiratet war. Während der Ehe mit ihrem zweiten Gatten, der zugleich ihr Cousin war, reiste sie in den Süden und stellte sich mit einem Wohnzimmer-Striptease der Schwester der Rock'n'Roll-Legende Jerry Lee Lewis vor, worauf die Frau ihren Bruder mit den Worten anrief: »Jerry, wir haben einen richtig heißen Feger hier«, worauf Jerry erwiderte: »Schick sie zu mir!«

Ihre Affäre überdauerte mit Unterbrechungen fast ein Jahrzehnt und etliche weitere von Bonny Lees Ehen – ganz zu schweigen von ihren Liebhabern und Freunden, die in die Hunderte reichten, wenn nicht noch mehr. Bonny Lees Lieblingshobby war es, einsame Männer um ihr Geld zu bringen und wilden Sex zu haben, mit oder ohne laufende Kamera.

Ihre kürzeste Ehe war die mit Joseph Brooksher, ihrem fünften Ehemann; sie waren beinahe einen ganzen Tag lang verheiratet. Bei ihrem nächsten Gatten, dem 82-jährigen William Weber aus Florida, blieb Bonny etwa eine Woche, gerade so lange, um 80 000 Dollar seiner Pension in die Finger zu bekommen.

Bonny Lees letzter Ehemann war der Schauspieler Robert Blake. Sie waren sechs Monate verheiratet, in denen sie, so wird gemunkelt, auch noch eine Affäre mit Christian Brando, Marlon Brandos Sohn, unterbringen konnte sowie mit mehreren Dutzend weiteren ahnungslosen Männern, die auf ihre Kontaktanzeigen-Schwindeleien hereinfielen.

Bonny Lee Bakley wurde 2001 auf einem Restaurantparkplatz ermordet. Robert war der Hauptverdächtige, wurde eingesperrt und wegen des Verbrechens vor Gericht gestellt, 2005 jedoch wieder freigesprochen. Offenbar gab es neben Robert Blake einfach zu viele Menschen auf der Welt, die ihr den Tod wünschten. Jeder von ihnen könnte es gewesen sein.

Ein paar Jährchen früher, lange vor dem heutigen Boom der Prominentenhochzeiten, gab es den legendären Pancho Villa. Pancho heiratete die meisten der Frauen, die seine Aufmerksamkeit erregten, als er während der Mexikanischen Revolution marodierend und plündernd von Stadt zu Stadt zog. Zu jener Zeit wurden anständige junge Frauen spanischer Abstammung dazu erzogen, ihre Ehre bis zur Hochzeitsnacht zu bewahren, daher wollten nur wenige sie einfach so hergeben, nicht einmal für Pancho Villa.

Also bestach das raffinierte Kerlchen Pancho zahllose Friedensrichter in all den von ihm besuchten Städten, eine unechte Trauungszeremonie zu vollführen. Auf diese Weise konnte Pancho die Ehe mit der ahnungslosen Braut voll-

> Im August 2007 hatte der rüstige, einbeinige Sechzig-jährige 78 Kinder im Alter von drei Wochen bis 36 Jahren.

ziehen und dann vergnügt zur nächsten Eroberung weiter-ziehen. Niemand kann mit Sicherheit sagen, wie viele gebro-chene Herzen und uneheliche Kinder Pancho Villa in seinem Kielwasser zurückließ.

Ein Mann, der genau weiß, wie viele Frauen und Kinder er hatte – von denen übrigens alle ehelich sind –, ist Daad Mohammed Murad Abdul Rahman aus den Vereinigten Ara-bischen Emiraten. Im August 2007 hatte der rüstige, einbei-nige Sechzigjährige 78 Kinder im Alter von drei Wochen bis 36 Jahren. Er hatte insgesamt 15 Ehefrauen, musste sich aber von den meisten irgendwann scheiden lassen, um dem Gesetz Genüge zu tun, das nur vier Ehefrauen gleichzeitig ge-stattet. Zum Glück ist eine Scheidung für muslimische Män-ner einfach. Sie müssen nur dreimal hintereinander sagen: »Ich verstoße dich«, und die Sache ist erledigt. Den juristi-schen Papierkram dürfen sie nachreichen.

Daad ist aber noch nicht fertig. Sein Plan ist es, bis zu sei-nem 86. Geburtstag im Jahr 2015 hundert Kinder gezeugt zu haben. Danach wird er sich angeblich zufrieden zur Ruhe set-zen.

Den Guinness-Weltrekord für die meisten rechtsgültigen Eheschließungen hält jedoch ein Mann, der ausschließlich dafür berühmt ist, wie oft er »Ja« sagte. Sein Name war Glynn Wolfe, und er war bis zu seinem Tod im Jahr 1998 insgesamt 29 Mal verheiratet. Seine letzte Ehefrau, Linda Essex, war ihm bei der Guinness-Rekordjagd dicht auf den Fersen, hatte sie doch selbst 22 Ehen vorzuweisen, als sie Glynn begegnete.

Glynn starb im Alter von 88 Jahren in Los Angeles. Obwohl er zahlreiche noch lebende Exgattinnen, Kinder, Enkelkinder, Stiefkinder und zahllose angeheiratete Exverwandte hinterließ, wollte sich niemand um seinen Leichnam kümmern. Traurigerweise musste schließlich die Stadt für seine Bestattung in einem anonymen Grab aufkommen.

Viele seltsame Liebende jedoch wurden von Mächten getrieben, die sehr viel stärker waren als Zahlen.

Leo Tolstoi zum Beispiel verliebte sich 1862 wahnsinnig in eine hinreißende junge Frau. Sie war eine Gräfin namens Sophia Bers und 16 Jahre jünger als er. Eine Woche, nachdem er sie kennengelernt hatte, hielt er um ihre Hand an.

Diese Tochter aus einer angesehenen Moskauer Familie wusste, dass Tolstoi nicht nur ein Graf war, sondern auch ein weltbekannter Autor. Was um alles in der Welt musste sie mehr wissen?

Von seinem reiferen Standpunkt aus wusste Tolstoi, dass es sehr viel mehr zu wissen gab. Aus Fairness und weil er sie liebte und ihr vertraute und sie sich erst so kurz kannten, gab er ihr vor der Hochzeit Dutzende seiner Tagebücher zu lesen.

Die Tagebücher waren gespickt mit allen möglichen schmutzigen Einzelheiten über Tolstois sexuelle Erfahrungen mit zahlreichen Frauen, die meisten davon arme Bedienstete. Sophia begann zu weinen, kaum dass sie angefangen hatte zu lesen.

Sie weinte immer noch, als Tolstoi kurz vor der Trauung zu ihr kam, um sich zu vergewissern, ob sie ihn immer noch heiraten wollte. Sie weinte auf der Fahrt zur Kirche und ließ sich während der Trauungszeremonie so richtig gehen. Als der Zeitpunkt gekommen war, sich von ihrer Familie und ihrer Heimatstadt zu verabschieden und ihrem frisch angetrauten Gatten an den unbekannten, weit entfernten Ort zu folgen, an dem sie ihr Leben als Frau Leo Tolstoi beginnen sollte, musste man sie praktisch in die Kutsche schieben, damit sie losfahren konnten.

Es gibt einen alten Hochzeitsaberglauben: Wenn eine Braut am Tag ihrer Hochzeit weint, werden das angeblich die letzten Tränen sein, die sie in ihrer Ehe vergießt. Bei Sophia war das nicht der Fall.

Den meisten Quellen zufolge war ihre 48 Jahre währende Ehe von heftigen Liebes- und Hassausbrüchen geprägt, aber auch von großem gegenseitigen Respekt für die Meinung des anderen. Gleichzeitig litt ihre Beziehung jedoch ebenfalls an häufigen Meinungsverschiedenheiten über diverse fundamentale lebensanschauliche Fragen.

Gegen Ende redete sich Sophia ein, Leo habe hinter ihrem Rücken sein Testament geändert. Als Tolstoi sie dabei erwischte, wie sie auf der Suche nach dem Dokument sein Arbeitszimmer durchwühlte, geriet er in Rage. Er fuhr mit dem Zug davon, um sie nicht mehr sehen zu müssen. Und wieder weinte Sophia.

Traurigerweise erkrankte Tolstoi auf der Zugfahrt sehr schwer und starb kurz darauf an Lungenentzündung.

Voller Reue verbrachte Sophia den Rest ihres Lebens damit, seinen Verlust zu beweinen.

Ein paar Jahre vor dem Ende dieser berühmten, stürmischen Ehe, etwa zu der Zeit, als Leo und Sophia ihren vierzigsten Hochzeitstag feierten, schmiedete am anderen Ende der Welt ein junges mexikanisches Paar Heiratspläne.

Octavio Guillen bat seine Liebste, Adriana Martinez, um ihre Hand. Sie sagte freudig Ja, doch sie beschlossen, es langsam angehen zu lassen.

1969 heirateten sie endlich – nach einer 67-jährigen Verlobungszeit. Am Tag ihrer Hochzeit waren beide 82.

Es hätte Adriana vielleicht getröstet, dass sie nicht die älteste Braut war, die je im Rollstuhl zum Altar geschoben wurde. Diese Ehre gebührt nämlich Minnie Munro aus dem australischen Point Clare. Sie war 1991, als sie Dudley Reid heiratete, 102 Jahre alt. Miss Minnie, dieses durchtriebene kleine Biest, war praktisch eine Kinderschänderin. Ihr Dudley war erst 83, als sie ihn freudig zum Mann nahm.

Bei dem ältesten bekannten Bräutigam handelte es sich hingegen nicht um Dudley Reid, sondern um Harry Stevens aus Wisconsin. Er war 103 Jahre alt, als er die reizende Thelma ehelichte, die damals 84 war. Die beiden feierten ihre Hochzeit 1984 in ihrem Altenheim.

Bei all den Menschen, die ungewöhnlich häufig heiraten, kann man sich schwer vorstellen, wer glücklicher ist, Männer oder Frauen. Ich finde es interessant – und traurig –, dass Glynn Wolfes Leben trotz seiner 29 Ehen auf so einsame Art endete.

Das Gegenteil ist offenbar der Fall bei Many-Names und bei meiner Großtante Angelina, einer Altersgenossin von Many-Names, die ein ebenso buntes Leben führte.

Es liegen mir natürlich zu wenige Daten vor, um wirklich seriöse Schlussfolgerungen zuzulassen, trotzdem sind Vergleiche zwischen Männern wie Glynn und Frauen wie Angelina und Many-Names ziemlich interessant.

Von Frauen ihrer Generation wurde erwartet, sich in gerade mal eine Handvoll Rollen zu fügen – Ehefrau, Mutter, Pflegerin, Lehrerin, Nonne, Dienstmädchen oder Bibliothekarin. Many-Names hatte im Laufe ihres Lebens sogar etliche dieser Sachen gemacht. Gleichzeitig war sie aber Besitzerin einer erfolgreichen Textilfirma, Senatorin und eine vielseitige Stütze der Gemeinde in einer Zeit gewesen, da man von Frauen erwartete, mit dem Tapetenmuster zu verschmelzen. Meine Tante Angelina schaffte es, elf Nichten und Neffen großzuziehen, die Kinder jener Geschwister, die jung gestorben waren und Familien hinterlassen hatten, die noch der mütterlichen Fürsorge bedurften. Sie zog all diese Kinder auf und machte gleichzeitig Karriere als gewiefte Geschäftsfrau, die sich von niemandem über den Tisch ziehen ließ, als gesellschaftlich und politisch engagiertes Mitglied ihrer Gemeinde, als preisgekrönte Turniertänzerin sowie als Immobilienkönigin. Sie marschierte bei mehr Paraden mit und feierte auf mehr Partys mit als der Rest unserer Familie zusammen.

Obwohl sie einander nie begegnet sind und in weit voneinander entfernten Teilen des Landes lebten, fürchtete sich keine dieser außergewöhnlichen Frauen davor, sich über die engen gesellschaftlichen Grenzen ihrer Zeit hinwegzusetzen auf der Suche nach dem Erfolg und auf der Suche nach Liebe. Anders als Glynn starben sie als glückliche, wohlhabende alte Frauen in den Siebzigern und Achtzigern und hinterließen eine erstaunliche Schar toter Ehemänner und ehemaliger Liebhaber.

Es würde mich kein bisschen wundern, wenn sie noch im Jenseits ein Männerherz nach dem anderen erobern.

Byte me

Nackt ist, wenn man nichts anhat. ***Ausgezogen*** *ist, wenn man nichts anhat und nichts Gutes im Schilde führt.*

Lewis Grizzard

»Wir müssen einen Domain-Namen für die Firma registrieren lassen«, verkündete unser Network Manager eines Tages drohend auf einer Konferenz. Es waren die frühen 1990er – technisch gesehen also die gute alte Zeit –, und wir standen am Abgrund der Internetrevolution.

Wir hatten keine Ahnung, was das heißen sollte.

»Sind Sie sicher?«, fragte der Abteilungsleiter und mühte sich tapfer, nicht verängstigt zu klingen.

»Ja«, erwiderte der Network Manager düster.

Unser Chef stemmte die Hände in die Hüften, und seine Blicke schossen panisch von links nach rechts. Nach kurzer Pause sagte er: »Okay. Was jetzt?«

»Ich ... weiß nicht«, antwortete der Network Manager. »Niemand weiß es. Wir wissen nur, dass wir einen brauchen. Und wir brauchen ihn jetzt, bevor es zu spät ist.«

»Zu spät wofür?«

»Ich bin mir nicht ganz sicher.«

Also bekamen wir einen Dot-Com-Namen und eine Website, die im Wesentlichen aus unserem Logo und einem Foto des Büros bestand.

Während Firmen auf der ganzen Welt sich abmühten, diesem furchteinflößenden neuen Monstrum einen Sinn abzugewinnen, waren die schweinischen Menschen dieser Welt längst darauf gekommen, wozu das Ganze gut war.

Das Penicillin und die Pille, die Initialzündung für die sexuelle Revolution der 1960er, waren zusammengenommen lediglich ein winziges Pünktchen auf dem Radar, verglichen mit dem Feuersturm an Erotik, der durchs Land – und kurz danach durch die ganze Welt – tobte, als es plötzlich bezahlbare Computer für jedermann gab und ein simpler Telefonanschluss ausreichte. Als das letzte Jahrzehnt des 20. Jahrhunderts anbrach, hatten Schätzungen zufolge über achtzig Prozent allen Internetverkehrs irgendwie mit Sex zu tun.

Menschen, die in ihrem vorigen Leben eine Qwertz-Tastatur bestenfalls vom Sehen kannten, tippten plötzlich in Lichtgeschwindigkeit – und das mit nur einer Hand! Vormals angesehene, gesetzestreue, normale, alltägliche Kirchgänger begannen ihr inneres, haariges Schwein zu entdecken, und es gab nichts, was sie aufhalten konnte.

Die schiere Menge und Vielfalt an kostenlosem virtuellen Sex, den man in der Abgeschiedenheit seines Heims genießen konnte, war so irrwitzig wie beispiellos. Und das Beste von allem: Die Leute entdeckten, dass sie nicht allein waren mit ihren geheimen Begierden, Neugierden und Tollkühnheiten. Es gab Hunderttausende – vielleicht Millionen – anderer schweinischer Leute, die verzückt nacheinander Ausschau hielten, begierig, andere schweinische Neulinge in ihren virtuellen Reihen willkommen zu heißen, nicht länger allein, im

Dunkeln und Geheimen, ihren Fantasien ausgeliefert, sondern endlich in der Lage, sich hemmungslos im schützenden Nebel der Anonymität zu suhlen.

Sie begannen, ihren Alter Egos Namen zu geben: BigDickWilly. DoppelDeDe. Pfützchen.

Jeder Name ließ auf ihre enorme sexuelle Leistungsfähigkeit schließen. Und kein Wort davon war wahr.

In ihrem Online-Profil beschrieben sie sich als unermüdliche Hengste, unersättliche Lustgrotten, Götter und Göttinnen sexueller Leistungskraft. Sie waren schöner, als Worte beschreiben können, begabter, als IQ-Tests es messen können. Und jetzt, endlich, hatten sie einen Ort gefunden, an dem sie andere Leute davon überzeugen konnten, dass sie all das tatsächlich waren. Aber es kam sogar noch besser. Es gab eine ganze Community von Leuten, die sich verzweifelt an den Glauben klammerten, es gebe tatsächlich einen Platz im Universum, wo jeder – sogar sie – eine reelle Chance hatte, siegreich aus dem brutalen und häufig unmenschlichen Wettstreit um die perfekte sexuelle Eroberung hervorzugehen.

Ja, alles war nur Fantasie, und das wusste jeder, aber sei's drum! Alle waren glücklich! Alle kamen (wortwörtlich) zum Schuss! Und man musste noch nicht mal vorher baden! Niemand hatte jemals Kopfschmerzen, niemand roch nach schalem Bier und drei Tage altem Schweiß, niemand hatte seine Periode oder Bremsspuren in der Unterhose, und es wurde von niemandem verlangt, sich die Beine zu rasieren oder die hässlichen schwarzen Socken auszuziehen, bevor es ins Bett ging. Und das Allerbeste: Man konnte sich keine Krankheiten holen, von einem eifersüchtigen Ehemann umgebracht oder gezwungen werden, sich das Gelächter einer grausamen Frau anzuhören. Es war, als wären wir gestorben und in den Orgienhimmel gekommen.

Für die meisten Chatroomdiven und -romeos waren diese kleinen Fantasy-Rollenspielchen ein völlig harmloser Zeitvertreib. Dass das alles nicht ganz echt war, tat dabei im Grunde kaum etwas zur Sache. Das Leben in Gedanken war tausendmal greifbarer und intensiver als die Realität und so süchtig machend wie Heroin. »Außerdem«, beruhigten sie ihre misstrauischen Partner und Liebsten, »tut es niemandem weh. Es ist auch nicht anders, als würde man *Penthouse* lesen. Was ist schon groß dabei?«

Das dachte Adnan Klaric auch.

Adnan war ein 32-jähriger Bosnier aus der Stadt Zenica. Er hatte genug von der Vernachlässigung durch seine zänkische Frau und all ihrer Bosheit, gab sich – ausgerechnet – den Namen »Prince of Joy«, Freudenfürst, und loggte sich in einem Internet-Chatroom ein.

Adnan erzählte »Sweetie« alles über seine elende Xanthippe von Gattin. Sie tippte ihm süße Nichtigkeiten und versicherte ihm, er sei wunderbar, begehrenswert und verdiene diese ganze Bosheit nicht.

Adnan suchte lediglich ein bisschen sanfte Erholung, eine gelegentliche Auszeit von dem Säurebad, zu dem seine Ehe verkommen war. Schon bald wurde Adnans Wunsch wahr: Ein freundliches, zartes Wesen, passenderweise mit dem Namen »Sweetie«, kam aus dem Äther geschwebt, um seiner armen, geschundenen Seele neues Leben einzuhauchen.

Adnan erzählte »Sweetie« alles über seine elende Xanthippe von Gattin. Sie tippte ihm süße Nichtigkeiten und versicherte ihm, er sei wunderbar, begehrenswert und verdiene diese ganze Bosheit nicht. Sie stimmte jedem einzelnen Schlag seines jämmerlich schmerzenden Herzens zu. Wahre Liebe erblühte wild inmitten der Klicks und Piepser ihrer Onlinebeziehung. Sie beschlossen, sich zu treffen.

Als sie sich schließlich trafen, fanden sie heraus, dass alles noch sehr viel schlimmer war, als sie gedacht hatten. Zunächst einmal waren sie *beide* bereits verheiratet. Und das Schlimmste? Sie waren *miteinander* verheiratet.

»Sweetie« erwies sich als Adnans Gattin im echten Leben, Sara Klaric. Offenbar war der Song »Piña Colada« in Bosnien kein ganz so großer Hit.

Die Klarics leiteten sofort die Scheidungsformalitäten ein und gaben als Scheidungsgrund – was sonst? – Online-Ehebruch an.

Die Firmen kamen endlich darauf, was sie mit ihren Dot-Com-Sites anfangen konnten, und wir Übrigen gingen shoppen. Der meiste Internetverkehr dreht sich heute darum, Zeug zu kaufen, über das Zeug zu lesen, das wir kaufen wollen, und mit dem Zeug anzugeben, das wir bereits gekauft haben. Schon seit Jahren liefern sich E-Commerce und E-Sex ein Kopf-an-Kopf-Rennen. Aber superschlau wie wir sind, haben wir eine geniale Methode gefunden, beides zu kombinieren. Über achtzig Prozent der Männer und dreißig Prozent der Frauen nutzen ihre Suchmaschinen heute dazu, online Liebe, Sex und Beziehungen zu shoppen ... oder etwas, das diesen Dreien halbwegs ähnelt.

Und wir verstecken uns mittlerweile nicht mehr ganz so schamhaft hinter unseren imaginären sexuellen Masken. Zwar benutzen die Leute immer noch Pseudonyme und clevere E-Mail-Adressen, um ihre Identität zumindest in gewissem Maße zu verschleiern, aber wir sind lange nicht mehr so furchtbar schüchtern, wenn es darum geht, online zuzugeben, wer wir im wahren Leben sind. Vielleicht liegt es daran, dass wir nicht mehr so oft nach Sex suchen, wenn wir online gehen, sondern eher nach Beziehungen im wirklichen Leben suchen. Und dafür ist es in der Regel natürlich das Beste, man duscht sich und präsentiert sich als man selbst.

Obwohl das längst nicht immer der Fall ist. Fragen Sie jeden, der schon mal versucht hat, ein perfekt frisiertes und geschminktes Glamour-Porträt oder ein zehn Jahre altes Foto der Sorte »hat schon bessere Tage und mehr Haare gesehen« in dem Gesicht des traurigen Häufleins Mensch wiederzuerkennen, das einen hoffnungsfroh – wenn auch etwas verlegen – über einem großen Latte Macchiato im Café um die Ecke angrinst.

Trotzdem verbringen laut Untersuchungen der Firma Marketing Vox mindestens 28 Prozent aller erwachsenen nordamerikanischen Internetnutzer mehr Zeit online als in direktem Kontakt mit anderen Menschen. Da nimmt es kaum Wunder, dass fast genauso viele zugeben, wenig bis gar keinen Sex mit leibhaftigen, echten Menschen zu haben.

Es ist schwer zu schätzen, wie viele aktuelle Paare sich tatsächlich online kennengelernt haben, denn trotz des rasch schwindenden Stigmas, das dieser Form des Datings lange anhaftete, bleibt doch immer noch genügend schaler Beigeschmack übrig, dass sich manche Leute genötigt fühlen, dieses kleine Geheimnis für sich zu behalten. Die meisten anderen machen sich einfach nicht die Mühe, ihrer Online-Partnerbörse mitzuteilen, dass sie mittlerweile glücklich verbandelt sind. Angesichts zehn Millionen aktiver Mitglieder bei US-amerikanischen Online-Partnerbörsen kann man allerdings mit ziemlicher Sicherheit davon ausgehen, dass die meisten Paare, die sich in den letzten Jahren in diesem Land gefunden haben, einander online zum ersten Mal begegnet sind.

Natürlich unterscheidet sich das gewaltig davon, wie sich die meisten unserer Großeltern und deren Vorfahren kennenlernten und heirateten. Sie lebten meist ihr ganzes Leben in derselben Stadt und kannten alle dieselben Leute. Meistens lernten sie sich in der Schule oder Kirche kennen oder wurden einander von wohlmeinenden Freunden und Verwandten vorgestellt.

> Angesichts von zehn Millionen aktiver Mitglieder bei US-amerikanischen Online-Partnerbörsen kann man allerdings mit ziemlicher Sicherheit davon ausgehen, dass die meisten Paare, die sich in den letzten Jahren in diesem Land gefunden haben, einander online zum ersten Mal begegnet sind.

Vor den 1950ern waren die meisten Ehen häufig kaum mehr als gute Geschäftsverbindungen. Bauern heirateten starke, kräftige Frauen, die bei der Knochenarbeit halfen; reiche Männer heirateten hübsche junge Dinger oder nicht so hübsche mit dafür jeder Menge altem Geld und einer äußerst großzügigen Mitgift. Wie auch immer sie zunächst zusammenkamen, sie blieben meist bis zum bitteren Ende verheiratet.

Trotzdem kann man keineswegs davon ausgehen, dass die Ehen von Leuten wie unseren Urgroßeltern, die sich »auf normalem Wege« kennenlernten, länger hielten als die unsrigen, weil sie nicht bei dieser verrückten Internetsache mitmachten oder Dates mit tausend Leuten haben wollten, bevor sie sich endlich für einen entschieden. Ich habe da noch eine andere Theorie, und die hat rein gar nichts mit dem Kennenlernen zu tun, dafür aber sehr viel mit dem Trennen.

Wenn Oma fähig gewesen wäre, blitzschnell eine E-Mail an Opa zu tippen und auf SENDEN zu klicken, bevor sie ihre damenhafte Fassung zurückgewann, hätte sie bestimmt niemals 57 Jahre lang sein Bettgefurze ertragen. Sie hätte dem Ganzen rasch ein Ende gemacht, solange sie noch jung und schön und frei war, und hätte vielleicht ein kleines Schreiben wie das folgende abgeschickt:

Sherman, du Arsch,
ich habe gesehen, wie du heute dieser Schlampe Mary Louise unter den Rock geglotzt hast, als sie die Feuerleiter hoch aufs Dach krabbelte wie eine rollige Straßenkatze. ICH WUSSTE, dass irgendwas im Busch war, als du ganz plötzlich nach dem Taubenschlag sehen musstest. WELCHE TAUBEN?! Seit wann hältst du Tauben auf dem Dach von MEINEM Haus??? Das beweist nur eines, Sherman. Du bist ein noch größerer Arsch, als die Leute sagen.
Gehab dich wohl, Sherman, und mögest du tausend grässliche Tode sterben. Du Arsch.
Die nicht mehr Deinige
Irma

P.S. Beachte die E-Mail-Adresse deiner Ma in Kopie. Und die meiner riesenhaften, blutdürstigen Brüder, dieser Bestien. Und von allen anderen in meinem Adressbuch. Und wart nur ab, bis meine 853 MySpace-Freunde das hier sehen. Du Arsch.

Ohne E-Mails und deren unendliche Möglichkeiten hätte Irma niemals auf der Stelle und ohne Innehalten das Gift versprühen können, das in der glühenden Hitze dieses bitteren Augenblicks des Verrats in ihr brodelte, und sie hätte Sherman den Arsch auf andere Art zur Rede stellen müssen. Um sich hinzusetzen und ihm einen herkömmlichen Brief zu schreiben, hätte sie sich Briefpapier holen müssen, einen Stift suchen, sehr langsam schreiben (verglichen zum Schnellfeuergewehrtempo, das ihre Computertastatur hätte erdulden müssen), das Papier falten, in einen Umschlag stecken, den Umschlag adressieren, eine Briefmarke kaufen, zum Briefkasten laufen, drei oder sechs Tage auf eine Antwort oder Reaktion warten ... viel zu viel Zeit, in der man sich beruhigen und sich die Sache durch den Kopf gehen lassen kann. Die Alternative, nämlich Sherman von Angesicht zu Angesicht zur Rede zu stellen, hätte ihm Gelegenheit geboten, sich zu erklären, um Verzeihung zu bitten, das Offensichtliche zu leugnen und/oder Irma davon zu überzeugen, dass sie halluziniere.

E-Mails bieten aufgrund ihrer einfachen Handhabung und Schnelligkeit die Garantie, dass man das, was einmal herausgegangen ist, nicht mehr zurücknehmen kann. Und da eine elektronische Konfrontation lange kein so verheerender persönlicher Angriff ist wie zum Beispiel ein Frontalzusammenstoß zweier Fahrzeuge, wäre es Sherman auch sehr viel leichter gefallen, sich deswegen aus dem Staub zu machen, ohne überhaupt zu antworten.

So oder so, das ist vermutlich der Grund, warum die Irmas und Shermans von einst letztendlich doch heirateten und dann jahrzehntelang so lange zusammenblieben, bis einer von ihnen tot umfiel, genau wie sie es gelobt hatten.

Irma und Sherman sind natürlich fiktive Figuren, die ich mir zur Veranschaulichung meiner These ausgedacht habe – obwohl ständig Hunderttausende Beispiele für elektronisches Schlussmachen aus dem wirklichen Leben wie wild durchs Cyberuniversum flitzen.

Eine meiner Lieblingsgeschichten stammt von einer Frau aus dem US-Bundesstaat Washington, die im November 2006 eine fünfseitige Schmähschrift an Jennifer verfasste, die angebliche »blöde, besoffene Hure aus der Fixerbude«, die ihr den Gatten wegnahm. »Pissed Off Wife«, die stocksaure Ehefrau, wie sie sich selbst bezeichnete, postete den Brief in einem öffentlichen Forum auf der extrem beliebten Internetsite Craigslist, wo er von zahllosen Millionen Lesern gelesen, weitergeleitet und anderswo neu eingestellt wurde und nach so vielen Jahren immer noch Leser findet.

Pissed Off Wife beschrieb Jennifer in großer Ausführlichkeit alles, was sie bei dem Tausch »gewonnen« hatte, nicht zuletzt die unglückliche Rückenverletzung ihres Gatten, der sie

Pissed Off Wife gab sich die größte Mühe, den Brief mit einem Hauch von Anstand zu schließen: »Du kannst ihn haben, du elende Hure!«

für alle Zeiten die Schuld daran gab, dass er keine brauchbare Erektion mehr zustande brachte.

Außerdem stellte sie klar, dass sie es sich zur Lebensaufgabe machen würde, jeden freien Moment im Leben ihres Ex mit kleinlichen Besorgungen und Forderungen zu beanspruchen – um der Kinder willen, natürlich. Auf der Habenseite würde Jennifer ein paar amüsante Aufgaben erben, zum Beispiel die Garderobe des Ex zu erneuern. »Weißt du, als er heute Morgen aus der Dusche kam«, erklärte Pissed Off Wife, »tat sich in meinem Haus ein riesiges Schwarzes Loch auf und verschluckte fast seine gesamte Kleidung. Deshalb wird er so gut wie nackt bei dir auftauchen (du Glückliche). Das Gute daran ist, dass du ihn so anziehen kannst, wie du willst. Sei ganz ungehemmt und kauf ihm eine Leine und irgendwelche Vinylklamotten oder ein süßes kleines Kleidchen, wenn du schon dabei bist!«

Pissed Off Wife gab sich die größte Mühe, den Brief mit einem Hauch von Anstand zu schließen: »Du kannst ihn haben, du elende Hure!«

Dass muss sich gut angefühlt haben ... selbst wenn es nur für ein paar Minuten war.

Eine der denkwürdigsten E-Abfuhren aller Zeiten aber ist wahrscheinlich die 15-seitige Schimpfkanonade, die Dr. Nicholas Bartha aus New York City im Juli 2006 abschickte. Die elektronische Nachricht wurde an seine zukünftige Exgattin, Fox News, Arnold Schwarzenegger, einige von Dr. Barthas Kollegen und Nachbarn, Senator Chuck Schumer, diverse andere Politiker, ein paar internationale Nachrichtenagenturen und so ziemlich jeden in seinem Adressbuch verschickt.

Neben anderen Dingen, die nichts mit seiner Ehe zu tun hatten, teilte Dr. Bartha seiner Frau mit, dass er bei ihrer anstehenden Scheidung niemals die Hälfte seines Nettovermögens an sie herausrücken würde – und schon gar nicht die geschätzten zwei Millionen, mit denen Mrs. Bartha im Rahmen der Grundbesitzverfügung über ihr wunderschönes Stadthaus an der Upper East Side rechnete.

»Sobald du dies liest«, teilte Bartha ihr und allen anderen im Mailverteiler mit, »wird sich dein Leben für immer ändern ... Du wirst dich vom Goldgräber ... zum Müllgräber verwandeln.«

Kurz nachdem er auf »Senden« geklickt hatte, sprengte er sich in die Luft und das Haus gleich mit.

Wie es das Schicksal wollte, wurde das freie Grundstück, auf dem einst das Stadthaus gestanden hatte, für acht Millionen versteigert. Die ehemalige Mrs. Bartha bekam doch noch ihre Grundbesitzverfügung, und Dr. Barthas E-Mail wird auf ewig im Internet weiterleben.

Schon bevor man die Datenautobahn mit Auffahrten ausrüstete, hatte es bereits seit Jahrhunderten einen lebhaften Handel mit sogenannten Katalogbräuten gegeben. Vermutlich kam die Sache ins Rollen, als einsame junge Kolonialisten und Siedler Jammerbriefe nach Hause schrieben und sich über den Mangel an passenden jungen Frauen in der Neuen Welt beklagten. Unternehmungslustige Heiratsvermittler von England bis Hongkong machten sich sofort daran, entsprechende Kataloge, Einführungsschreiben und Preislisten zusammenzustellen.

Nur sehr wenige Männer und Frauen, deren Ehe tatsächlich durch ein solches Arrangement zustandegekommen ist, werden dies öffentlich zugeben wollen. Doch auch hier eilt wieder einmal das Internet zur Rettung! Der Möchtegern-Bräutigam muss seine Post nicht mehr vor den aufdringlichen Blicken einer neugierigen Vermieterin oder einer maßlos besitzergreifenden Mutter verstecken, sondern kann das Braut-Shopping so betreiben, wie es von Gott gewollt war: allein und im Schein eines Computerbildschirms.

Kaum verwunderlich, dass es nur ein kleiner Schritt war vom Geschäft mit den Katalogbräuten bis zum weniger krassen Internet-Dating. Bestimmte Sites machen keinen Hehl daraus, dass sie nur existieren, um heiratswillige Menschen zusammenzubringen. Zahllose andere Websites gehen ebenso offen mit ihrer Mission um, sexuelle Begegnungen zu vermitteln oder denjenigen zu helfen, die im Teufelskreis seriellen Datings gefangen sind. Und für jede erdenkliche Neigung und sexuelle Abartigkeit gibt es eine persönlich zugeschnittene Website. Hier sind nur einige davon:

HornyMatches.com *(geile Paarungen; selbsterklärend)*
FarmersOnly.com *(für Farmer, Rancher, Cowboys, Cowgirls und andere Leute vom Lande)*
LonelyWivesAffairs.com *(Heimat des Clubs der untreuen Ehefrauen)*
SugarDaddie.com *(Millionärsdating)*
NaughtyorNice.com *(für alle Fälle)*
OnlineBootyCall.com *(Slogan: »Sprich nicht von Heirat – mach Dates!«)*

CrazyKinky.com *(selbsterklärend ... finde ich)*

Marry-An-Ugly-Millionaire-Online-Dating-Agency.com *(schwul oder hetero; Hauptsache, der Millionär ist hässlich)*

BOOMj.com *(für die ältere Generation oder solche, die bald »in ein gewisses Alter« kommen)*

DateMyPet.com *(für Tierliebhaber, die Gleichgesinnte suchen, nicht für deren Tiere)*

PolyamoryConnection.com *(für diejenigen, die gleichzeitige Bettgenossen suchen)*

VeganPassions.com *(für diejenigen, die nichts essen, was ein Gesicht hat)*

TheSpankingNews.com *(für unartige Freunde rosiger Popos)*

CelibatePassions.com *(für diejenigen, die gar keinen Sex wollen)*

Obwohl es eigentlich überhaupt keinen vernünftigen Grund gibt, warum nicht jeder in jeder Lebenssituation online einen Partner finden sollte, blüht das Geschäft mit den Katalogbräuten erstaunlicherweise noch immer.

Nach Schätzungen einer Ende der 1990er-Jahre vom Global Survival Network durchgeführten Studie gibt es über 200 Firmen, die jedes Jahr für rund 5 000 Amerikaner auf Brautsuche gehen. Vor meinem geistigen Auge tat sich da ein grässliches Bild auf – das eines einsamen, mittelalten Mannes, der die Seiten eines solchen Katalogs durchblättert, während er einen Ellbogen auf die Klopapierrolle stützt und die Unterhose an den Knöcheln hängt. Schon aus diesem Grunde freut es mich, dass die Papiervariante dieses Kataloggeschäfts praktisch ausgestorben ist, dem Internet sei Dank.

»Find-a-wife«-Websites sind überall entstanden und haben nach und nach den altmodischen gedruckten Katalog ersetzt. Eine davon heißt NatashaClub.com und bietet unter anderem »sexy ukrainische Bräute!« inmitten der über 25 000 (sozusagen) griffbereit daliegenden Russinnen.

Meiner Meinung nach gibt es mehrere Gründe, warum das internationale Ehevermittlungsgeschäft trotz des unglaublichen Überangebots an kostenlosen und hoffnungslos überteuerten Internet-Datingsites weiterhin Bestand hat: Erstens wird es immer Männer geben, die davon überzeugt sind, dass ausländische Frauen schöner, anschmiegsamer und/oder unterwürfiger sind als ihre dreisten, unverblümten und unabhängigen amerikanischen Geschlechtsgenossinnen. Zweitens gibt es eine Menge Männer, denen es lieber ist, wenn ihre Frauen kein Englisch sprechen; bei einer solchen Frau muss ein Mann sich nicht erklären oder so tun, als höre er dem end- und witzlosen Frauengeschwätz zu. Und schließlich muss es unter diesen Männern eine ganze Reihe geben, denen es schlicht am Talent oder Selbstvertrauen mangelt, das erste Date mit einer Frau zu überstehen, selbst wenn sie so verzweifelt ist wie auf einer schrillen »Komm, nimm mich!«-Anzeige auf einer Online-Datingsite.

Bedenkt man die hohen Kosten einer Damen-Bestellung aus dem Katalog oder einer Website (zehn Dollar oder mehr in jedem Brief an eine potenzielle Braut, dazu der Finderlohn der Agentur, die Kosten für Pass und Visum für das Mädchen sowie noch ein paar tausend Dollar

> Bedenkt man die hohen Kosten einer Damen-Bestellung aus dem Katalog oder einer Website, kann die überwiegende Mehrheit dieser Männer finanziell gar nicht so schlecht gestellt sein.

für Versand und Verpackung), kann die überwiegende Mehrheit dieser Männer finanziell gar nicht so schlecht gestellt sein. Es ist nicht so, dass sie es sich nicht leisten könnten, einer einheimischen Frau beim ersten Date einen Kaffee oder ein leckeres Essen zu spendieren. Ich meine, so geizig kann doch wohl niemand sein ... oder etwa doch? Nehmen wir es mal nicht an. Sagen wir einfach, sie sind gesellschaftlich ein wenig unbeholfen.

Falls Sie finden, dass es schwer danach klingt, als würde ich auf armen, einsamen Männern herumhacken, lassen Sie uns doch bitte zur Kenntnis nehmen, dass Kataloge mit *Bräutigamen* nie ganz so gut angekommen sind. Ich halte das nicht für einen Zufall.

Dafür existierte allerdings immer schon ein einigermaßen guter Ersatz. Zeitschriften, die fast ausschließlich aus Kontaktanzeigen für Männer und Frauen bestanden, waren in praktisch jeder größeren Stadt der USA in den 1980ern extrem stark verbreitet. Kontaktanzeigen in Lokalzeitungen sind es heute noch.

Eine der genialsten Low-Tech-Methoden zur Verbreitung von Kontaktanzeigen ist noch gar nicht so alt. Eine Handvoll Bauern aus Wales kam auf die tolle Idee, Eigenwerbung auf der Rückseite von Milchkartons zu machen.

Einer von ihnen, der dreißigjährige Iwan Jones aus einem winzigen Örtchen namens Groes im ländlichen Wales, wies darauf hin, dass es in seiner Gegend »sehr schwer ist, ein Date zu kriegen«, und dass etwa ein Viertel aller Bauern unverheiratet ist. Sie versuchten, sich zu einer Selbsthilfegruppe zusammenzuschließen, fühlten sich dabei aber äußerst unwohl. Also entschieden sie sich für die Milchkartonmethode und hatten damit eine effektive Kombination von Geschäft und Vergnügen gefunden. Bislang funktioniert das ziemlich gut.

Trotzdem ist es nicht ganz dasselbe wie ein Bräutigamkatalog. Dass sich gerade diese Methode nie richtig durchsetzen konnte, liegt meiner Meinung nach daran, dass so etwas nicht den gängigen Vorstellungen von weiblichem Anstand entspricht, dass Männer weniger bereit sind, für sich selbst Werbung zu machen, und daran, dass die Frauen sich eines Tages endlich dazu durchringen konnten, selbst die Initiative zu ergreifen.

Ich zweifle nicht daran, dass es da draußen Frauen gibt, die nach nicht arbeitswütigen Männern mit dunklem Teint und sexy ausländischem Akzent suchen, die sich nicht für Baseball interessieren und stattdessen einen heißen Tango aufs Parkett legen. Solche Männer sind an Orten wie Booger Holler, Arkansas, nicht ganz so leicht zu finden. Ein Katalog oder ein vollwertiger Ersatz dafür käme hier ziemlich gelegen.

Frauen können auf irgendeiner der Hunderten von Internet-Datingsites shoppen und sich dort Ehemänner und Lover aussuchen – sie tun es auch tatsächlich, und es kostet sie maximal den Preis eines Monatsabos. Eine solche Frau weiß, dass sie höchstwahrscheinlich das bekommt, wofür sie bezahlt hat, und es gibt noch viele weitere kostenlose oder spottbillige Sites, auf denen sie die freie Auswahl hat.

Laut einem Artikel von 2003 im *U.S. News and World Report* wird geschätzt, dass jeden Monat mehr als vierzig Millionen Menschen in den Vereinigten Staaten Online-Datingsites besuchen. Das war damals ungefähr die Hälfte aller amerikanischen Singles.

Laut einem neueren Bericht der Marketing-Organisation

Jupiter Research gaben Männer und Frauen in Deutschland im Jahr 2007 über 85 Millionen Euro dafür aus, um online nach der Liebe zu suchen. Diese Zahl wurde auf über 103 Millionen Euro für Ende 2008 hochgerechnet.

Wie es scheint, beginnt das Stigma des Online-Datings langsam zu verblassen.

Diese erstaunlich hohen Zahlen und Geldsummen beweisen außerdem, dass Frauen nicht nur bereitwillig an der proaktiven Suche nach Liebhabern, Partnern und Ehemännern teilnehmen, sondern auch über die nötigen finanziellen und logistischen Mittel verfügen – von mentaler und emotionaler Stärke ganz zu schweigen. Tatsächlich haben sie das Prinzip der »Katalogbraut« völlig auf den Kopf gestellt und ein für alle Mal bewiesen: Selbst ist die Frau.

Match.com, die unbestritten beliebteste Datingsite der Welt, brüstet sich mit über 15 Millionen Mitgliedern in nicht weniger als 246 Ländern. Etwa vierzig Prozent der momentan aktiven Mitglieder sind Frauen. Und nicht alle davon suchen einen Ehemann. Auf dieser Website gibt es Frauen, die Frauen suchen, Männer, die Männer suchen, sowie jede Art von Freigeistern, die einfach nur ein warmes Plätzchen finden wollen. Man muss nicht einmal Single sein. Man muss lediglich bereit sein, über seinen Beziehungsstatus zu lügen.

eHarmony dagegen wendet sich speziell an ein traditionelles (sprich »ein Mann, eine Frau«), ehewilliges Publikum. Man erwägt dort, irgendeine Form von Identitätsüberprüfungsfunktion ins System einzubauen, um Irre auszumerzen und den Mitgliedern ein gewisses Sicherheitsgefühl zu vermitteln.

eHarmony brüstet sich momentan mit über drei Millionen Mitgliedern. Anders als bei Match.com muss man heterosexuell, über 21, unverheiratet und so wohlhabend sein, dass man fünfzig von seinen hartverdienten Dollars pro Monat abdrücken kann, bis man den perfekten Partner findet oder die gnadenlos altmodische Struktur der Profilerstellung und des Auswahlprozesses schlicht nicht mehr erträgt.

Die Mitglieder von eHarmony sind überwiegend weiße, gebildete Berufstätige und weitgehend Christen. Außerdem sind sie größtenteils weiblich. Frauen in den Dreißigern stellen rund siebzig Prozent der Klientel.

Das also ist unsere wohlanständige, moderne, vielmillionendollarschwere Katalogbräutigamsfirma. Sie ist die Erfindung von Dr. Neil Clark Warren, der sich selbst als konservativen, christlichen Psychologen bezeichnet und häufig Werbung in Rush Limbaughs pathologisch antiliberaler Radiosendung schaltet.

Ach, sieh an ... in einem Bericht, der mir gerade überreicht wird, steht, dass Mr. Limbaugh momentan aktives Mitglied auf eHarmony ist.

Ihr könnt ihn gerne haben, Mädels.

Unvergessliche Feiern

Mein Verlobter und ich sind uns nicht ganz einig. Ich will eine
große kirchliche Hochzeit mit Brautjungfern und Blumen und
einem üppigen Empfang; er will unsere Verlobung auflösen.

Sally Poplin
(britische Comedienne)

Zwei Monate vor meiner Hochzeit wurde ich als Geschworene verpflichtet. Mit vierzig oder fünfzig meiner Mitbürger saß ich in einem Gerichtssaal, zusammen mit einer Handvoll Anwälte und den beiden jungen Männern, die wegen Mordes angeklagt waren. Der Jüngere und Kleinere der Angeklagten, kaum mehr als ein Baby, wirkte verängstigt. Der andere, Größere wirkte einfach nur beängstigend.

Nach und nach arbeiteten die Anwälte beider Seiten daran, die Versammlung auf ein glattes Dutzend zu reduzieren, plus eine gewisse Anzahl von Ersatzgeschworenen. Ich erfuhr nie, wie viele sie schließlich auswählten. Ich wurde nämlich schon ziemlich früh aussortiert.

Die Anwälte stellten uns Fragen wie: »Ist schon mal jemand aus Ihrem näheren Umfeld ermordet worden?« und »Könnten Sie sich emotional eventuell nicht in der Lage sehen, diesem Prozess beizuwohnen?«

Es war diese Frage nach dem »emotional in der Lage«, die mir zum Verhängnis wurde.

Es gab eine Million Gründe, warum es mir schwergefallen wäre, über diese beiden jungen Männer zu urteilen, und eine Million andere Gründe, warum ich liebend gerne an diesem Prozess teilgenommen hätte. Aber ich hob pflichtbewusst die Hand und antwortete nach bestem Wissen und Gewissen. Was herauskam, als ich den Mund aufmachte, war die Stimme einer Wahnsinnigen.

»Also«, begann ich, »ich heirate demnächst, ja? Und ich habe das Menü noch nicht endgültig mit dem Cateringservice abgesprochen, und ich glaube, die Frau, die mein Kleid macht, wird es niemals fertig bekommen, weil sie gerade einen Job bei Kimberley-Clark angenommen hat und überhaupt nicht mehr in ihrem Laden ist! Und mein Verlobter und ich, wir haben dieses Haus gekauft, in dem wir heiraten wollen – und natürlich auch später darin wohnen –, na ja, wir wohnen jetzt schon drin, aber ich weiß nicht, wie – *es ist das blödeste Haus, das ich je gesehen habe!!!* –, ich weiß nicht wie um alles in der Welt ich dreißig oder vierzig Stühle in dieses klitzekleine Wohnzimmer kriegen soll, das so riesig aussah, als der Makler es uns zeigte – und ich weiß, ich weiß, ich weiß, ich weiß, das tut nichts zur Sache, tut mir leid, und es macht wahrscheinlich sowieso nichts, weil *niemand* zu dieser blöden Hochzeit kommt, das weiß ich einfach, also sollte ich wahrscheinlich einfach weitermachen und meine Pflicht als Geschworene erfüllen. Aber die Einladungen sind schon raus, und ich habe immer noch eine *Milliarde Sachen* –«

»Danke, Ma'am«, sagte einer der Anwälte, »und ... äh ... viel Glück mit allem.«

Dann schickten sie mich nach Hause.

Und dieser arme, kleine, dünne, verängstigte Junge sank noch tiefer seinen Stuhl hinunter. Ich hätte mir am liebsten mit einem Hammer auf den Kopf gehauen.

Eine Hochzeit kann jeden in einen totalen Vollidioten verwandeln oder im schlimmsten Fall in einen ausgewachsenen Psycho. Ganz egal, wie schlau oder vernünftig man vor der Verlobung war; jeder ist anfällig. Und wenn man dazu neigt, sich schon im normalen Leben mit den Fingerspitzen an die bröckelnden Ränder der Realität zu klammern, so wie es mir gelegentlich ergeht, kann man darauf wetten, dass die Dinge etwas aus dem Ruder laufen.

Ich kann stolz verkünden, dass die Episode mit der Geschworenenverpflichtung mein wahnwitzigster vorehelicher Augenblick war. Es gab sicherlich noch andere, aber dieser war der schlimmste.

Die Hochzeit selbst war allerdings ziemlich schön. Eine kleine Versammlung von guten Freunden in unserem dann doch gar nicht blöden Haus, köstliches Essen, herrliche Blumen, ein hübscher kleiner Kuchen ... ganz schlicht. Wir verbrieten den Großteil des Hochzeitsbudgets für eine schamlos verschwenderische Hochzeitsreise nach Paris und hatten dort eine herrliche Zeit. Wenn ich all das noch einmal machen müsste, würde ich es genau so wieder machen, nur ohne die Geschworenensache und mit einem anderen Mann.

Unsere Art zu heiraten war für uns persönlich perfekt, ich verstehe aber, dass das für die meisten Paare einfach nicht in Frage käme. Alles dreht sich um das Kleid und die Feier und die langersehnte Verwirklichung lebenslanger Träume und von Hollywood inspirierter Fantasien, die endlich, endlich wahr werden sollen.

Der Preis für »einzigartig und schlicht« – falls es einen solchen Preis gäbe – ginge mit ziemlicher Sicherheit an den britischen Comedian Paul Merton und seine Liebste, Sarah Parkinson, eine Autorin und Produzentin in der Unterhaltungsbranche. Sie fuhren zum Heiraten auf eine einsame Insel mitten im Indischen Ozean. Es waren keine Gäste zugegen, keine Pfarrer, Pastoren oder Friedensrichter und überhaupt keine Zeugen. Tatsächlich war dieses winzige Fleckchen Erde an jenem Tag im Mai 2000, abgesehen von Paul und Sarah, völlig menschenleer. Das Paar wurde vom Kapitän eines kleinen Bootes abgesetzt, bekam einen Picknickkorb und ein Walkie-Talkie und wurde allein gelassen, um ganz privat zu heiraten. Sie lasen einander das Ehegelöbnis vor und erklärten sich selbst zu Mann und Frau.

Wie soll irgendeine andere Hochzeit diese darin toppen, gleichzeitig abgespeckt und außergewöhnlich zu sein?

Am anderen Ende des Spektrums gibt es wohl kaum eine aufwendigere Hochzeit als die, bei der Kamala Kaul 1916 Jawaharlal Nehru heiratete, Indiens ersten Premierminister. Die Feier fand in der Stadt Delhi statt und dauerte über anderthalb Monate. Die Gäste wurden mit Badminton- und Tennismarathons, zahllosen Dinners, Musikveranstaltungen sowie traditionellen Dichterlesungen unterhalten. Danach verdrückten sich alle Männer der Hochzeitsgesellschaft in die Berge – buchstäblich. Sie verbrachten den nächsten Monat im Gebirge des Zozila-Passes auf einem Jagdausflug.

Während meines eigenen Hochzeitsempfangs verschwand mein frischgebackener Ehemann ungefähr zwanzig Minuten lang, um eine Runde im schönen neuen BMW-Cabrio seines Freundes zu drehen. Dafür hätte ich sie beide umbringen können.

Hochzeiten in tropischen Paradiesen sind natürlich der Stoff, aus dem die Träume sind – zumindest für diejenigen, die nie auf einer Insel gelebt haben. Ich kann Ihnen aus persönlicher Erfahrung versichern, dass hundert Meter Seide, Taft und Tüll bei über dreißig Grad Hitze für eine ziemlich übelriechende Hochzeitsfeier sorgen. Solche Dinge wollen vorher sorgfältig durchdacht sein.

Wäre ich eine dieser betrügerischen Hellseherinnen, würde ich nach Leuten namens Pamela und/oder Lee Ausschau halten. Ich würde ihm, ihr oder ihnen erzählen, dass ich tropische Inseln und exzentrisch gekleidete Freunde in ihrer ehelichen Zukunft sehe. Warum, das erklären die folgenden Storys.

Der schottische Comedian Billy Connolly und seine Frau Pamela Stephenson hatten die richtige Idee, als sie beschlossen, ihre Hochzeit 1989 auf den Fidji-Inseln zu feiern. Die Hochzeitseinladungen druckten sie auf die Sarongs, die ihre Gäste bei diesem Anlass tragen sollten.

Billy und Pamela waren genau genommen nicht auf der Insel, als der magische Augenblick sich ereignete; genauer gesagt befanden sie sich im Wasser, etwa bis zu Taille. Sehr clever angesichts des Klimas.

Die Braut wurde dem Bräutigam von der wunderbar ausgeflippten Dame Edna Everage zugeführt, bei der es sich, wenn sie nicht in voller Montur unterwegs ist, um einen Mann mit Namen Barry Humphries handelt.

Ich wäre nur zu gerne Gast bei dieser Hochzeit gewesen.

Im August 2007 schritt ein Paar, von dem nur die Vornamen Pam und Lee bekannt sind, an einem herrlichen Spätsommermorgen in den Berkshire Mountains zum Traualtar. Die überwiegende Mehrheit ihrer 600 Gäste, die sich auf dem wunderschönen grünen Hügel versammelten, war, von ein paar Hüten und Schals abgesehen, vollkommen nackt.

Lediglich ein rundes Dutzend Spielverderber war vollständig bekleidet. Sogar die Figürchen von Braut und Bräutigam oben auf dem Kuchen waren nackt. Lee, der Bräutigam, war förmlicher gekleidet als seine Braut Pam; er hatte sich mit Fliege und Zylinder herausgeputzt.

Pam und Lee gehören einer ständig wachsenden Bewegung an, die sich für eine Verbreitung der nudistischen Lebensart engagiert. Sie geben sich größte Mühe, der schalen alten Tradition neues Leben einzuhauchen, ganz besonders, was Hochzeitsfeiern angeht.

Anders als viele vollständig bekleidete Leute glauben, hat Nacktheit nichts mit Sex zu tun. Vielmehr geht es um ein Gefühl von Spiritualität und Akzeptanz, das so vielen Menschen in ihrem Leben fehlt. »Gott schickt uns ständig nackte Menschen«, sagt Lee, »und wir schicken ihm ständig Leute, die komplett angezogen sind.«

Nackthochzeiten haben sicherlich ihre Vorteile. Sie kosten einen praktisch nichts, besonders, wenn man draußen und an einem warmen Tag feiert und den Kuchen selbst backt.

1995 wählte die Schauspielerin Pamela Anderson als Hochzeitsoutfit einen weißen Bikini, als sie den Musiker Tommy Lee zum ersten Mal heiratete. Die beiden kannten einander schon ganze 96 Stunden, als sie beschlossen, sich das Jawort zu geben.

Die Zeremonie wurde an einem Strand im mexikanischen Cancún abgehalten, wobei Pam und Tommy sich auf Liegestühlen räkelten und Cocktails schlürften. Später holten sie noch eine förmlichere Hochzeitszeremonie nach. Bei der trugen sie silberne Raumanzüge.

Ein Paar aus dem kalifornischen Simi Valley verzichtete völlig auf ein paradiesisches Ambiente und feierte seine Hochzeit sehr viel näher an seinem Zuhause. Sie engagierten den Reverend Robert E. Cote, der die Trauung am Halloween-Abend vollziehen sollte.

Reverend Robert, wie er gern genannt werden möchte, beschreibt sich als »den einzigen amtierenden Geistlichen, der Trauungen des 21. Jahrhunderts auf Theta-Level vollzieht« (womit er meint, dass er »aus dem Inneren Gottes heraus« arbeitet).

Er ist kein Geistlicher im traditionellen Sinne. Er hat genau genommen auch keine Gemeinde und kein Gebäude, das als Kirche gelten könnte. Sein Tempel ist die Erde selbst.

Trotzdem hat er schon zahllose Trauungen vollzogen, die speziell auf Paare mit diesem Geschmack für das Unkonventionelle zugeschnitten sind. Die vielleicht bemerkenswerteste davon ist (vermutlich) die erste schwule Hochzeit an Bord der *Queen Mary* vor der Küste Kaliforniens. Dies war einer der für Reverend Robert typischen »heimlichen Hochzeits-orte« – Orte, die für das Paar eine besondere Bedeutung haben, an denen die Trauung aber nicht unbedingt auf die übliche Art vollzogen wird. »Es ist einfacher, um Vergebung als um Erlaubnis zu bitten«, sagt der Reverend. Die Trauung ging reibungslos über die Bühne, aber sofort danach wurden alle zum Gehen aufgefordert.

Die Halloween-Zeremonie des Paares aus dem Simi Valley war ganz und gar nicht heimlich. Sie fand auf den Stufen eines Spukhauses namens The Screams statt und wurde live auf KISS-FM-Radio übertragen. Ein professioneller Maskenbildner aus Hollywood schminkte Reverend Robert so, dass er wie ein toter Mönch aussah.

Die katholische Brautmutter war natürlich entsprechend entsetzt, aber Reverend Robert glättete die Wogen, indem er während der Trauung darauf hinwies, dass diese Hochzeit am Vorabend von Allerheiligen stattfand, einem der höchsten kirchlichen Feiertage. Außerdem erinnerte er daran, dass man Halloween als Feiertag vor Jahrhunderten von den Heiden übernommen hatte und Gott zweifelsohne froh war, diesen Bund auf so freudig schöpferische Weise zu segnen.

Ob der Mutter nicht trotzdem ein paar Blutgefäße platzten, ist nicht überliefert.

Tina Milhoane und Robert Seifer hatten eine ähnliche Idee für ihr Jawort im Oktober 2007. Das Paar, beide in den Zwanzigern, hatte die letzten vier Jahre in einer Halloween-Attraktion namens 7 Floors of Hell in Berea, Ohio, gearbeitet. Es war nur natürlich, dass diese Attraktion zu ihrem zweiten Zuhause wurde.

Sechs Sargträger brachten Robert im Sarg auf den Friedhof des Spukhauses. Die Gäste waren aufwendig als Hexen, Vampire und verschiedenartige Untote kostümiert.

Roberts Vater meinte, es sei ein etwas eigenartiges Erlebnis gewesen, gab aber zu, dass er schon Seltsameres erlebt hatte. Wenigstens heiratete sein Sohn nicht in einer Fallschirmspringer-Zeremonie.

In Hell, also in der Hölle, gibt es eine Hochzeitskapelle mit rotem Dach. Dort heirateten am letzten 29. Februar rund dreißig Paare.

Es war ein kalter Tag in Hell, einem winzigen Ort im ländlichen Michigan. Ein paar Stunden vorher hatte es geschneit, weshalb sich einige Paare verspäteten.

Das Event wurde von John Colone organisiert, dem inoffiziellen Bürgermeister von Hell. Colone ist zudem der Inhaber des Screams Ice Cream and Halloween Store, hinter dem die kleine rote Kapelle liegt.

Eine konfessionslose Geistliche mit Namen Ann Jarema vollzog die Trauungen kostenlos zu Ehren des Schaltjahrs 2008. Die Kapelle war von 8.30 Uhr am Morgen bis 21.30 Uhr am Abend ausgebucht. Friseure und Fotografen standen ebenfalls bereit, falls ihre Dienste in letzter Minute benötigt würden. Nach der Trauung besuchten viele der Paare das Dam Site Inn nebenan, wo es ein spezielles Hochzeitsdinner gab.

Bräute und Bräutigame kamen von weither, viele davon in

Leder, Rot und Schwarz oder in anderem freigeistigem Aufzug. Gratulanten säumten die zur Hell's Chapel führende Straße und hielten Schilder hoch mit Aufforderungen wie KEHRT UM und dem internationalen Todessymbol, dem Totenschädel mit gekreuzten Knochen.

Theodore Raios, einer der Bräutigame, ein 42-jähriger ehemaliger Junggeselle, hatte geschworen, die Hölle müsse erst gefrieren (Hell would freeze over), bevor er heiratete. Als genau das eintrat, traute er sich. Und wie das Schicksal es wollte, heiratete er eine junge Frau namens Angel.

Im Juni 2007 suchten sich Seok Gyeong-jae und seine Braut, Daejeon, einen ziemlich ungewöhnlichen Zeremonienmeister als Helfer für ihre Hochzeit aus. Tiro, ein von Seok erschaffener Roboter, machte seine Sache perfekt. Mit männlicher Stimme stellte Tiro das Paar den Gästen vor und erledigte all seine einprogrammierten Pflichten während des Empfangs. Es waren noch weitere Androiden anwesend, die als Platzanweiser und Entertainer fungierten.

Alle mechanischen Menschen waren äußerst wohlerzogen, vor allem, wenn man bedenkt, dass südkoreanische Roboter normalerweise als Wärter in Schulen und als maschinengewehrbewaffnete Wachen an der stark befestigten Grenze zu Nordkorea eingesetzt werden. Glücklicherweise gab es bei der Hochzeit von Seok Gyeong-jae und Daejeon keine Verletzten zu beklagen ... und auch keine wild gewordenen Gäste.

Nichts konnte Kaylee Gleeson davon abhalten, zum Altar zu marschieren und ihren Liebsten Josh Kelly zu heiraten. Im Februar 2008 tat sie genau das, zusammengehalten von etlichen Drähten, Metallstäben und diversen anderen Eisenwaren.

Sechs Monate zuvor hatte sich Kaylee an drei Stellen das Rückgrat gebrochen, als sie sich bei einem freundschaftlichen Rennen gegen ihren Verlobten und ein paar Freunde mit dem Motorrad überschlug. Die Ärzte waren sich nicht sicher, ob sie je wieder würde laufen können, aber dank modernster medizinischer Technik und der Entschlossenheit dieser furchtlosen, waghalsigen Braut konnte Kaylee auf ihrer eigenen Hochzeit tanzen.

Manchmal schaffen es Braut und Bräutigam, während des gesamten wahnsinnig machenden Hochzeitsplanungsprozesses einigermaßen vernünftig zu bleiben, ja, manchmal sogar bis ganz zum Ende der Festivitäten. Die Verwandten sind diejenigen, die den Verstand verlieren.

1918 wurde die 14-jährige Prinzessin Nagako vom Kaiserlichen Haushaltsministerium Japans auserkoren, Prinz Hirohito zu heiraten. Als man herausfand, dass die Prinzessin farbenblind war, verlangten Hofbeamte, dass Fürst Kuni, Nagakos Vater, die Verlobung seiner Tochter auflöste. Kuni weigerte sich, solche Schande über seine Familie zu bringen. Daher erbot er sich, seine Tochter zu erstechen und sich anschließend selbst zu töten.

Die entsetzte Öffentlichkeit und der noch entsetztere Kaiser Taisho beschlossen, es sei vielleicht doch nicht so schlimm, die Hochzeit wie geplant stattfinden zu lassen. Sie würden es darauf ankommen lassen und hoffen, dass die Nachkommen die leichte Sehbehinderung ihrer Mutter nicht erbten. Das Paar heiratete, und niemand wurde erstochen.

Einen der allerfurchtbarsten Fälle von Einmischung alter Tanten leistete sich die Kaiserinwitwe von China, Tzu-hsi, als sie 1889 meinte, die Heirat ihres Neffen Kuang-hsu arrangieren zu müssen. Dies war nicht die erste Hochzeit, die sie anleierte, um die Macht auf ihrer Seite der Familie und vor allem in ihren eigenen Händen zu behalten. Sie ordnete an, Kuang-hsu habe seine Cousine Yehonala zu ehelichen, ein Mädchen, das er verabscheute und das ihn trotz ihres schüchternen und unterwürfigen Wesens ebenso heftig hasste.

Kuang-hsu war entschlossen, die Hochzeit zu verhindern, und setzte deshalb die Hochzeitspavillons in Brand. Die Trauung fand trotzdem statt.

Am Ende aber waren Tantchen Tzu-hsis Pläne doch vergebens. Da Kuang-hsu sich weigerte, auch nur das Geringste mit seiner Braut zu tun zu haben, und stattdessen lieber mit seiner Konkubine ins Bett stieg, erwies sich die Erzeugung eines Erben mit Yehonala als logistisches Problem. Tzu-hsi kam nie zu ihrem reinrassigen Stammhalter.

Kuang-hsu lehnte sich schließlich gegen Tzu-hsi auf und erließ als Kaiser etliche Dekrete, mit denen er Chinas politische und gesellschaftliche Struktur modernisieren und vermutlich auch einfach seine Tante ärgern wollte. Die Kaiserin schwang sich 1898 wieder auf den Thron und ließ Kuang-hsu für den Rest seines Lebens einsperren.

Auf dem Totenbett arrangierte Tzu-hsi die Ehe eines weiteren Neffen, eines Kleinkindes namens Pu-yi. Zwei Monate vor seinem dritten Geburtstag sollte dieses Kind der letzte Kaiser von China und viele Jahrzehnte später der Protagonist von Bernardo Bertoluccis oscarprämiertem Film von 1987 werden.

Ein paar Jahrhunderte zuvor und auf einem anderen Kontinent heiratete Jofré Borgia 1494 die süße 16-jährige Jungfrau Sancha von Aragon. Die gesamte Hochzeitsgesellschaft begleitete die Neuvermählten ins eheliche Schlafgemach und blieb dann dort, um zuzuschauen – nicht weil sie pervers waren, sondern weil, na ja ... sie in Europa waren, und so machte man das damals bei den Reichen und Mächtigen in diesem Teil der Welt. Außerdem war Jofré zu dem Zeitpunkt ungefähr zwölf Jahre alt und konnte vielleicht eine kleine Anleitung gebrauchen.

Die Brautjungfern zogen das Paar aus und legten es auf das Ehebett. Dann trafen der König, die päpstlichen Gesandten und Mitglieder des Konsulats ein. Während die gesamte Entourage zusah und das Geschehen kommentierte, vollzog das junge Paar seine Ehe.

Fünf oder sechs Jahre später befahl Seine Heiligkeit Papst Alexander VI. seinem Sohn (ja, seinem Sohn) Cesare Borgia, sein Amt als Kardinal niederzulegen, sein Priestergelübde zu widerrufen und sich eine passende Frau zu suchen, um die politische Macht in der Familie zu halten. Cesare war übrigens auch Jofrés älterer Bruder; Seine Heiligkeit hatte im Laufe seines Lebens viele Kinder und nicht gerade wenige Geliebte.

Wie auch sein Vater war Cesare ein ziemlich wilder Typ. Er

engagierte einen Kräuterkundler, um ein Aphrodisiakum für sich und seine Braut Charlotte d'Albret zusammenzubrauen. Das glückliche Paar trank in der Hochzeitsnacht reichlich von der Mixtur, nur um kurze Zeit später herauszufinden, dass der Trunk, den sie genossen hatten, in Wirklichkeit ein äußerst wirksames Abführmittel war.

Cesare und Charlotte überlebten ihre Hochzeitsnacht, wenngleich ein bisschen stärker dehydriert, als sie ursprünglich geplant hatten.

Cesare lieferte wieder einmal den Beweis, dass der Apfel selten weit vom Stamm fällt, und nahm sich während seiner Ehe zahlreiche Geliebte, darunter seine Schwägerin, Sancha von Aragon.

Arrangierte Ehen und Hochzeiten, bei denen die Familie das letzte Wort hat, gehören keineswegs nur der Vergangenheit an. Im November 2007 mischte sich ein ganzes Dorf ein, als ein Bräutigam aus dem Distrikt Arwal im indischen Bundesstaat Bihar sturzbetrunken zu seiner Hochzeit erschien. Voller Empörung beschloss die Familie, die Braut solle den Bruder ihres Verlobten heiraten, der, wie es sein Schicksal wollte, zu diesem Zeitpunkt stocknüchtern war. Der Bruder schätzte sich nur zu glücklich, die hübsche Teenagerin heiraten zu dürfen. Dann verjagten die Dorfbewohner den betrunkenen Exverlobten aus dem Ort.

Madho Singh, ein höherer Polizeibeamter des Distrikts, berichtete, der Bräutigam sei schließlich wieder nüchtern geworden und ins Dorf zurückgekehrt. Er wurde mehrmals dabei beobachtet, wie er den Verlust seiner Braut beweinte und sich Sorgen machte, dass ihn nun keine mehr heiraten werde. Die Einwohner ließ das ungerührt.

Ein anderer empörter Vater schrieb im Juni 2007 Geschichte – oder schaffte es zumindest in die Acht-Uhr-Nachrichten –, als er entdeckte, dass seine Tochter zu ihrem Verlobten gezogen war. Mohd Nasher aus Middletown Township in Pennsylvania war über die Schande, die dadurch über die gesamte Familie kam, derart empört, dass er seinen Sohn Mohammed um Hilfe bat. Gemeinsam wollten sie die Sache im Sinne aller Beteiligten wieder ins Reine bringen.

Als sie zum Haus des jungen Mannes kamen, zerrten Mohd und Mohammed ihn in den SUV der Familie, schlugen ihn zusammen und teilten ihm mit, sie würden ihn an einen »unbekannten Ort« bringen.

Bei dieser Ankündigung lief der Überlebensinstinkt des zukünftigen Schwiegersohns zur Höchstform auf. Er riss sich von Mohd und Mohammed los und schaffte es, aus dem SUV zu fliehen. Sobald er konnte, rief er die Polizei.

Die Herren Nasher erklärten den Cops, es handele sich lediglich um ein bedauerliches, auf kulturellen Unterschieden beruhendes Missverständnis. Die Beamten verstünden doch bestimmt, dass Mohd keine andere Wahl hatte, als den Verlobten zur Verteidigung der Familienehre windelweich zu prügeln. Mohd und Mohammed wurden verhaftet und wegen Körperverletzung und Kidnapping angeklagt.

Das junge Paar floh aus Pennsylvania und lebte ihren letzten Berichten zufolge ein normales Leben, immer noch als Paar. Eine Sprecherin der Familie drohte mit einer Klage, falls die Geschichte publik gemacht würde, und sagte zu einem Lokalreporter von NBC News: »Das ist das Problem in diesem Land! Wir bringen alles im Fernsehen!« Die Vorstellung, einen anderen Menschen zusammenzuschlagen und zu kidnappen, hat sie anscheinend weniger beeindruckt. Auch gegen einige altehrwürdige amerikanische Traditionen schien sie nicht so furchtbar viel einzuwenden zu haben, etwa gegen die, beim ersten Verdacht einer Beleidigung »Klage!« zu rufen.

Ein anderer Fall, bei dem sich Freunde und Verwandte bei einer Hochzeit ein wenig gehen ließen, ereignete sich 2003 in einer Veranstaltungshalle namens GiGi's in Flint, Michigan. Das Paar, dessen Namen im Polizeibericht unkenntlich gemacht waren, hatte den 31-jährigen Bauarbeiter und verurteilten Straftäter Michael VanStrate zu seiner Hochzeit eingeladen. VanStrate, ein Bär von Mann, 1,87 Meter groß und runde 120 Kilo schwer, hatte an jenem Abend ein bisschen zu viel getrunken und fing Streit mit ein paar Gästen an, darunter ein neunjähriger Junge. Als der Vater des Jungen eingriff, biss VanStrate dem Mann den rechten Zeigefinger ab. Dann versuchte VanStrate dasselbe mit dem Daumen des Bräutigams. Als sich ihm die Bräutigamsmutter in den Weg stellte, haute VanStrate sie mit dem Ellbogen an den Kopf, und sie ging zu Boden.

Es waren mehrere Orts- und Staatspolizisten nötig, um VanStrate zur Raison zu bringen. Er wurde wegen Körperverletzung in zwei Fällen (»wegen schwerer Körperverletzung ohne Tötungsabsicht«) angeklagt, einmal wegen schwerer und einmal wegen einfacher Körperverletzung.

Nur eine Woche später brach in Michigan im Vergnügungspark von Ogemaw County wieder eine Hochzeitsschlägerei los, als die Familie Evers die Hochzeit ihrer Tochter mit Tom Harrison feierte. Die Brüder der Braut – Scott, Erik, Aaron, Ryan und Randall – regten sich ein bisschen auf, als die Bar zumachte und die Feier zum Ende kam.

Scott, der gerade im Armdrücken gegen seinen neuen Schwager verloren hatte, merkte als Erster, dass die Bar dicht machte. Also schlug er den Barkeeper, Jon Krupa, nieder und ging nach Hause. Bruder Aaron übernahm und biss Krupa in die Nase. Als Krupa zu Boden ging, trat Randall ihm gegen den Kopf.

Pamela Straub, eine tapfere D-Jane, die zur Unterhaltung der Gäste engagiert worden war, griff ein, als sie sah, wie dem armen Barkeeper geschah. Daraufhin ließ Randall von Krupa ab, nannte Pamela eine Hure, stieß sie gegen eine Wand und schlug sie bewusstlos.

Jason Oliver, ein Freund von D-Jane Pamela, wurde anschließend von Randall geschlagen, offensichtlich, weil er nicht klug genug gewesen war, bei dem Angriff auf Pamela wegzuschauen. Jason verlor bei dem Vorfall mehrere Zähne.

Als die Polizei eintraf, war Scott natürlich bereits von der Bildfläche verschwunden. Die restlichen Brüder konnte sie aber in Gewahrsam nehmen. Während der Verhaftung boxte Aaron einen Hilfssheriff gegen die Brust, versetzte einem der Trooper einen Kopfstoß gegen die Nase und richtete beträchtlichen Schaden an dem Streifenwagen an. Randall wurde wegen Angriffs auf den Barkeeper, die D-Jane und deren Freund verhaftet. Ryan und Erik wurden beide angeklagt, einander angegriffen zu haben.

Na, *das* ist doch mal eine Hochzeitsgeschichte für die Enkelkinder.

Zwei Hochzeitsempfänge, die im Granite Rose, einem beliebten Veranstaltungsort in New Hampshire, stattfanden und nichts miteinander zu tun hatten, eskalierten an einem eigentlich schönen Septemberabend im Jahr 2007 zu einem gigantischen Blut-und-Kotze-Fest.

Im Granite Rose gab es zwei Ballsäle für Hochzeitsempfänge und andere stattliche Feste. Die Toiletten galten als Gemeinschaftsbereich, der allen Gästen der Lokalität zur Verfügung stand. Das Problem entstand wohl dadurch, dass die beiden Bräute und ihre jeweiligen Gäste extrem verschiedene Temperamente, eine völlig unterschiedliche Alkoholtoleranz und ziemlich entgegengesetzte Auffassungen davon hatten, wie die korrekte Etikette in der Öffentlichkeit aussieht.

In ihrer Klage gegen das Granite Rose behauptet Marcy Milbury, die Geschäftsleitung habe nichts unternommen, als ihre Brautjungfern auf der Damentoilette von der anderen Braut und einigen ihrer weiblichen Gäste attackiert wurden. Laut Marcy waren sämtliche Frauen der anderen Partei betrunken, einschließlich der Braut, und mussten sich in sämtlichen Ecken übergeben. Außerdem, sagte sie, hätten die immer benebelteren Gäste der anderen Braut Marcys Ballsaal als Abkürzung zu den Toiletten benutzt.

Kurz nach Mitternacht warf die Geschäftsleitung beide Parteien schließlich aus dem Haus, mittlerweile waren die Feindseligkeiten zwischen den zwei Gruppen jedoch so weit eskaliert, dass die einzig mögliche Lösung ein altmodischer Faustkampf auf dem Parkplatz schien. Fast einhundert Gäste beider Seiten beteiligten sich an dem Handgemenge.

Marcy hofft, die 18 175 Dollar zurückzubekommen, die sie für den Empfang bezahlt hatte, sowie einen nicht näher bezifferten Schadensersatz für die unermesslichen emotionalen Schmerzen zu kassieren, die sie an ihrem doch so sorgfältig geplanten Hochzeitstag erlitt. Die andere Braut beruft sich auf etwas andere Erinnerungen an den Tathergang als die von Marcy. Der Fall ist noch nicht abgeschlossen.

»Heirate einen netten Zahnarzt«, pflegte meine Tante Vivian zu sagen.[8] »Das sind ausgezeichnete Versorger.«

Das mag schon sein, manchmal sind sie allerdings genau wie ganz normale Leute.

Christa aus Pennsylvania heiratete einen netten Zahnarzt, Dr. David Wielechowski. Sie gerieten im Frühling 2008 in einen furchtbaren Streit, nachdem sie erst wenige Stunden zuvor gelobt hatten, einander zu lieben, zu ehren und so weiter und so fort.

Zwei Leute hörten Christa im sechsten Stock des Holiday Inn schreien, in dem gerade ihr Hochzeitsempfang stattfand. Man erwischte das Paar inmitten eines Faustkampfs. Die Gäste versuchten, die Braut vor dem wütenden Bräutigam in Schutz zu nehmen, woraufhin sich die Wut der Frischvermählten vereint gegen die selbigen richtete. Im Polizeibe-

---

[8] Tante Viv ist meine innere jüdische Mutter. Sie lebt in einem Dachzimmer in meinem Kopf.

richt heißt es, Christa und ihr neuer Gatte hätten begonnen, die Möchtegern-Retter mit metallenen Pflanzgefäßen zu bewerfen und ihnen Verletzungen zuzufügen, unter anderem Knochenbrüche, ausgeschlagenen Zähne und diverse Hautabschürfungen.

Die Braut und ihr netter Zahnarzt wurden ins Gefängnis gezerrt; David trug noch wesentliche Teile seines Smokings und hatte ein zugeschwollenes blaues Auge. Christa wurde in eine separate Gefängniszelle gesteckt, mit Brautkleid und allem.

Und dann gibt es da die traurige Geschichte einer Braut, die – verständlicherweise – lieber anonym bleiben möchte. Während ihrer Verlobungszeit machte sie Überstunden, um ihre Traumhochzeit bezahlen zu können. Im Gegensatz zu ihr selbst stammte ihr Verlobter aus einer wohlhabenden Familie. Die war der festen Überzeugung, dass es ausschließlich Aufgabe der Brauteltern war, die Rechnung zu bezahlen. Als die Braut vorschlug, die Hochzeit zu verschieben, um mehr Zeit zu haben, genug Geld zu sparen und alles selbst zu bezahlen, drohte ihr die Liebe ihres Lebens an, nie wieder mit ihr zu reden. Sie beschloss, ihn trotzdem zu heiraten, und zwar zum ursprünglich vereinbarten Termin.

Als ihre Mutter anderthalb Jahre später in der Kirche merkte, dass die Trauung von einem konfessionslosen Geistlichen vollzogen wurde, begann sie zu schreien, ihre Tochter hätte sich einer Sekte angeschlossen, und fiel in Ohnmacht. Von da an ging's bergab.

Drei Jahre danach suchte die nicht mehr ganz frischgebackene Braut Rat bei der Psychologin und Kolumnistin Dr. Louise Klein und fragte, ob sie sich von ihrem Mann scheiden lassen und die Hochzeit wiederholen sollte, da sie nun eine bessere Stelle hatte und sich die schöne, verschwenderische Feier leisten konnte, die sie sich immer gewünscht hatte – am liebsten ohne Beteiligung ihrer Mutter, aber offensichtlich mit demselben Juwel von einem Kerl, den sie sich ursprünglich ausgesucht hatte.

Man kann es Dr. Klein gar nicht hoch genug anrechnen, dass sie darauf hinwies, eine Hochzeit und eine Ehe seien zwei Paar Schuhe. Die »Wiederholung« würde weder etwas an ihrer Mutter ändern noch aus dem unsensiblen Rüpel, den sie geheiratet hatte, einen besseren Ehemann machen.

Natürlich formulierte Dr. Klein ihre Antwort sehr viel diplomatischer, aber das war so ungefähr der Kern ihrer Aussage.

Nicht alle Hochzeiten, in die sich die Familie übermäßig einmischt, müssen unbedingt in einer Tragödie oder Kerkerhaft enden.

Es gibt da eine britische TV-Sitcom mit dem Titel *The Vicar of Dibley* über den Alltag einer recht unkonventionellen Pfarrerin. Fans der Sendung fänden es vielleicht ganz amüsant, dass eine echte Pfarrerin von Dibley mitten unter uns liebt und lebt.

Reverend Marian Sturrock schrieb im August 2000 in England Geschichte als die erste Pfarrerin, die die Trauung ihres eigenen Sohnes vollzog.

Adrian, ihr anderer Sohn, war Trauzeuge bei der Hochzeit

seines Bruders Stephen. Die Tochter von Reverend Sturrock, Lisa, führte die Braut, Allison Jones, dem Bräutigam zu.

Genau wie es ihre fiktive Kollegin gemacht hätte, animierte Reverend Sturrock sämtliche Gemeindemitglieder von St. Peter's Church zur Mithilfe. Sie buken den Kuchen, schmückten die Kirche und stellten Autos für die Hochzeitsgesellschaft zur Verfügung.

Die Pfarrerin selbst lebt von ihrem Mann getrennt, aber das störte offenbar keinen.

Paul Merton und Sarah Parkinson, das Paar, das sich auf der unbewohnten Insel mitten im Indischen Ozean höchst selbst traute, muss geahnt haben, wie gefährlich es werden kann, Familienangehörige zur Hochzeit einzuladen.

Bei sämtlichen anderen oben stehenden Hochzeitsgeschichten gewinnt man den Eindruck, die Hochzeit der Mertons sollte allen vernünftigen Menschen als Vorbild dienen. Sie sollten sich die Idee patentieren lassen oder zumindest einen Werbefilm drehen. Sie würden ein Vermögen machen.

Es lebe die Tradition!

Wenn du nicht weißt, wohin du gehst, endest du irgendwo anders.

Yogi Berra

Jedes Mal, wenn Sie von jemandem Sprüche hören wie »Das machen wir schon seit zwanzig Jahren so«, atmen Sie einmal tief durch. Gleich wird Ihnen ein übler Geruch in die Nase steigen.

Eigentlich habe ich gar nicht so viel gegen große Hochzeitstraditionen. Im Gegenteil, je alberner und absonderlicher etwas in unerklärlichem Aberglauben wurzelt, desto eher bin ich bereit, es auch im Alltag anzuwenden. Warum auf eine Hochzeit warten, um mich von meinem Süßen über die Schwelle tragen zu lassen? Oder mit einem Geldstück im Schuh herumzulaufen? Ich kann mir viele Gelegenheiten vorstellen, bei denen eine zusätzliche Münze sehr gelegen käme.

Natürlich stecken meist die Familie und jahrhundertealte kulturelle Traditionen dahinter, wenn es um die Planung und Durchführung typischer Hochzeitszeremonien und Empfänge geht. Nicht immer wissen wir, warum wir bestimmte Dinge auf eine bestimmte Weise machen sollen; zum Beispiel haben wir keine Ahnung, warum der Bräutigam die Braut am Hochzeitstag vor der Trauung nicht sehen darf, aber wir wissen, dass es, falls er es doch tut, großen Ärger gibt.

Es ist ja schon schwierig genug, sich die ewig lange Palette an Traditionen und abergläubischen Vorstellungen zu merken, die sich an die große Kunst der Eheschließung knüpfen; nun kommen aber noch die zusätzlichen Komplikationen hinzu, die das Leben in einem ethnisch so vielfältigen Land wie den Vereinigten Staaten und die Verbreitung interkultureller Beziehungen mit sich bringen. Für mich persönlich entstehen gerade daraus die lustigsten und unvergesslichsten Geschichten. Das sind genau die Partys, von denen die Leute Jahrzehnte später noch erzählen, der Stoff, aus dem romantische Kinokomödien geschneidert werden. Manche Gäste könnten sie allerdings etwas verwirrend finden. Bräuche, die in dem Teil der Welt, aus dem sie ursprünglich stammen, noch einen gewissen Sinn ergeben, dienen, einmal importiert, einzig dazu, eine Seite der Familie davon zu überzeugen, dass die andere Seite dem Wahnsinn verfallen ist. Und dann fangen sie an, sich Sorgen um ihre zukünftigen Enkel zu machen.

Natürlich wäre da, bevor wir endlich vorm Altar stehen, noch diese kleine Sache mit der Brautwerbung und dem Heiratsantrag.

In der guten alten Zeit (vor den 1960ern) legte man überall auf der Welt großen Wert auf die Rituale, die sich um die Auswahl und Beschaffung eines passenden Partners drehen. Seit Woodstock hat sich all das an fast allen Orten dieser

Erde sehr stark verändert. Heute machen wir meist, was wir wollen, oder nicken und zwinkern lediglich, während wir das Programm abspulen. Vorgänge, die unsere Vorfahren einst in einen Zustand nackter Panik versetzten, etwa beim Vater des Mädchens um deren Hand anzuhalten, sind weitgehend vergessen. Dennoch werden solche Rituale gelegentlich wieder ausgegraben, in der Regel aber erst dann, wenn das Mädchen bereits Ja gesagt hat und die beiden eine Probefahrt miteinander absolviert haben ... sozusagen. Die meisten Verlobten in spe sind immer noch bereit, auf die Knie zu fallen, wenn sie ihrer Liebsten den Diamantring reichen, doch das liegt vor allem daran, dass sie nicht genau wissen, ob es noch eine andere akzeptable Art gibt, wie ein Mann eine Frau bitten kann, ihn zu heiraten.

Eines der ungewöhnlichsten Verlobungsrituale, das leider der Moderne zum Opfer gefallen ist, stammt von den Philippinen. In längst vergangenen Zeiten brachte ein junger Mann seinen Heiratswunsch zum Ausdruck, indem er seinen Speer auf die Hütte des Mädchens schleuderte. Damit teilte er anderen potenziellen Verehrern mit, dass das Mädchen vergeben war, und sobald sich die beiden Familien über die Bedingungen geeinigt hatten, würde sie bald einem Mann mit einer Waffe gehören.[9] Heutzutage reicht ein schlichter, guter alter Verlobungsring.

In einigen Teilen Asiens dagegen nimmt sich die Sache verzweifelt aus ... und auch ein klein wenig schizophren.

Von der Sorge getrieben, dass die jungen Leute sich nicht fortpflanzen und das Land bald auf einem Haufen ressourcenverbrauchender alter Leute sitzenbleiben wird, investiert

---

[9] Ich nehme an, er besaß Ersatzspeere.

Singapur seit kurzem in Bildungsangebote, um jungen Leuten den richtigen Umgang mit der Fortpflanzung beizubringen.

Die Ngee Ann Polytechnic School bietet ihren Studenten neuerdings Kurse an, in denen sie das Flirten, das Anknüpfen von Beziehungen, das Analysieren von Liebeslieder-Texten sowie das Absolvieren von Speed Datings lernen und sich in der uralten Kunst des Online-Chattens üben.

Ganz anders geht es dagegen in Thailand zu. Ironischerweise mussten gerade in diesem von Moral besessenen Land (außer, so scheint es, wenn es um die Prostitution Minderjähriger geht) die Behörden zu ihrem Entsetzen feststellen, dass einer von vier Teenagern grundsätzlich Sex am Valentinstag einplant.

An jedem 14. Februar unternehmen Polizei und »Studenteninspektoren« ausgedehnte Razzien in billigen Motels, Einkaufszentren, Restaurants und öffentlichen Parks in ganz Bangkok und suchen alle Orte auf, an denen lüsterne Teenager sich versammeln oder miteinander flirten könnten. Eltern werden angehalten, strikte Ausgangssperren über ihre heranwachsenden Kinder zu verhängen und sie fest im Auge zu behalten, wenn sie nach Hause kommen.

Es gibt eine alte Geschichte über den legendären Komiker W. C. Fields, die so oft erzählt, nacherzählt und umgedichtet und von so vielen seiner angeblichen Freunde für sich selbst beansprucht wurde, dass man nicht mehr mit Sicherheit feststellen kann, ob sie sich überhaupt jemals in irgendeiner der überlieferten Versionen abgespielt hat.

In meiner Lieblingsversion der Story liegt Fields auf dem Totenbett und blättert in einer Bibel. Da kommt sein guter Freund [hier bitte Namen einsetzen] herein und ruft: »Ich dachte, du bist Atheist! Wieso liest du in der Bibel?!«, worauf Fields erwidert: »Ich suche nach Schlupflöchern.«

Ich glaube, viele Leute machen genau das vor diesem *anderen* furchterregenden, lebensverändernden Augenblick: der Heirat.

In Puerto Rico und vermutlich auch in anderen Gegenden Lateinamerikas existiert ein alter Aberglaube: Wenn eine Braut auf dem Weg zum Altar den Schleier verliert, gilt das als eindeutiger Beweis – und sogar als Zeichen von Gott –, dass sie keine Jungfrau ist. Das ist eine *ganz* schlimme Sache.

In alten Zeiten wurde dem Bräutigam gestattet – ja, sogar von ihm erwartet –, die nicht hundertprozentig reine Braut auf der Stelle ihren Eltern zurückzugeben, falls so etwas geschehen sollte. Das wiederum bereitete den Weg für eine andere uralte Tradition, nämlich die, einen gewissen Teil der Mitgift ausschließlich für die Anschaffung von Haarklammern zurückzulegen.

Eine gute Freundin von mir aus Puerto Rico (die mir sagte, sie müsse mich leider umbringen, falls ich wagen sollte, ihren Namen zu verraten), tackerte ihren Schleier am Hochzeitstag praktisch an ihrem Kopf fest. Die »alten Zeiten« waren längst vergangen, Gott sei Dank, und sie wusste, dass ihr Verlobter sie niemals ihren Eltern zurückgeben würde. Sie wusste aber auch, falls durch irgendeinen grauenhaften Zufall ihr Schleier herunterfallen sollte, das Luftschnappen in dieser Kirche solche Ausmaße annehmen würde, dass sich ein neues Loch in der Ozonschicht auftun würde.

Außerdem hätte es den Leuten jede Menge Gesprächsstoff auf der Feier und für den Rest ihres Lebens geliefert; Zeichen von Gott vergisst man in diesem Teil der Welt nicht so schnell. Außerdem hätte ihr guter Ruf auf ewig Schaden genommen, und zwar durch das gnadenlose Geplapper der unbarmherzigen Zungen genau jener Leute, die sie immerhin genügend gern gehabt hatte, um sie zu ihrer Hochzeit einzuladen.

Am allerschlimmsten aber, erzählte mir meine Freundin, die Braut, sei die durchaus reale Furcht, ihr Vater könnte sich von der Behauptung, die Ehre seiner Tochter sei beschmutzt, so verletzt, erniedrigt und/oder erzürnt fühlen, dass er sich genötigt fühlte, ihren Verlobten auf der Stelle umzubringen. Während ihre Mutter eine dem Anlass angemessene Form von Hirnblutung erleiden würde. Es hätte einfach zu viel auf dem Spiel gestanden, sagte sie. Also kaufte sie einen Eimer Haarnadeln, eine Nagelpistole und ein paar Meter Klettband, um auf Nummer sicher zu gehen.

»Und weißt du, was das Ironische daran ist?«, fragte sie mich. »Wenn der Schleier *tatsächlich* als ein Zeichen Gottes abgefallen wäre, wäre sowieso nur mein dämlicher, geiler Freund schuld daran gewesen ... okay, und meine eigene Geilheit auch, aber das kann man ja niemandem erzählen!«

»Das alles ist vor 25 Jahren passiert«, erinnerte ich sie. »Wen interessiert so etwas heutzutage noch?«

Sie sah mich an, als sei ich unheilbar schwer von Begriff. »Ich habe jetzt eine *Tochter*«, sagte sie.

Nach kurzem Nachdenken wurde mir klar, das hieße dann wohl, dass wir neben all den verrückten Bräuchen, Traditionen und Aberglauben an unsere Söhne und Töchter auch all die bizarren Fiktionen weiterreichen, die wir für uns selbst erfinden, um uns gegen die Ansichten unser angeblich Nächsten und Liebsten zur Wehr zu setzen. Mir tat meine Freundin plötzlich ungeheuer leid, und sofort fragte ich mich, wie viele Haarnadeln wohl den Schleier *ihrer* Mutter festgehalten hatten.

Das Komische daran ist, als meine Freundin zum Altar schritt, spürte sie tatsächlich, wie etwas auf ihrem Kopf ins Rutschen geriet. Vielleicht war es nur Gott, der ihr einen kleinen Streich spielte. Oder vielleicht war es psychosomatisch. Wer weiß?

Ay-ay-ay ... die Bürden einer »jungfräulichen« Braut.

Jedes Land und jede Kultur lädt auf ganz eigene, schrullige Weise einen völlig simplen biologischen Imperativ – den der Partnerwahl und Arterhaltung – mit komplett unlogischen Verhaltensregeln auf.

Chassidische Juden zum Beispiel glauben, sobald eine Frau verheiratet sei, dürfe kein anderer als ihr Ehemann ihre Haare sehen. Das Haar einer Frau ist eines der stärksten äußerlichen Symbole für ihre Sinnlichkeit und Weiblichkeit – Eigenschaften, die bei einer anständigen, sittsamen Frau als unziemlich –

> Viele chassidische Frauen scheren sich am Hochzeitsabend den Kopf. Dann ziehen sie los und kaufen die hinreißendsten Perücken, die sich die Eltern ihres Ehemannes leisten können, und tragen sie für den Rest ihres Lebens.

und sogar gefährlich – gelten, zumindest laut der *halacha* (Gesetz der orthodoxen Juden).

Gott sei gedankt für das Schlupfloch.

Viele chassidische Frauen scheren sich am Hochzeitsabend den Kopf. Dann ziehen sie los und kaufen die hinreißendsten Perücken, die sich die Eltern ihres Ehemannes leisten können (traditionellerweise kommt die Familie des Bräutigams für den *sheitel* auf), und tragen sie für den Rest ihres Lebens (beziehungsweise bis sie neue für alltags oder für besondere Gelegenheiten bekommen). Die Perücken sind aus echtem Menschenhaar und handgeknüpft, werden in teuren Spezialgeschäften angefertigt und sind häufig sehr viel schöner und üppiger als die ursprüngliche Haarpracht der Braut.

In einem Interview in der *New York Times* berichtete 1997 eine Frau namens Suzy Berkowitz aus Brooklyn von ihrer neuesten Anschaffung – einer handgeknüpften 2 000-Dollar-Perücke namens Die Olga –, die sie anschließend zum Waschen und Schneiden zu dem Stylisten Mark Garrison auf der Madison Avenue in Manhattan brachte. Die Profibehandlung der Perücke kostete sie noch einmal 600 Dollar.

Viele jüngere orthodoxe Bräute bestehen darauf, dass ihre *sheitels* genauso aussehen wie ihr eigenes Haar, als sie noch Singles waren. Rifka Locker, eine Grundschullehrerin aus New Jersey, die große Mühe darauf verwendete, sich eine Perücke anfertigen zu lassen, die in Schnitt und Struktur ihrem eigenen Haar glich, sagte: »Man merkt nicht einmal, dass ich geheiratet habe!«

Die Perückenmacher und Friseure, die sich auf die Haarpflegebedürfnisse orthodoxer Jüdinnen spezialisiert haben, machen ihre Arbeit so verblüffend gut, dass man schon sehr genau hinschauen – oder kräftig ziehen – müsste, um sich zu vergewissern, ob sich die Frau mit fremden Haaren schmückt, aber das wäre ein wenig ungehobelt.[10]

Unter Juden gibt es ein altes Sprichwort: Stell zwölf Rabbis eine Frage, und du bekommst dreizehn Antworten. Rabbi Avi Weiss meint: »Es kann zwei Meinungen geben, und sie können sowohl entgegengesetzt als auch korrekt sein.« In der *Times* wird außerdem Rabbi Mayer Fund zitiert: »Alles, was die Thora verbietet, erlaubt die Thora auch.« Das erklärt, wie orthodoxe Juden mit dem scheinbaren Widerspruch zurechtkommen, dass eine Frau sich den Kopf schert, wie das Gesetz es verlangt, und dann eine Perücke trägt, die mindestens genauso schön ist wie ihre ursprüngliche Haarpracht.

Natürlich gibt es Rabbis, die den *sheitel* völlig missbilligen. Allerdings werden Frauen nicht grundsätzlich aus ihrer Gemeinde verbannt, weil sie sich für eine Perücke statt eines Kopftuchs entscheiden.

Wir haben es hier also mit einer Gruppe von Frauen zu tun, die offensichtlich sehr darauf bedacht sind, ihre Traditionen und religiösen Lehren zu befolgen. Sie wollen nur nicht, dass ihre Perücken allzu »perückenhaft« wirken.

Wer kann es ihnen verdenken?

---

[10] Ich muss zugeben, dass ich, seit ich das erfahren habe, Frauen in der vollen U-Bahn auf den Kopf starren *muss*. Einfacher ist es in der Rush Hour, wenn ich stehe und eine Frau mit außergewöhnlich schönem Haar direkt vor mir sitzt. »Ist das eine Perücke? Ist das eine Olga?«, brüte ich still vor mich hin. Wenn Sie also im Zug das Gefühl haben, dass jemand Ihr Haupt anstarrt, handelt es sich wahrscheinlich um mich. Aber ich verspreche, ich versuche, mich anständig zu benehmen.

In Indien soll das *bindi* – der kleine rote Punkt oder Schmuckstein, den viele Frauen auf der Stirn tragen – die perfekte Reinheit von Ehe und Weiblichkeit symbolisieren. Im nördlichen Teil des Landes zeigt das traditionelle Tragen des *bindi* an, dass eine Frau bereits verheiratet ist. Im Süden tragen sämtliche Frauen und Mädchen welche. In anderen Teilen Indiens werden sie von jedem getragen, sogar von den Männern.

Der Legende nach hat das *bindi* auf der Stirn einer Frau die Macht, ihren Liebsten zu hypnotisieren. Zu allen Zeiten wurden Gedichte und Lieder geschrieben, die die Schönheit des *bindi* preisen, welches dem Bewunderer bei einer Frau als Erstes ins Auge fällt.

Außerdem soll das *bindi* das mystische »dritte Auge« darstellen, eine Art Tor zum höheren Bewusstsein. Häufig wird es mit Hellseherei, Visionen, Vorahnungen und anderen Formen außersinnlicher Wahrnehmung in Verbindung gebracht. Ich nehme an, in gewisser Weise kann damit eine Frau ihrem Ehemann signalisieren: »Ich habe alle meine *drei* Augen auf dich gerichtet, Kumpel.«

In den 1990ern schaffte Madonna es, den Zorn von 900 Millionen Hindus auf sich zu ziehen, als sie anfing, ein *bindi* als modisches Accessoire zu tragen.

Eine andere altehrwürdige indische Tradition ist die Mitgift der Braut. Sie ist ein derart wichtiger Teil des gesellschaftlichen Gefüges, dass eine Familie ein Vermögen gewinnen oder verlieren kann, je nachdem, ob sie eine Mitgift auszahlt oder ausgezahlt bekommt. Tatsächlich haben viele Familien

Angst davor, Mädchen in die Welt zu setzen, da diese die Familie sämtliche Besitztümer kosten können, wenn die Zeit zur Verheiratung gekommen ist.

Seit Jahren berichten Menschenrechtsorganisationen von allen möglichen drastischen – und häufig tragischen – Maßnahmen, die viele Familien ergreifen, um den zukünftigen Anverwandten ihrer Tochter nur ja keine Mitgift zahlen zu müssen. Aus diesem Grund hat die Regierung die Praxis der Mitgiftzahlung ganz verboten. Es ist wohl kaum verwunderlich, dass die Gesetze wenig zum Ausmerzen der jahrtausendealten Tradition beitragen. Häufig setzt die Familie des Bräutigams die Brautfamilie so lange unter Druck, bis sie sehr viel mehr abdrückt als ursprünglich angeboten.

Britische Zeitungen berichteten kürzlich vom Fall eines Inders, der der Familie seiner Liebsten acht Millionen Rupien (etwa 200 000 Dollar) abzupressen versuchte. Und die Brauteltern hatten ihm bereits Schmuck im Gegenwert von über 10 000 Dollar ausgehändigt.

Der junge Mann hatte das Mädchen heimlich beim Sex mit ihm gefilmt und drohte nun, das Video online zu stellen, wenn er das Geld nicht bekäme. Der Plan ging nach hinten los und trug ihm und seinem Vater einen kleinen Gefängnisaufenthalt ein. Sie kamen beide auf Kaution frei, müssen aber mit einem Gerichtsverfahren rechnen.

In Swasiland, einem der kleinsten Länder Afrikas, findet jedes Jahr ein großes Fest statt, bei dem Tausende junger Frauen darum wetteifern, die nächste Braut des Königs zu werden. Der Wettbewerb besteht im Wesentlichen darin, dass barbusige Jungfrauen in Glasperlenketten und traditionellen Swasi-Röcken den Schilftanz aufführen. Zu ihren Ehren befiehlt der König die Schlachtung zahlreicher Kühe.

Im Jahr 2001 führte König Mswati III. den uralten *Umchwasho*-Brauch wieder ein, demzufolge kein Mädchen unter 18 Sex haben darf. Er tat dies hauptsächlich, um der Aids-Epidemie in seinem Land Einhalt zu gebieten, das davon stärker betroffen war als fast jedes andere Land der Welt. Der König wollte diese Regelung die nächsten fünf Jahre beibehalten, um auszuprobieren, ob die Einschränkung des Sexuallebens weiblicher Teenager messbare Auswirkungen auf die Volksgesundheit in seinem Lande hätte.

Umchwasho verlangt, dass Jungfrauen einen Fransenschal als Zeichen ihrer Keuschheit tragen. Wenn ein Mann einem Mädchen, das ein solches Kleidungsstück trägt, sexuelle Avancen macht, darf sie ihren Schal auf sein Grundstück werfen und verlangen, dass seine Familie eine Kuh herausrückt.

Kuh hin oder her, die Mädchen hassten diesen Brauch, besonders, da der König berüchtigt dafür war, ihn selbst zu missachten. Seine neunte Frau war schließlich eine 17-Jährige. Keiner weiß, wie viele weitere Kühe er inzwischen noch herausrücken musste.

König Mswati beugte sich schließlich der wachsenden Kritik, die von allen Seiten auf ihn einbrach, besonders von seinen wütenden jungen weiblichen Untertanen, die das Gesetz als ungerechte Strafe empfanden; über Männer jeden Alters wurden keinerlei Keuschheitsgebote verhängt. Der König hob *Umchwasho* im August 2005 auf, ein Jahr früher als geplant.

Beim großen Fest in diesem Jahr meldeten sich über 20 000 Swasi-Mädchen zur Teilnahme am Schilftanz an.

Mehrere hundert Weitere aus dem Zulu-Königreich im benachbarten Südafrika wetteiferten ebenfalls um die Chance, die 14. Ehefrau des Königs zu werden. Und der König suchte sich begeistert die nächste 17-Jährige aus.

Angesichts der riesigen Teilnehmerinnenzahl, der niedrigen Gewinnchancen und König Mswatis Erfolgsbilanz finde ich, diese Swasi-Mädchen hätten sich vielleicht doch besser auf den Kuhhandel eingelassen.

Am anderen Ende des Kontinents, im afrikanischen Staat Guinea-Bissau, verlangen die Gesetze des Balanta-Stammes, dass eine Frau mindestens einen Monat verheiratet bleiben muss oder aber so lange, bis ihr Brautkleid abgetragen ist. Nach dem ersten Monat darf sie dieses Kleid zerfetzen, falls sie beschließt, dass ihr Mann es nicht wert ist, bei ihm zu bleiben. Das Gesetz erkennt diesen Vorgang als rechtskräftige Scheidung an.

Wasser scheint auf der ganzen Welt bei fast jedem Hochzeitsbrauch und Aberglauben eine große Rolle zu spielen. Es heißt zum Beispiel, wenn es am Tag der Hochzeit regnet, wird man während der Ehe viele Tränen vergießen. In anderen Kulturen hingegen sieht man Regen als Zeichen, dass die Ehe mit vielen Kindern gesegnet sein wird. Falls Sie aber katholisch sind und aus dem einen oder anderen Grund möchten, dass es nicht regnet, sollten Sie vielleicht eine Statue der Jungfrau Maria auf die Fensterbank stellen, mit dem Gesicht nach draußen. Das soll angeblich für einen sonnigen Hochzeitstag sorgen. Oder Sie hängen Ihren Rosenkranz auf eine Wäscheleine oder draußen vors Fenster. Falls Sie Baptistin sind, müssen Sie sich wohl einfach mit dem Regen abfinden.

Unabhängig davon, ob der Himmel klar ist oder es wie aus Kübeln gießt, heißt es außerdem: Falls Sie am Tag Ihrer Hochzeit weinen, sei dies das letzte Mal, dass Sie wegen Ihrer Ehe Tränen vergießen – es sei denn, Sie tragen Perlen. In diesem Falle werden Sie, je nachdem, wo auf der Welt Sie heiraten, entweder weinen ... oder nicht weinen.

In den Vereinigten Staaten glauben einige Bräute daran, dass sie nicht weinen, wenn sie bei der Hochzeit Perlen tragen. Das ist für amerikanische Frauen wichtig, geben sie doch bisweilen viele tausend Dollar aus, um ihr Gesicht für die Hochzeit von Profis schminken zu lassen, und bezahlen Fotografen und Videofilmer dafür, jede Nanosekunde des glücklichen Ereignisses festzuhalten. Tränen sind da einfach nicht drin.

Ist die Braut allerdings Mexikanerin, steht jede Perle in ihrer Halskette für eine grässliche Sache, die ihr Mann ihr irgendwann im Laufe der Ehe antun wird, um sie zum Weinen zu bringen.

Ich bin mir nicht sicher, was passiert, falls die Braut ein perlenbesticktes Kleid trägt wie Diana Spencer, als sie 1981 Prinz Charles heiratete. Prinzessin Diana hatte sicherlich während ihrer Ehe jede Menge Grund zum Weinen, und wie es der Zufall will, war ihr Brautkleid eines der perlenreichsten in der gesamten Weltgeschichte.

Die gute Nachricht für die meisten Bräute lautet, dass sich die wenigsten von ihnen ein perlenbesticktes Kleid für Millionen von Dollars leisten können. Außerdem glaube ich nicht, dass der Fluch wirkt, wenn es sich um falsche Perlen handelt. Wenn Ihr Herz daran hängt, tragen Sie die Perlen doch einfach trotzdem, falsche oder echte. Aber vielleicht fragen Sie wegen der Sache mit dem Weinen oder Nicht-Weinen doch erst bei Ihrer Botschaft nach.

Ein anderer Aberglaube lautet, wenn das Brautkleid am Tag der Hochzeit zerreißt, wird die Ehe mit dem Tod enden. Beneidenswerte Braut, deren Kleid heil bleibt! Das heißt, ihre Ehe wird mit einer der beiden anderen Möglichkeiten enden: Scheidung oder Verlassenwerden.

Wer denkt sich bloß so etwas aus?

Ich neige sehr stark zu der Überzeugung, dass Aberglaube – in Bezug auf Hochzeiten oder andere Dinge – ursprünglich meist ganz normale Gründe hatte. Was als völlig banale, vernünftige Ratschläge begann, wurde später durch zahlreiche schiefe Überlieferungen und kulturelle Missverständnisse verzerrt. Irgendwann wird aus einem vollkommen normalen Warnhinweis wie DEN FÖHN NICHT IN DER DUSCHE BENUTZEN ein »Es bringt Unglück, wenn sich eine Braut die Haare föhnt, während sie Schaum am Hintern hat«.

Nehmen wir zum Beispiel den Brauch, dass der Bräutigam die Braut über die Schwelle trägt. Man sagt, er sei entstanden, als seinerzeit Plünderer Frauen aus den von ihnen drangsalierten Städten raubten und diese strampelnden, schreienden Mädchen auf ihren Armen wegtrugen. Eigentlich viel zu schrecklich, um es haufenweise aufgeklärte Jahrhunderte später nachzuspielen.

Ich kann mir aber auch mühelos vorstellen, dass diese »Tradition« auf eine sehr viel harmlosere Art begann, zum Beispiel mit einer tollpatschigen frischgebackenen Braut, die über ihre eigenen Füße stolperte und sich und/oder ihren Mann umbrachte, als sie das erste Mal durch die Tür ihres neuen Heims schritt – das er übrigens vermutlich mit eigenen Händen für sie gebaut hatte, an den Tagen, an denen er nicht in seinem normalen Beruf arbeitete, der höchstwahrscheinlich weder mit Zimmerei noch mit Architektur zu tun hatte. Und so rieten die Dorfbewohner zukünftigen Ehemännern, es sei wahrscheinlich das Beste, die neue Braut durch die Eingangstür zu *tragen* und sie dabei auf alle Gefahrenstellen aufmerksam zu machen, wenigstens beim ersten Mal.

Dann sprach sich die Sache herum. Zu Anfang musste niemand diese eigenartige Angewohnheit erklären, einen ansonsten gesunden Menschen einen halben Meter weit ins Haus zu tragen. Mit der Zeit aber vergaßen die Leute den Grund, weil man nicht mehr darüber sprach, und sie taten es einfach aus Gewohnheit. Ein paar Generationen später dann, als die Leute sich nicht mehr erinnerten, warum der Bräutigam die Braut tragen sollte, lautete die schlichte Erklärung: »Das ist Tradition.«

Und hier kommt noch eine Sitte, die ich einfach nicht kapiere: Blechdosen an das Fluchtfahrzeug binden, angeblich, um böse Geister abzuschrecken. Es klingt mir doch mehr wie etwas, was ein Haufen Schuljungs machen würde, um schlafende Hunde und Babys zu erschrecken. Einleuchtender scheint mir, dass man damit einfach nur Aufmerksamkeit erregen möchte.

Ich wette, der erste Typ, der das machte, fuhr durch die ganze Stadt und schrie: »Ratet mal, wer es heute Nacht treiben wird!!!« Als das zur Tradition wurde – und sich bestimmt in Windeseile verbreitete –, war die Erklärung überflüssig. Heute machen die Leute es einfach, und keiner weiß mehr genau, warum.

Manche Leute halten meine Schuljungen-Theorie vielleicht für zu weit hergeholt. Sie graben historische Belege bis hin zu den alten Ägyptern und dem alten Rom aus, nur um zu beweisen, dass es absolut vernünftig ist, Sachen hinten an ein fahrendes Fahrzeug zu binden.

Im Mittelalter zum Beispiel schlugen die Leute nach der Trauung auf Töpfe und Pfannen, denn wie jeder weiß, besitzen böse Geister zwar die Macht, eine Braut zu töten oder zu verletzen, haben aber fürchterliche Angst vor lauten Geräuschen. Man sollte meinen, dass der Lärm die bösen Geister auf den genauen Aufenthaltsort von Braut und Bräutigam aufmerksam macht, aber das war offensichtlich nicht der Fall.

Im heutigen aufgeklärten Zeitalter bringen nur wenige Menschen auf Hochzeiten ihre alten Töpfe und Pfannen mit. Das mittelalterliche Brauchtum wurde nämlich so weit modifiziert, dass einer aus der Hochzeitsgesellschaft nun Blechbüchsen an den Wagen bindet. Und so kommt es, dass diese uralte Tradition bis heute weiterlebt, und wir hören nur noch selten, dass Neuvermählte von bösen Geistern um die Ecke gebracht werden. Gelegentlich hören wir allerdings, es sei gefährlich, so nahe am Benzintank Funkenflug zu erzeugen.

Statt Konservendosen finden manche Neuvermählte angebundene Schuhe hinten am Auto vor. Eine weniger aufdringliche Art, Aufmerksamkeit zu erregen, und letzten Endes wohl auch zivilisierter.

Schuhe spielten bei Hochzeiten im alten Ägypten eine wichtige Rolle. Wenn der Brautvater seine Tochter dem Bräutigam zuführte, überreichte er ihm auch die Sandalen des Mädchens. Dies symbolisierte, dass der Vater die Verantwortung für das Mädchen an ihren neuen Ehemann übergab.

Für mich klingt das, als würde er sagen: »Nimm sie *und* ihre Schuhe. Sorg dafür, dass sie nicht zurücklaufen kann.«

Auch bei den Briten und deren Vorfahren, den Angelsachsen, gab es Hochzeitsbräuche, bei denen Fußbekleidung eine Rolle spielte. In den Jahrhunderten vor einer zivilisierten Gesellschaft bewarfen sie neu vermählte Paare mit ihren Schuhen. Laut Tradition war dem Schuhbesitzer großes Glück verhießen, falls er oder sie die Braut, den Bräutigam oder das Transportmittel seiner oder ihrer Wahl traf.

Die Sache muss dann irgendwann im Lauf der Zeit aus dem Ruder gelaufen sein, denn Jahrhunderte später verbot in Amerika der Bundesstaat Colorado den Brauch, Braut und Bräutigam mit Schuhen zu bewerfen. Das Gesetz besteht bis auf den heutigen Tag.

Dankenswerterweise haben die Briten in den darauffolgenden Jahrhunderten die untadeligsten Manieren der Welt entwickelt. Heute finden sie es vulgär, wenn man Schuhe nach verheirateten Leuten, ihren Pferden oder ihren Kutschen wirft. Stattdessen warten sie nun in einigen Teilen Englands, bis die Braut auf dem Empfang eintrifft, und werfen ihr dann einen Kuchenteller an den Kopf. Sie sind natürlich sehr darauf bedacht, sie nicht zu treffen.

Hier kommt die einzige Hochzeitstradition, die ich absolut sinnvoll finde: dass die Braut einen Blumenstrauß trägt. Er ist wunderschön anzuschauen, bildet einen herrlichen Kontrast zu einem weißen Hochzeitskleid und ist äußerst effektiv, wenn es gilt, den eventuellen »Babybauch« vor der Kamera zu verstecken.

Die Ursprünge des Brautstraußes haben jedoch einen rein praktischen Grund. Statt aus Blumen bestand das Bouquet früher aus duftenden Kräutern und Gewürzen wie Thymian und Knoblauch. Es war dazu da, den unerträglichen Körpergeruch zu übertönen. In früheren Zeiten badeten die Leute nämlich selten, nicht einmal zu besonderen Anlässen.

Das Geschäft mit Hochzeitstorten ist in den Vereinigten Staaten eine Milliarden-Dollar-Industrie. Für eine Hochzeitsmesse in Kalifornien tat sich 2006 ein Tortendesigner mit einem Juwelier aus Beverley Hills zusammen und schuf einen einzigen diamantengeschmückten Kuchen für über zwanzig Millionen Dollar. Wobei das Durchschnittspaar jedoch entschieden weniger für die Torte ausgibt, irgendetwas um die 500 Dollar.

In Amerika und an vielen anderen Orten auf der Welt ist es üblich, dass der Bräutigam seiner Braut das erste Stück Torte in den Mund steckt. Dann füttert sie ihn mit einem Stück des Naschwerks. Das soll den ersten Akt des Versorgens und Nährens zwischen dem neuvermählten Paar symbolisieren.

Bei fast jeder amerikanischen Hochzeit beschmieren sich jedoch Braut und Bräutigam gegenseitig das Gesicht mit ihrer Torte – mehr oder weniger großzügig, je nach Geschmack des Paares. Die kleine Tortenschlacht scheint mir ein realistischeres Abbild dessen zu sein, was vor ihnen liegt.

Tracey und John O'Donnell ließen sich bei diesem Teil ihrer Hochzeitsfeier im Jahr 1993 ein bisschen zu sehr hinreißen. Sie wurden beide wegen Ruhestörung verhaftet, als das spielerische Herumgeschmiere ein wenig außer Kontrolle geriet. Tracey behauptete, John habe sie etwas zu rabiat mit dem Kuchen gefüttert, also vergalt sie Gleiches mit Gleichem. Das Ritual eskalierte zum Faustkampf.

Um die oberste Etage der Hochzeitstorte gibt es ebenfalls große Meinungsverschiedenheiten, je nachdem, auf welcher Seite des Atlantiks man zu Hause ist. In den Vereinigten Staaten soll das Paar den obersten Teil der Hochzeitstorte einfrieren und am ersten Hochzeitstag essen. In Großbritannien soll man ihn für die Taufe des ersten Kindes aufbewahren.

Alter Kuchen mit Gefrierbrand. Wie abscheulich, ein Baby damit zu füttern.

Die Iraner pflegen bei Hochzeiten eine sehr viel sinnlichere Tradition des Fütterns. Statt sich beim Empfang gegenseitig das Gesicht mit Torte zu beschmieren, leckt sich das Paar während der Trauung gegenseitig Honig von den Fingern. Damit will man sicherstellen, dass ihr gemeinsames Leben einen süßen Anfang nimmt.

Betrüblicherweise ging diese Tradition bei einem Paar, das 2001 in Qazvin heiratete, einer Stadt im Nordwesten jenes Landes, schwer nach hinten los. Zusammen mit dem Honig lutschte der Bräutigam der Braut einen ihrer künstlichen Fingernägel ab und erstickte an Ort und Stelle.

Vielleicht liegt es daran, dass ich nie in China war oder dass ich asiatische Hochzeiten nur aus dem Fernsehen und aus Zeitschriften kenne, jedenfalls erscheinen mir Trauungen aus diesem Teil der Welt außergewöhnlich schön und raffiniert. Ich weiß nicht, was sie zueinander sagen oder warum es aussieht, als würde jemandem der Kopf abgeschlagen, falls einer einen Fehler macht, aber auf jeden Fall befriedigt es meine Liebe zu Ritualen.

Ich finde es ein bisschen traurig, dass nun, da die kulturellen Grenzen unserer Welt weniger starr werden – was ich normalerweise für eine *großartige* Sache halte –, die sogenannten westlichen Traditionen langsam die Bräute aus aller Welt infiltrieren, ganz besonders die in Asien.

Das traditionelle chinesische Hochzeitsbankett beispielsweise interessiert viele moderne Paare kaum noch. Sie machen lieber nach, was sie in Hollywoodfilmen sehen – eine Freiluftparty auf einem herrlich gepflegten Rasen, ein Dinner bei Kerzenschein für 600 oder 700 Leute oder eine Trauung, die damit beginnt, dass die Hochzeitsgesellschaft mit dem Fallschirm in die Menge der wartenden Gäste abspringt.

Manche Traditionen aber bleiben bestehen. Nach der alten Art besteht eine chinesische Hochzeit aus drei Teilen: (1) Der Bräutigam holt die Braut in ihrem Elternhaus ab, (2) das Paar begibt sich an den Ort der Feier und lässt sich fotografieren und (3) hält das Bankett. Vor der Erfindung des Fotoapparates ließen sie wohl in Phase 2 irgendjemanden rasch ein Aquarell auf ein Blatt Reispapier tuschen.

Zum Ritual der Abholung der Braut von ihrem Elternhaus gehört es, dass die Familie einen Streit vortäuscht. Sie tun so, als wollten sie ihre Tochter nicht hergeben, bevor der

Bräutigam Geld herausrückt, das traditionell in roten Seiden-börsen steckt.

Bei der modernen Variante einer traditionellen chinesi-schen Hochzeit muss der Bräutigam außerdem eine Reihe peinlicher Fragen beantworten, ganz im Stil einer dämlichen amerikanischen Gameshow.

Moderne chinesische Bräute sind außerdem ganz scharf darauf, am Valentinstag zu heiraten. Das scheint in vieler-lei Hinsicht verlockend. Im Westen gehört zu diesem Tag die Farbe Rot, die gleichzeitig in der chinesischen Kultur als die glückverheißendste aller Farben gilt.

Aber wie modern ein chinesisches Paar auch sein mag, sie bringen es einfach nicht fertig, auf etwas anderem als einem roten Teppich zum Altar zu schreiten. Weiße Teppiche oder Läufer benutzt man in China bei Beerdigungen.

Ob das nun gut oder schlecht ist, die alten Traditionen sind jedenfalls im Schwinden begriffen. Der beste Beweis dafür ist das Hochzeitspaket, das das Shanghai Extreme Sports Cen-tre (das Shanghaier Zentrum für Extremsportarten) anbietet. Bräute und Bräutigame, die sich die totale Abkehr von der brauchtümlichen Feier wünschen, können einen Service na-mens »Das Fliegende Paar« buchen. Bei diesem grässlichen Event wird das Paar mit Bungee-Seilen zusammengebunden, aus beachtlicher Höhe abgeworfen und darf dann zusammen eine Weile baumeln. Diese Erfahrung ist eine Allegorie für das Leben, das sie als verheiratetes Paar erwartet.

Auch die Menschen in Thailand haben den Valentinstag als Tag der Liebenden übernommen. Wie die Chinesen war-ten zukünftige thailändische Bräute und Bräutigame unge-duldig auf den 14. Februar, um ihre Hochzeit auf irgendeine spektakuläre Art zu feiern. Manche entscheiden sich für eine

Trauung auf einer Bergklippe oder unter Wasser. Andere geben sich das Jawort in einem Heißluftballon hoch über ihrer Stadt beziehungsweise ihrem Dorf. Besonders abergläubische Paare stürmen am Valentinstag Bangkoks »Liebesdistrikt«, um ihre Ehe im dortigen Standesamt registrieren zu lassen.

Die beliebte Prinzessin Galyani Vadhana verdarb 2008 allen Brautpaaren unabsichtlich den Spaß, als sie im Alter von 84 Jahren kurz nach Neujahr tot umfiel. Die vorgeschriebene hunderttägige Trauerfrist verlangte, dass sämtliche öffentliche Feiern, einschließlich Hochzeiten, abgesagt oder verschoben wurden.

Na ja. Es gibt immer ein nächstes Jahr.

Die Erneuerung von Heiratsschwüren ist eine Tradition, die sich zunehmender Beliebtheit erfreut, besonders zu speziellen Hochzeitstagen, etwa zum zehnten, 25. oder sonstwie »runden« Jahrestag. Manche Paare bekennen sich erneut zueinander, um die großen Meilensteine ihrer Beziehung zu feiern oder nachdem ein Partner dem anderen endlich irgendeinen abscheulichen Fehltritt oder eine unbeschreibliche Sünde verziehen hat.

Manche Leute sollten aber auch einfach die Finger davon lassen, so wie Fabiana Reyes und Elmo Hernandez aus Port Chester im US-Bundesstaat New York.

Fabiana und Elmo hatten 1986 im Rahmen einer schlichten Ziviltrauung geheiratet, bedauerten aber stets, dass sie keine aufwendige kirchliche Trauung mit großem Empfang gefeiert hatten. 22 Jahre später ging ihr Wunsch endlich in

Erfüllung. Ihre 21-jährige Tochter Helen stand an ihrer Seite, als die Eltern einander vor Gott erneut die Treue gelobten.

Auf dem Empfang war Fabiana etwas enttäuscht, dass die Band in St. Peter's Episcopal Church nicht live spielte, wie sie es sich gewünscht hatte. Deshalb bekam sie einen Schreianfall und machte die Congatrommeln der Band kaputt. Außerdem demolierte sie einen Lautsprecher der Stereoanlage.

Kurz darauf traf die Polizei ein und verhaftete Fabiana. Elmo und Helen traten dazwischen und versuchten, sie vor den gemeinen, herzlosen Bullen zu retten. Die Polizisten setzten sie mit einer Betäubungspistole außer Gefecht und verfrachteten sie in einen Streifenwagen. Sie wurden wegen Widerstands gegen die Staatsgewalt angeklagt.

Fabiana verbrachte die folgenden sechs Tage im Gefängnis. Später zahlte sie der Band 1500 Dollar Entschädigung. Elmo und Helen wurden zu Geldstrafen von je 250 Dollar verdonnert.

Wenn ich nur wüsste, welcher Teil unserer Psyche oder unseres Gefühlslebens uns dazu führt, uralte Brauchtümer zu wiederholen, ob wir sie verstehen oder nicht. Wie viele Albernheiten wir einfach unreflektiert akzeptieren und nachmachen, nur weil es alle vor uns so gemacht haben. Irgendjemand ruft: »Lasst uns Reis werfen!« oder »Wirf den Brautstrauß!«, und wir tun es, ohne einen einzigen Moment lang darüber nachzudenken, dass so etwas absolut keinem praktischen Zweck dient und total unlogisch ist.

Das ist es, mehr als alles andere, was uns von den Tieren unterscheidet.

Hätt' ich doch nur einen Hammer

Heiraten ist, als würde man seine Hand in einen Sack voll Schlangen stecken in der Hoffnung, einen Aal herauszuziehen.

Leonardo da Vinci

Es ist nur gut, dass mein Ex-Ehemann an dem Tag nicht zu Hause war, an dem ich beschloss, ihn hinauszuwerfen. Sonst würde ich dies vielleicht auf die Wände meiner gemütlichen kleinen Gefängniszelle schreiben oder mit Wachsmalstift im Gemeinschaftsraum irgendeines Irrenhauses.

Jeder, der irgendwann einmal verliebt war, kann die ein oder andere Geschichte erzählen, die beweist, dass uns die Liebe in den Wahnsinn treibt. Genauer gesagt ist es das *Ende* der Liebe, das ansonsten brave, gesetzestreue Menschen kopfüber ins Land der verrückten Kriminellen schleudert. Glücklicherweise bleibt es für die meisten von uns bei einem kurzen Besuch.

Ich war immer ziemlich stolz auf die Art, wie mein Ex und ich mit dem Ende unserer Ehe umgingen. Es gab keinen Streit über den rechtmäßigen Besitz eines zehn Jahre alten Toasters, der auf einer Seite schlappes, ungetoastetes Brot und auf der anderen blaue Funken produzierte. Und wir saßen auch nicht unzählige Monate bei einem Anwalt herum, wo wir uns über den Wert oder die Herkunft eines deckellosen Topfes mit unechtem Kupferboden zankten, von dem sich keiner von uns erinnern konnte, ihn erworben, geschenkt bekommen oder aus einer früheren gescheiterten Beziehung geerbt zu haben. Letztlich lief alles ziemlich zivilisiert ab.

Abgesehen von einem zehnminütigen Intermezzo, das alles andere als zivilisiert war.

Ich erwachte eines schönen, sonnigen Märzmorgens mit dem unbehaglichen Gefühl, dass irgendetwas nicht stimmte.

Ich hatte noch nie zuvor in seinem Computer herumgeschnüffelt, aber eine quengelige kleine Stimme redete mir ein, es sei jetzt durchaus an der Zeit, damit anzufangen. Ich brauchte gar nicht lange, um alle Beweise zu finden, die ich jemals vor Gericht benötigen würde. So, wie es aussah, hätte ich schon viel früher schnüffeln sollen.

Innerhalb weniger Minuten schaffte ich es, aus dem gesamten Haus jeden einzelnen Gegenstand herauszuschaffen, der nach ihm aussah, nach ihm roch oder ihm sonst irgendwie hätte gehören können. Ich brauchte ganze zehn Minuten dazu.

Ich erinnere mich, dass ich viele Male die Treppen auf- und ablief, in Zimmer hinein- und wieder herausschoss wie eine Flipperkugel auf der Jagd nach Bonuspunkten, und ganze Berge von Kleidung, Büchern, Computern und CDs schleppte und von überhaupt allem, von dem ich definitiv wusste, dass es nicht ausschließlich mir gehörte. Ich produzierte einen sehr ansehnlichen Haufen mitten in der Garage, genau an der Stelle, an der sein Wagen um sieben Uhr morgens hätte stehen müssen. Jedes Mal, wenn ich wieder einen Armvoll Sachen in dieser eigentlich nicht vorhandenen leeren Parklücke fallen ließ, rastete ich noch ein bisschen mehr aus.

Einige Monate zuvor hatte der UPS-Mann ein NordicTrack-Laufband vor unserer Haustür abgeliefert. Es wurde unmontiert und in zwei getrennten Kartons geliefert, die mir beide viel zu schwer waren, um sie alleine zu heben. Ich war gezwungen, auf meinen Mann zu warten, damit wir sie hineinschaffen konnten. Wir mussten sie mit vereinten Kräften anheben und einzeln Zentimeter für Zentimeter über die Schwelle schleifen. Wir bauten das scheußliche Gerät zusammen, stellten es in eine Ecke des Zimmers, das direkt neben der Diele lag, und ließen es dann dort vergammeln. Es war unmöglich, es jemals an einen anderen Ort zu verschieben. Wir einigten uns darauf, es zusammen mit dem Haus zu verkaufen, sozusagen als Bonus, wenn die Zeit dafür einmal gekommen war.

Genau dieses Laufband krönte nun den Haufen in der Garage. Ich hatte es hoch über meinen Kopf gehoben, es durch die Küche getragen – wo ich kürzlich einen neuen Boden hatte legen lassen und den Deubel tun würde, ihn von diesem monströsen Ding verkratzen zu lassen – und es oben auf alles draufgeworfen, was ich dort bereits aufgetürmt hatte.

Um 7.10 Uhr am Morgen stand ich vor meinem Abfallhaufen, ein keuchendes, schnaubendes, knurrendes Tier, die Finger zu Krallen gekrümmt, und Rauch stieg aus meinen Haaren auf. Ich starrte entsetzt auf alles, das einmal »sein Kram« gewesen war, und wünschte, es gäbe mehr davon. Ich war Carrie auf dem Abiball, Joan Crawford in den Rosenbüschen mit der Heckenschere, Mrs. Peacock in der Küche mit einem NordicTrack aus Blei. Ich bin mir sicher, dass ich am Ende meiner Liebe ein Bild des geifernden Irrsinns bot.

Zehn Minuten. Ich hatte die Hälfte aller Dinge in unserem Haus in zehn Minuten ausgeräumt.

Niemand wird mich je davon überzeugen können, dass es einen wirksameren chemischen Stoff im Universum gibt als wutgesteuertes Adrenalin.

Niemand wird mich je davon überzeugen können, dass es einen wirksameren chemischen Stoff im Universum gibt als wutgesteuertes Adrenalin.

Ich hinterließ ihm Nachrichten auf seinem Handy und im Büro und beschloss, ein wenig auszufahren. Drei Stunden lang murmelte ich vor mich hin: »Wäre ich als betrogene Frau mein Pulver wert gewesen, hätte ich seinen ganzen Kram mitten auf die Straße geschmissen, damit ihn alle Nachbarn – alle normalen Leute – sehen können. Ich sollte am Ende der Sackgasse oben auf dem Haufen auf ihn warten, rittlings auf dem elenden NordicTrack, eine Dose Benzin in der einen und ein brennendes Streichholz in der anderen Hand.«

Bei meiner Rückkehr sah ich einen riesigen Miet-LKW vor dem Haus parken. Er hatte offensichtlich meine Nachrichten erhalten. Der schöne Haufen aber befand sich noch immer auf dem Garagenboden.

Ich vermute, er wollte mich zur Rede stellen, mich vielleicht sogar zu einer zweiten Chance zu überreden versuchen. Ein Blick in meine Augäpfel, die immer noch wild in ihren Höhlen rotierten, belehrte ihn eines Besseren. Ich stampfte ins Haus, riss ein paar Seiten aus dem Telefonbuch, stieg wieder in den Wagen und machte mich auf die Suche nach einem Anwalt. Letzten Endes suchte ich einen Typen aus, dessen Nachname mit *A* begann.

Danach lief alles bestens.

Der Vergleich wurde rasch und ohne Widerspruch ausgehandelt, keine albernen Streitereien über uralte Toaster oder Töpfe ohne Deckel. Wir bekamen eine einvernehmliche Trennung hin.

Für mich bedeutete das lediglich, dass ich ihn, wenn ich ihn die Straße überqueren sah, nicht überfahren würde.

Und so ist es bis heute geblieben.

Ich erzählte diese Geschichte meinem Freund Ernie. So halb erwartete ich, dass er schreiend weglaufen würde, zu verängstigt, um noch mein Freund sein zu wollen. Stattdessen sagte er: »Ich weiß genau, was du meinst.« Und dann erzählte er mir von seinem eigenen Carrie-Crawford-Peacock-Erlebnis.

Ernie wurde anständig erzogen und lernte, niemals die Hand gegen eine Frau zu erheben. Er ist ein kräftiger Typ, sehr groß und ein bisschen furchteinflößend anzuschauen, aber erstaunlich ruhig und umgänglich. Er hebt sich seine Empörung für Straßenpunks und Schläger auf, die, zum Glück für alle Beteiligten, ihm üblicherweise ohne viel Nachhilfe aus dem Weg gehen. Er muss gar nichts weiter tun, als sich zu zeigen.

»Doch eines Tages ist es dann passiert«, sagte er. »Von dem Moment an, als ich von der Arbeit nach Hause kam, bis ich der Sache endlich Einhalt gebot, hörte meine Frau nicht auf, mich zu provozieren. Quengel, quengel, stichel, stichel, nörgel, nörgel, quengel. Ich wollte sie tatsächlich k.o. schlagen.« Stattdessen hielt Ernie zwei riesige, zitternde Fäuste in die Luft, gab irgendein wüstes Geräusch von sich und boxte sich selbst heftig direkt gegen die Schläfe. Der Schlag warf ihn gegen den Türrahmen, aus dem Zimmer und in die

Diele, wo er mit einem Knall umfiel, der das Haus erbeben ließ.

In seiner maßlosen Wut hatte er es fertiggebracht, sich selbst bewusstlos zu schlagen.

»Da wusste ich, dass es aus war«, sagte er.

Ich gab mir größte Mühe, nicht zu lachen.

Und wir sollten über solche Geschichten auch nicht lachen. Oft sind es äußerst schmerzhafte, brutale Erinnerungen an eine schwierige Vergangenheit.

Deshalb erzähle ich Ihnen noch ein paar davon.

Für manche Paare ist die Ehe nie wirklich vorbei, nicht einmal nach der Scheidung. Die ganze Wut und die ganzen alten Verletzungen bleiben so frisch wie ein Kopf Salat im Gemüsefach des Kühlschranks.

Im November 2007 geriet Ryann Jean Stafford aus Meridian, Ohio, in einen äußerst hässlichen Streit mit ihrem Ex-Ehemann, wahrscheinlich ging es um seine neue Freundin. Es endete damit, dass Ryann Gegenstände nach ihm warf, als er aus seinem eigenen Haus floh. Als er außerhalb ihrer Wurf-Reichweite war, setzte sie den Bisonkopf in Brand, der an seiner Wohnzimmerwand hing.

Ryann mögen zehn Jahre Gefängnis wegen Brandstiftung aus niederen Beweggründen drohen, aber wir sollten ihr vermutlich zugute halten, dass sie sich einen leblosen Gegenstand als Zielscheibe für ihre Wut aussuchte. Und sie weiß das wahrscheinlich. Trotzdem hat ihr die kleine Eskapade offenbar eine gewisse Genugtuung verschafft. Ich weiß nicht, wie sonst man sich das gruselige Feixen auf ihrem Gesicht und den wilden Blick erklären soll, den sie für das Polizeifoto aufsetzte.

Jason Fife aus Norristown, Pennsylvania, kam auf eine ähnliche Idee, als er 2006 der Affäre seiner Frau auf die Schliche kam. Er schickte einen abgesägten Kuhschädel an die Adresse ihres Liebhabers. Die Kuh hatte eine Stichwunde im Schädel.

Jason erklärte der Polizei, er habe den Kuhschädel bei einem Metzger erworben und ihn losgeschickt, als er noch tiefgefroren war. Niemand schöpfte Verdacht ... bis Blut aus der Verpackung floss, als das Paket in der warmen Junisonne auf der Türschwelle des Opfers lag.

Jason wurde zu zwei Jahren auf Bewährung und fünfzig Stunden gemeinnütziger Arbeit verurteilt. Er und seine Frau haben sich wieder versöhnt. Keine Ahnung, was aus dem Liebhaber wurde.

Amanda Moyas' Freund war schlau genug, sie verhaften zu lassen, als sie ihn letztes Mal zusammenschlug, aber nicht schlau genug, um nicht in seinem Haus in Albuquerque mit ihr zusammen in Unterwäsche vor dem Bildschirm zu sitzen und einen Porno zu gucken.

Als der Film an diesem Abend im April 2008 anfing, kam Amanda die Ähnlichkeit zwischen ihrem Freund und dem Star jenes Erwachsenen-Videos nicht rein zufällig vor. Bald schon war sie sicher, dass dort auf dem Fernsehschirm tatsächlich ihr Herzallerliebster zugange war. Daher attackierte sie ihn.

Dem Freund gelang die Flucht, doch erst, nachdem Amanda ihm das Gesicht zerschnitten, ihn in den Oberkörper gebissen und ihm gedroht hatte, ihn mit einem Messer umzubringen. Er rannte aus dem Haus und rief von seinem Handy aus die Polizei an, während er weiter in seinen Boxershorts die Straße hinunterrannte. »Sie hat mich fast aufgeschlitzt und alles!«, schrie er den Menschen in der Leitung an. »Sie hat mir das Scheißmesser direkt an die Kehle gehalten!« Der Mensch in der Polizeizentrale riet ihm, weiterzurennen.

Während Amanda ihm hart auf den Fersen war und das Messer schwenkte, konnte ihr Freund den Streifenwagen anhalten, der unterwegs zu seinem Haus war. Ein Hilfssheriff verhaftete Amanda auf der Stelle und klagte sie wegen versuchter schwerer Körperverletzung an. Eine Anklage wegen Kindesvernachlässigung kam etwas später noch hinzu; Amanda hatte ihr acht Monate altes Baby allein zurückgelassen, während sie ihren Freund die Straße hinunterhetzte.

Ich kann mich völlig in Emma Thomason aus dem englischen Whitehaven hineinversetzen, die ebenfalls das Bedürfnis verspürte, sämtliche Besitztümer ihres Verlobten zu einem adretten kleinen Stapel aufzutürmen.

Emma bekam Streit mit Jason Wilson, mit dem sie seit sieben Jahren zusammen war und zwei gemeinsame Kinder hatte. Als er eines Tages im Mai 2007 nicht da war, packte sie seinen Van voll mit allem, was er besaß – Klamotten, Musikaufnahmen, DVDs –, fuhr mit dem Van zum nächsten Hafen und versenkte den Wagen samt Inhalt.

Die Anklage lautete Wegnahme eines Fahrzeugs ohne Einverständnis des Inhabers, Emma kam aber auf Kaution frei.

Jason hat sich noch immer nicht getraut, ihr zu sagen, dass die Hochzeit definitiv abgeblasen ist.

Im Dezember 2006 bat Dean Kuehnen jr. seine Herzaller-liebste, Andria Castellano, ihn zu heiraten. Um ihr zu zeigen, wie viel sie ihm bedeutete, schenkte er ihr einen Diamantring mit 3.23 Karat im Wert von fast 49 000 Dollar.

Im September 2007 war keine Rede mehr von Heirat, wohl aber von dem Ring.

Andria hat ihn noch immer, und Dean will ihn zurück. Andria sagt, sie würde den Ring eher in tausend Stücke sprengen, als ihn Dean zu geben. Also ging Dean vor ein New Yorker Gericht und klagte auf Herausgabe des Ringes plus sämtliche Anwalts- und Gerichtskosten.

Die 21-jährige Verlobte gibt sich nicht kampflos geschlagen. Der Fall ist noch nicht entschieden.

Es gibt da eine Frau, die sehr viel weiter ging, als ich es mir jemals vorstellen könnte, und die es offenbar nicht für nötig hielt, ihre Wut an den Sachen ihres Ex auszulassen, da doch genau dieser Mann direkt vor ihr stand.

Amanda Monti aus dem englischen Liverpool führte einst eine »langjährige, aber offene Beziehung« mit Geoffrey Jones. Sie endete relativ einvernehmlich im Mai 2004.

Etwa ein Jahr später trafen sich die beiden nach einer Party wieder. Sie gingen mit ein paar Freunden zu Geoffrey nach Hause. Amanda machte ihm ein paar eindeutige Avancen, die

Geoffrey gänzlich zurückwies. 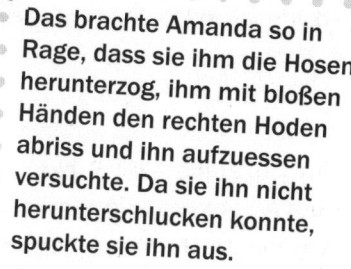 Das brachte Amanda so in Rage, dass sie ihm die Hosen herunterzog, ihm mit bloßen Händen den rechten Hoden abriss und ihn aufzuessen versuchte. Da sie ihn nicht herunterschlucken konnte, spuckte sie ihn aus. Einer der Freunde hob ihn auf, reichte ihn Geoffrey und sagte: »Das ist deiner.«

Das brachte Amanda so in Rage, dass sie ihm die Hosen herunterzog, ihm mit bloßen Händen den rechten Hoden abriss und ihn aufzuessen versuchte. Da sie ihn nicht herunterschlucken konnte, spuckte sie ihn aus.

In einem Brief an das Gericht beteuerte Amanda, es täte ihr sehr leid, und sie sei »keineswegs ein gewalttätiger Mensch«. Richter Charles James bemerkte: »Es handelt sich um eine extrem schwere Verletzung« und verurteilte sie zu zweieinhalb Jahren Haft.

Michael Moylan aus Port St. Lucie in Florida wachte im Sommer 2007 mitten in einer ansonsten ganz normalen Nacht von schrecklichen Kopfschmerzen auf. Der Schmerz war so heftig, dass er seine Frau April weckte und sie bat, ihn in die Notaufnahme zu fahren.

Michael hätte misstrauisch werden sollen, sobald April den Wagen in Bewegung setzte. Sie fuhr sehr langsam und hielt an jeder Ecke an, obwohl es mitten in der Nacht war und in ihrem exklusiven bewachten Wohnviertel um vier Uhr morgens niemand außer ihnen beiden unterwegs war. Und statt durch den Haupteingang lenkte sie den Wagen durch eine Baustelleneinfahrt nach draußen.

Die Ärzte untersuchten Michael und fanden rasch den Grund für seine Kopfschmerzen: Direkt hinter seinem rechten Ohr steckte eine 38er-Pistolenkugel.

Michael und die Ärzte wandten sich daraufhin schnell April Moylan zu, die sich umdrehte, losrannte und aus der Notaufnahme fliehen wollte. Sie wurde gefasst und der Polizei übergeben. Später erklärte sie den Mitarbeitern des Sheriffs, sie hätte ihren Mann versehentlich angeschossen. Die glaubten nicht so recht an ein Versehen und nahmen April in Haft.

Michael wurde nach nur zwei Tagen aus dem Krankenhaus entlassen und ging unglaublicherweise auf eigenen Beinen nach Hause. Die Kugel steckt allerdings noch immer in seinem Kopf.

Michael berichtete den Beamten später, er habe seine Frau zur Rede gestellt, und sie habe ihm gestanden, dass sie es mit Absicht getan hatte, jedoch keinen Grund angegeben.

In jener Nacht musste sie auf dem Sofa schlafen.

Ich wette, Ken Slaby aus Pennsylvania wünschte sich, niemals auf dem Sofa von Gail O'Toole eingeschlafen zu sein. Ken war Gails Exfreund.

1999 hatten Gail und Ken eine ziemlich ernsthafte Beziehung gehabt. Ken behauptete, er habe sie damals geliebt und sei verzweifelt gewesen, als sie nach nur zehn Monaten Schluss machte. Er kam allerdings ziemlich rasch darüber hinweg. Zwei Monate später hatte er eine Neue.

Als auch diese Beziehung endete, kamen Ken und Gail wieder zusammen und bemühten sich um eine Versöhnung. Zumindest sollte Ken das glauben.

Eines Abends holte Gail Ken zu Hause ab, und sie fuhren zu ihr nach Hause. Als Ken eingeschlafen war, machte sich Gail an die Arbeit.

Mit Superkleber klebte sie ihm seinen Penis an den Bauch und einen Hoden ans Bein. Dann klebte sie ihm die Pofalte zu. Und zur Krönung des Ganzen bemalte sie ihm Kopf und Gesicht mit Nagellack.

Dann weckte sie ihn und sagte, er solle aus ihrem Haus verschwinden.

Ken musste eine Meile weit die Straße hinuntergehen und aus einer Telefonzelle die Polizei anrufen. Er brauchte sehr lange, um dorthin zu kommen.

Die Schwestern in der Notaufnahme probierten alle möglichen Lösungsmittel aus, um den Superkleber zu zersetzen. Nichts davon funktionierte. Also mussten sie ihn auf die harte Tour auseinandernehmen.

Gail erklärte dem Polizisten, der sie verhaften kam, Ken und sie hätten immer auf diese Art Sex. Der Cop kaufte ihr das nicht ab.

Gail wurde wegen Körperverletzung angeklagt und zu sechs Monaten auf Bewährung verurteilt, weil sie auf so perverse Art Rache an dem armen Ken genommen hatte.

2005 gewann Slaby eine Zivilklage, und Gail wurde zu 46 200 Dollar Schmerzensgeld verurteilt.

Wenn jemand meine mit Superkleber versiegelten Pobacken aufreißen müsste, damit ich wieder eine richtige Falte im Hintern hätte, würde ich bestimmt verdammt viel mehr verlangen als 46 000 Dollar.

Ein Mann namens Remington Watson wollte sich auf andere Weise vor einer Gefängnisstrafe drücken, als er seine Wut überhaupt nicht mehr im Griff hatte. Als seine Frau Jocelyn die Scheidung verlangte, haute er ihr einen Ziegelstein über den Kopf, was sie tötete. Dann stieg er, nur mit Unterwäsche bekleidet, in seinen Wagen und fuhr mit Vollgas auf einen geparkten Tanklastzug auf, damit die Sache wie ein Doppelselbstmord aussah. Wie das Glück es wollte, überlebte er. Offensichtlich explodieren Tanklaster nicht immer so, wie sie es im Kino tun. Watson wurde zu 18 Jahren Gefängnis verurteilt.

Einige Paare müssen gar nicht lange verheiratet sein, um eine solche Wut zu entwickeln. Scott McKie und Victoria Anderson waren gerade mal neunzig Minuten verheiratet, als die Hölle losbrach.

Das Paar aus dem englischen Manchester gab sich im Dezember 2004 das Jawort. Während der Hochzeitsfeier sprach Scott einen ziemlich geschmacklosen Toast auf die Brautjungfern aus. Victoria war zutiefst gekränkt, griff sich einen Garderobenständer und schleuderte ihn quer durch den Raum direkt auf Scott. Zum Glück für beide warf sie daneben, aber die Polizei wurde trotzdem gerufen.

Als die Beamten eintrafen, versetzte Scott einem von ihnen einen Kopfstoß und schlug den anderen mit der Faust ins Gesicht. Er wurde sofort ins Gefängnis gesteckt.

Victoria blieb auf der Party und verkündete den Gästen, dies sei nun die Feier ihrer baldigen Scheidung.

Scott wurde zu sechzig Stunden gemeinnütziger Arbeit verurteilt und erhielt eine dreimonatige nächtliche Ausgangssperre. Victoria kam mit einer Verwarnung davon.

Teresa Brown und Mark Allerton feierten ihre Hochzeit in Schottland auf traditionelle, großspurige Art. Dicke Robe, dicke Party, dicke Frisur ... volles Programm.

Die Feier im Ballsaal des Hilton Treetops Hotels in Aberdeen war in vollem Gange, als sich Mark und Teresa in ihr Hotelzimmer davonstahlen. Ein paar Minuten später gerieten sie in einen fürchterlichen Streit, der erst ein Ende fand, als Teresa einen ihrer Stilettos auszog und ihn ihrem frischgebackenen Gatten mit dem Absatz voran in den Kopf hieb.

Mark gelang die Flucht, und er rannte zur Rezeption, ein blutgetränktes Handtuch an den Kopf gepresst.

Als die Polizei eintraf, saß Teresa inmitten von Glasscherben auf dem Boden. Sie wurde verhaftet und verbrachte das Flitterwochenende in einer Gefängniszelle.

Mark und Teresa sind immer noch zusammen, aber nur, weil sie eine Therapie machen.

Bei der Hochzeit eines Saudi-Arabers und seiner neuen Ehefrau im Sommer 2003 lief es nicht ganz so gut. Der Bruder der Braut machte unmittelbar nach der Trauung einen Schnappschuss von den beiden, was den Bräutigam derart erzürnte, dass er sich auf seinen neuen Schwager stürzte, um ihm das Hirn aus dem Kopf zu prügeln. Man hielt ihn zurück und überredete ihn, den Mann in Ruhe zu lassen, also tat der Bräutigam das Nächstbeste. Er beendete die Ehe auf der Stelle, indem er seine Frau anschrie: »Ich verstoße dich!«, dreimal, ganz nach Vorschrift.

Adrienne Samen dagegen, eine 18-jährige Braut aus Connecticut, hatte nicht damit gerechnet, dass einige ihrer Hochzeitsfotos Polizeifotos sein würden. Adrienne hatte versucht, ihr Lampenfieber vor der Hochzeit mit etwas zu viel Schnaps zu dämpfen. Während ihrer Hochzeitsfeier im August 2003 lieferte sie sich ein hitziges Wortgefecht mit den Mitarbeitern des Restaurants Mill on the River. Laut Polizeibericht sei Adrienne »ausgeflippt« und habe alle angeschrien, bevor sie hinausstürmte. Als sich Polizisten der Braut näherten, beschimpfte sie sie und zeigte ihnen den Stinkefinger.

Die Polizisten setzten Adrienne in den Streifenwagen und brachten sie ins Gefängnis. Auf der Fahrt dorthin trat sie von innen gegen Wagentür und Fenster und versuchte einen Polizisten zu beißen, als der sie mit einem Sicherheitsgurt zu bändigen versuchte.

Auch auf dem Polizeirevier von South Windsor wurde es nicht besser; Adrienne verweigerte die Zusammenarbeit mit der Polizei, als man sie verwarnen wollte. Sie wurde in eine Gefängniszelle gesteckt, noch im Cinderella-Ballkleid, und durfte sich ein paar Stunden lang beruhigen. Sie wurde wegen Widerstand gegen die Polizeigewalt und Ruhestörung angeklagt und kam gegen 1 000 Dollar Kaution frei.

Nicht alle Geschichten von missglückter Liebe enden in vorübergehendem Irrsinn oder Einkerkerung. Larry Star ist ein Musterbeispiel für Contenance im Unglück und lehrt uns, wie man eine Niederlage mit Humor trägt.

Im April 2004 schaltete Larry eine Anzeige im Internet-Auktionshaus eBay. Sie lautete wie folgt: »Zu verkaufen: kaum gebrauchtes Brautkleid Größe 38. Nur zweimal getragen: einmal auf der Hochzeit und einmal für diese Fotos.«

Larry Star entdeckte kurz nach der Scheidung das Brautkleid seiner Exgattin auf dem Speicher. Seine Schwester redete ihm zu, er solle es verkaufen. Es war schließlich ein hübsches Kleid und hatte ihn 1200 Dollar gekostet. Sein ehemaliger Schwiegervater hatte zwar versprochen, ihm das Geld zu erstatten, hatte das Versprechen aber nie eingehalten.

Larry dachte sich, hinsichtlich dieser missglückten Beziehung habe er nichts mehr zu verlieren, also zwängte er sich in das Kleid, ließ sich fotografieren und stellte das Foto zusammen mit der Anzeige ein. Er war bereit, es irgendeinem glücklichen Mädchen im Tausch gegen zwei Tickets für die Seattle Mariner's und ein Sixpack Bier zu überlassen.

Bald setzte ein hysterisches Bietergefecht ein. Als die Auktion am 28. April 2004 endete, lag das Höchstgebot bei 3850 Dollar. Die Anzeige war 5,8 Milliarden Mal angeklickt worden.

Die Käuferin machte schließlich doch einen Rückzieher, und Larry besitzt das Kleid noch immer, wurde durch die Anzeige aber ziemlich berühmt. Er kam in die Fernsehnachrichten und trat auf der Bühne als Stand-up-Comedian auf, stets in seinem Brautkleid.

Ian Usher war Larry Star eine Nasenlänge voraus: Als seine Ehe scheiterte, beschloss er, sein gesamtes Leben bei eBay zum Verkauf anzubieten.

Der 44-jährige Australier bot bei der Auktion, die im Juni 2008 begann, ein Haus im Wert von knapp 400 000 Dollar an, seine komplette Kleidung, seinen Wagen, ein Motorrad, einen Jetski, einen Whirlpool, seine sämtlichen Freunde und eine zweiwöchige Probezeit für seinen Job in einem Teppichgeschäft in Perth.

Auf seiner Website Alife4Sale.com schreibt Ian: »Ich habe genug von meinem Leben! Ich will es nicht mehr! Ihr könnt es haben, wenn ihr wollt!«

Ians Exfrau ist der Meinung, dass er den Verstand verloren hat. Zum Glück für beide hat sie in der Sache nichts mehr zu vermelden.

Ian erging es bei der Auktion um einiges besser als Larry Star, doch das Ergebnis enttäuschte ihn trotzdem. Das Höchstgebot betrug knapp 384 000 Dollar. Ian hüllte sich bezüglich seiner Pläne in Schweigen, gab aber zu, dass die Summe eine sehr schöne Basis für einen Neuanfang abgab.

Nichts gibt uns ein menschlicheres Gefühl als die Liebe. Umgekehrt entfesselt nichts unsere niedrigeren Instinkte schneller als das Ende eben jener Liebe. Wir sehen uns gezwungen, das zu zerstören, was uns unserer Menschlichkeit beraubt.

Ich kenne Leute, die eine Beziehung mit einem knappen Schulterzucken hinter sich ließen. Keiner von denen ließ eine Liebe hinter sich. Ein- oder zweimal gehörte ich zu diesen Menschen.

Ich weiß auch, dass es uns wahnsinnig macht, in der Liebe zu scheitern. Wir vergessen alles, was wir als zivilisierte Menschen gelernt haben, und verwandeln uns in eine urzeitliche Version unserer selbst. Wenn uns niemand Manieren beigebracht hätte, wenn wir niemals Selbstbeherrschung gelernt hätten, dann wären wir vielleicht wirklich so. Wir wären genau wie diese Affen im Zoo, die Leute, die sie ärgern, mit Kacke bewerfen.

Dass wir eine Stufe weitergekommen sind als die Kackewerfer hat den Vorteil, dass wir in den allermeisten Fällen unsere zerstörerische Wut gegen die Sachen unseres Ex richten und nicht gegen den Ex selbst. Damit ist die Sache erledigt, wir fühlen uns besser, und meist erspart es uns eine Menge Zeit im Gefängnis. Ich finde, das sollte irgendwie bei der Gesetzgebung berücksichtigt werden.

Der Himmel steh' uns bei

Man kann einem Schwein Flügel verpassen, aber davon wird es noch lange nicht zu einem Adler.

Bill Clinton

Es gibt Leute, die hauptberuflich Moralpredigten in Unterwäsche halten. Politiker und Fernsehprediger sind darin besonders talentiert. Es ist natürlich leicht, sich über sie lustig zu machen. Manchmal nur allzu leicht. Aber das macht ja gerade so viel Spaß.

Als der Kongress der Federal Communication Commission (FCC) das Recht zur Vergabe von Radiolizenzen verlieh, war eine der Bedingungen für die Radiosender, dass sie auch Sendungen »von öffentlichem Interesse« ausstrahlten. Die meisten Inhaber von Radiosendern verstanden darunter, Geistlichen Sendezeit zu verkaufen, damit diese nach Herzenslust über Religion reden konnten, fanden das öffentliche Interesse damit hinlänglich befriedigt und die Bedingung somit erfüllt. Im Großen und Ganzen billigte die FCC diesen Plan.

Tausende von Predigern und Pfarrern im ganzen Land stürmten auf der Stelle ihre jeweiligen Radiosender und bemühten sich eifrig um Sendezeit. Den Sendern wurde schnell klar, dass sie sich ein bisschen mehr Gedanken machen mussten.

Allzu viele der Geistlichen schlugen etwas über die Stränge, wie etwa Father Charles Coughlin, der einen Großteil seiner Sendezeit darauf verwendete, das ein oder andere hasserfüllte Wort über Schwarze und Juden zu verlieren.

Als in den 1950ern das Fernsehen zum neuen Massenkommunikationsmittel wurde, hatten die Medienleute die Lage schon weitaus besser im Griff. Mittlerweile war es üblich, Sendezeit für »Glaubensgruppierungen« kostenlos zur Verfügung zu stellen – statt sie zu verkaufen –, falls diese eine größere Anzahl Menschen vertraten. Die FCC berechnete den Sendeanstalten diese unbezahlte Zeit als Sendungen im öffentlichen Interesse. Die Sendeanstalten definierten diese Gruppen wiederum relativ eng und schlossen alle, die sich am Rande eines heißblütigen Diskurses bewegten, etwa Fundamentalisten und Evangelikale, von vornherein aus.

Also trat die FCC 1960 wieder auf den Plan und beschloss, Radio- und Fernsehsender könnten Sendezeit an religiöse Gruppierungen oder einzelne Prediger *verkaufen* und sich diese begrenzte Stundenzahl trotzdem als Sendungen von öffentlichem Interesse anrechnen lassen.

1977 wurden bereits neunzig Prozent sämtlicher religiöser Sendungen im Fernsehen von Evangelikalen bezahlt – daher der Begriff »televangelist« –, die ihrerseits von ihren Gemeinden da draußen im TV-Land mehr als genug Geld kassierten, um ihre Sendezeit zu bezahlen. Es war wie ein sich selbst füllendes Bankkonto, das einfach immer dicker und dicker wurde. Das dadurch gescheffelte Geld machte ehemalige Zeltprediger und Marktschreier zu Millionären. Die Korruption folgte auf dem Fuße.

Jim Bakker schuf zusammen mit seiner massiv geschminkten Frau Tammy Faye die Fernsehgemeinde Praise the Lord oder PTL. 1987 hatte PTL über dreizehn Millionen Abonnenten und ein Vermögen von mehr als 175 Millionen Dollar. Das dickste Ding, das je im Amen-Kreislauf passiert ist. Und das erste, das wirklich mit Pauken und Trompeten in Ungnade fiel.

Eine Gemeindesekretärin namens Jessica Hahn war schuld, dass sich für Jim und Tammy Faye die Dinge änderten.

Die unscheinbare 21-Jährige behauptete, im Dezember 1980 hätten Jim Bakker und ein anderer Prediger mit Namen John Fletcher sie unter Drogen gesetzt und vergewaltigt. Später habe sie dann gehört, wie Bakker jemand anderen im Zimmer fragte: »Hast du sie auch rangenommen?«

Bakker leugnete heftig, jemals bei einer Gruppenvergewaltigung mitgemacht zu haben. Jahre später, als Jessicas wahrer Charakter langsam zum Vorschein kam, erschien es unwahrscheinlich, das es sich entgegen ihrer vorherigen Aussage bei dem Vorfall tatsächlich um eine Vergewaltigung gehandelt hatte. Viele Leute bezweifelten, dass ein Vorfall überhaupt existierte. Es bestand jedoch kein Zweifel, dass zwischen Jim und Jessica eine ernsthafte, einvernehmliche Knutscherei stattgefunden hatte. Jim selbst bestätigte dies später.

Jessica zufolge hatte die Qual etwa 15 Minuten gedauert, die Standard-Zeitspanne, um in Amerika zu Ruhm zu gelangen. Kurz danach überwand sie jedoch das schreckliche Erlebnis, indem sie nackt für den *Playboy* posierte, Pornofilme drehte und jede Menge Medieninterviews gab – mit einer hübschen Entschädigung für all die gruseligen Einzelheiten, die preiszugeben sie sich überwand oder eben spontan erfand.

Als der Skandal herauskam und die Ehe der Bakkers

ebenso zerfiel wie die Fernsehgemeinde, soll Tammy Faye gesagt haben: »Ich bin froh, dass Jessica Hahn so hässlich ist, dann muss ich kein schlechtes Gewissen haben.«

Also verwendete Jessica einen Teil ihres neu erworbenen Reichtums auf umfassende Schönheitsoperationen und grundlegende zahnkosmetische Behandlungen. Sie hat heute kaum noch Ähnlichkeit mit dem eher unscheinbaren, aber normal aussehenden Menschen, der sie einmal war. Aber sie zog nach Beverly Hills, wo, wie man hört, sowieso niemand mehr aussieht wie ein normaler Mensch.

Was Jim Bakker angeht, er wurde zu ungeheuerlichen 45 Jahren Gefängnis für die Veruntreuung von PTL-Geldern verurteilt; dazu gehörte auch die gute Viertelmillion Dollar, die er Jessica Hahn gab, damit sie die Klappe hielt. Jessica nahm das Geld und quatschte trotzdem.

Der finanzielle Zusammenbruch von Bakkers evangelikalem Baby führte zum endgültigen Verschwinden jener Firmen, die sich einst PTL nannten, was weniger gläubigen Kreisen auf ewig als »Pay the Lady« in Erinnerung bleiben wird.

Jim wurde nach lediglich fünf Jahren aus dem Gefängnis entlassen, doch für ihn wird nichts je wieder so sein, wie es einmal war. Während er im Knast saß, ließ Tammy Faye sich von ihm scheiden und heiratete einen Immobilienmagnaten. Jessica Hahn wollte auch nichts mehr mit ihm zu tun haben – nicht, dass er erneut aus diesem Brunnen hätte trinken wollen. Immerhin hat er jetzt eine neue Fernsehsendung in Branson, Missouri. Vielleicht ergeht es ihm mit der *Jim Bakker Show* ja besser.

Noch ungeheuerlicher als das PTL-Debakel war jedoch der Sexskandal, der den anderen innovativen Televangelisten, Jimmy Lee Swaggart, zu Fall brachte.

Swaggart ist ein Cousin ersten Grades der mit seiner eigenen Cousine verheirateten Rock'n'Roll-Legende Jerry Lee Lewis. Vielleicht hat das nichts zu sagen. Vielleicht war es aber auch ein Warnzeichen.

In einer seiner berühmten TV-Hasspredigten über das Übel der Homosexualität verkündete Swaggart: »Lassen Sie mich versuchen, die richtige Bezeichnung dafür zu finden ... diese absolut blöde, idiotische Dummheit, dass Männer Männer heiraten ..: In meinem ganzen Leben habe ich noch keinen Mann getroffen, den ich hätte heiraten wollen. Und um es hier ganz klar und deutlich zu sagen: Wenn mich jemals einer so ansieht, dann bringe ich ihn um und erzähle Gott, dass er tot ist.«

Es ist eine dieser herrlichen Ironien, die das Schicksal so fabriziert und die ich einfach unwiderstehlich finde, dass es ausgerechnet Swaggart war, der Jim Bakker als Erster eines »unmoralischen Verhaltens« bezichtigte und seine Affäre mit Jessica Hahn an die Öffentlichkeit brachte. Nur wenige Monate später engagierte ein anderer Fernsehprediger namens Martin Gorman, den Swaggart ebenfalls sexuellen Fehlverhaltens und anderer Scheußlichkeiten bezichtigt hatte, einen Detektiv, der Swaggart beschattete. Der Schüffler folgte ihm bis in ein schäbiges Motel in Louisiana, wo Jimmy sich ein bisschen mit einer Prostituierten austobte.

Erst als man Vertretern der Kirche Assemblies of God Fotos von Jimmy und seinem Mädchen der Stunde zeigte, ging er auf Sendung und hielt seine mittlerweile berüchtigte »Ich habe mich gegen Gott versündigt ... Ich habe mich gegen euch versündigt«-Rede, mit einem von Tränen und Nasensekreten überströmten Gesicht. Seine etliche Millionen Dollar schwere TV-Gemeinde lief sofort danach auf Grund.

Ein passendes Ende, würden einige sagen, doch immerhin in einer Sache blieb er sich treu. Diese Prostituierte war kein Mann.

Als 2006 die Affäre des evangelikalen Priesters Ted Haggard mit seinem homosexuellen, ihn mit Methamphetamin versorgenden Lover publik wurde, war die amerikanische Öffentlichkeit durch solche Storys bereits derart abgestumpft, dass wir kaum noch ein »Oh Gott, was denn nun schon wieder« herausbrachten, als wir die Geschichte in Zeitungen und auf Bildschirmen verfolgten.

In den 1980ern gründete Haggard in Colorado Springs die New Life Church, die es irgendwann auf stolze 14 000 Mitglieder brachte. Mike Jones aus Denver machte seine Affäre mit Haggard publik, als er eines Tages den richtigen TV-Sender einschaltete und entdeckte, dass der Mann, den er mit Sex und Drogen versorgte, einen heftigen Kreuzzug gegen Schwulenrechte führte und den homosexuellen »Lifestyle« lauthals verurteilte.

Natürlich stritt Haggard zunächst alles ab. Dann gab er an, Jones sei seine Masseuse. Dann gestand er, Jones einmal nach Drogen gefragt zu haben, tat aber so, als hätte er keine genommen. Am Ende stand er schließlich vor seiner Frau, seinen fünf Kindern und sämtlichen 14 000 Mitgliedern seiner Gemeinde und sagte: »Tatsache ist, ich habe mich sexueller Unmoral schuldig gemacht. Und ich übernehme die Verantwortung für das gesamte Problem. Ich bin ein Lügner und ein Täuscher. Ein Teil meines Lebens ist so abstoßend und düster, dass ich mein ganzes Erwachsenenleben lang dagegen angekämpft habe.«

Mir tat Ted Haggard beinahe leid. Er war eindeutig ein zutiefst verstörter Mensch, dessen Unfähigkeit oder Widerwillen, an einen mitfühlenden Gott zu glauben, zahlreichen Menschen das Leben zerstört hat, nicht nur sein eigenes. Hier stand ein Mann, der die verheirateten Mitglieder seiner Gemeinde fröhlich aufforderte, ihr Sexualleben zu genießen. Die New Life Church war voll von begeisterten, rechtmäßig getrauten, geilen Leuten, die behaupteten, es fast jeden Tag zu treiben, gepriesen sei Gott. Der Einzige, der sich darüber wohl noch mehr freute als Haggard, war Gott selbst.

Vielleicht sollte Haggard, wenn er das nächste Mal eine Kirche gründet, eine mit breiteren Türen bauen. Und ohne dunkle Verliese.

Die Cathedral of the Holy Spirit an der Chapel Hill Harvester Church in Decatur, Georgia, war einmal eine Megakirche mit 10 000 Mitgliedern, 24 Pastoren, einem Erzbischof und eigenem Medienimperium. Mit den zehn Prozent Abgaben, die die Kirche ihren Mitgliedern abverlangte, konnte sie außerdem ein Bibel-College, zwei Schulen und einen Gebetsraum für zwölf Millionen Dollar bauen, der etwa die Größe eines Footballfeldes hat.

Das war, bevor der Ärger anfing.

Ende 2007 war die Mitgliederzahl auf rund 1500 gesunken, und die 18 verbleibenden Pastoren arbeiteten überwiegend ehrenamtlich. Das Bibel-College und der Fernsehsender gehörten ebenfalls der Vergangenheit an, und das alles nur, weil man dem über achtzigjährigen Erzbischof Earl Paulk und mehreren anderen Gottesmännern der Kirche sexuelle Übergriffe vorgeworfen hatte.

Ein vom Gericht angeordneter Vaterschaftstest zwang den Erzbischof zu dem Geständnis, dass der damalige Hauptpastor, D. E. Paulk, nicht nur sein Neffe, sondern auch sein Sohn war. 35 Jahre zuvor hatte der Erzbischof eine Affäre mit seiner Schwägerin gehabt, aus der sein Neffe/Sohn hervorging. Doch damit war die Geschichte noch lange nicht zu Ende.

Mehrere weibliche Kirchenmitglieder und ehemalige Angestellte der Megakirche meldeten sich und beschuldigten den Erzbischof und andere Kirchenobere, sie mit der Behauptung zu sexuellen Beziehungen gezwungen zu haben, darin liege ihr einziger Weg zum Heil. Eine der Frauen, Mona Brewer, verklagte Earl Paulk 2006, seinen Bruder Don Paulk und die Kirche selbst. Bei seiner Anhörung schwor der Erzbischof, Mona sei die einzige Frau gewesen, mit der er jemals außerehelichen Sex hatte. Daraufhin wurde der Vaterschaftstest angeordnet, der ihn Lügen strafte. Bald folgten viele weitere Klagen und öffentliche Anschuldigungen.

»Es war ein notwendiges Übel, um uns zurück zu Gott zu führen«, sagte Neffe/Sohn D. E. Paulk. Ich bin mir nicht so sicher, ob diese kleine Plattitüde den 8500 ehemaligen Mitgliedern nennenswerten Trost spendete.

Die Ankläger des Erzbischofs und zahlreiche andere Kirchenmitglieder versammeln sich von da ab nicht mehr in der Kathedrale. Stattdessen treffen sie sich nun in einer Online-Selbsthilfegruppe, gegründet von Jan Royston, die ihren Mitgliedsausweis 1992 zurückgab.

Falls Sie kein Mitglied der Thorington Road Baptist Church in Montgomery, Alabama, sind (und falls doch, sollten Sie dieses sündige kleine Buch vermutlich nicht lesen), haben Sie wohl noch nicht von Reverend Gary Aldridge gehört. Er hatte keine flotte Fernsehsendung und keine große, protzige Megakirche, aber er war ein guter Freund von Jerry Falwell [fundamentalistisch-baptistischer Pastor und Fernsehprediger; A.d.Ü.], und vielleicht hätte er es besser bei dieser bescheidenen Art Berühmtheit belassen sollen.

Aber nein. Das tat er leider nicht.

Reverend Aldridge machte im Juni 2007 internationale Schlagzeilen, als der unglückselige christliche Geistliche allein zu Hause starb. Er wurde auf dem Fußboden gefunden, an Händen und Füßen gefesselt und in ein unvergessliches Ensemble gekleidet. Er trug zwei Tauchanzüge – einen mit, einen ohne Hosenträger –, gummierte Unterwäsche, Tauchhandschuhe, Taucherschuhe, zwei Krawatten, fünf Gürtel, elf Strumpfbänder und eine Tauchermaske. Das Einzige, was fehlte, war ein Schnorchel.

Als es der Leichenbeschauer endlich geschafft hatte, ihn aus diesem unvorstellbaren Aufzug herauszupellen, fand er eine weitere kleine Überraschung: einen Dildo, der tief und fest im Hintern des Reverend steckte.

Der Dildo trug ein Kondom.

Das ist der extremste Fall von Safe Sex, von dem ich je gehört habe.

Der ehemalige Gouverneur von New Jersey, Jim McGreevey, trat kürzlich in ein Priesterseminar ein. Nachdem er sein ganzes Leben in der Politik zugebracht hatte, meinte er, dass es ihn glücklicher machen würde, als Priester der Episkopalkirche Gott zu dienen, statt, wie es sein ursprünglicher Berufswunsch gewesen war, Präsident der Vereinigten Staaten zu werden.

Dem vorausgegangen war eine Reihe von dermaßen bizarren Ereignissen, wie sie sich nur in jenem Bereich des Universums zutragen konnten, in dem sich Religion und Politik auf jede nur erdenkliche falsche Art vermischen.

Fangen wir ganz vorne an: McGreevey war in erster Ehe mit einer Kanadierin namens Kari Schulz verheiratet. Aus dieser Verbindung ging eine Tochter hervor, die Ehe endete jedoch mit Scheidung. Als Nächstes heiratete er die aus Portugal stammende Dina Matos und bekam eine zweite Tochter. Auch diese Ehe endete mit Scheidung.

Während seiner beiden Ehen führte McGreevey ziemlich erfolgreiche Wahlkämpfe, die ihn ins Weiße Haus bringen sollten. Er brachte es immerhin zum Gouverneur von New Jersey. Und während er heiratete, sich scheiden ließ, Kinder zeugte, wieder heiratete und New Jersey regierte, verbrachte er viel Zeit in Buchhandlungen und Autobahnraststätten, wo er wildfremde Männer abschleppte.

Die Affäre, die schließlich seiner politischen Karriere und seiner zweiten Ehe ein Ende bereitete, war die mit seinem Be-

rater für Innere Sicherheit, Golan Cipel, dessen einzige Quali-
fikation für den Posten seine Liebschaft mit McGreevey war.

Cipel ist mittlerweile von der Bildfläche verschwunden, und
McGreevey wohnt in einem schönen Haus in Plainfield, New
Jersey, zusammen mit seiner neuen Liebe, Mark O'Donnell.
Außerdem versucht er gegen Dina das alleinige Sorgerecht
für ihre gemeinsame Tochter zu erstreiten.

Ach ja, und er lehrt an der Kean University Ethik. Aber das
ist noch nicht das Ende von Jimmys Geschichte. Wir kommen
gleich auf ihn zurück.

Während ich dies schreibe, sind die Zeitungen meiner Heimatstadt voll von den Trümmern der politischen Laufbahn
des ehemaligen Gouverneurs von New York, Eliot Spitzer, sowie von den Ruinen seines Lebens als Ehemann und Vater.
Und wofür? Für eine 22-jährige Hure aus New Jersey. Nicht
dass irgendetwas dagegen spricht, aus New Jersey zu stammen.

In den letzten Tagen hat man uns mit denkwürdigen
Schlagzeilen beglückt wie HO, BABY! (danke, *New York Post*),
PAY FOR LOVE GUV (zahl für Liebe, Gouverneur; danke, *Daily
News*) und GOVERNERS GONE WILD (wildgewordener Gouver-
neur; schöne Formulierung, *New York Times*).

Männer im ganzen Land haben sich gefragt – wollten sogar dringend wissen –, »Was um alles in der großen, weiten
Welt hat diese Frau, das 5500 Dollar kostet???« und »Wie
kann ich ihren Zuhälter erreichen?«

Ich glaube nicht, dass das, *was* sie tut, so viel kostet; es
liegt daran, *wem* sie es macht. Natürlich weiß jeder: Ein Blow-

job ist ein Blowjob ist ein Blowjob, aber wenn man ein paar tausend Dollar dafür bezahlt, muss man sich eben einreden, dass er 275 Mal besser ist als der, den man für zwanzig Dollar hinter einem Lagerhaus in der Bronx bekommt. Wenn nicht, würde man sich wie ein Schwachkopf fühlen.

Also alterte im Zeitraum von rund einer Woche eine einstmals schöne Mrs. Spitzer vor unseren Augen um glatte vierzig Jahre (bestimmt gewinnt sie ihren Glamour zurück, wenn sie Eliot bei der Scheidung erst einmal bis aufs Hemd ausgezogen hat), die Teenie-Töchter der Spitzers werden Männer nie mehr so hoffnungsvoll wie vorher anschauen, eine Party-Hure wird reich und berühmt (zumindest für ein paar Wochen), und Eliot wird sein Geld irgendwo anders auf der Welt verdienen müssen und seine ganz eigene Marke Mist schaufeln.

Ich frage mich, ob er irgendwelche speziellen Talente besitzt, die 5500 Dollar pro Stunde wert sind?

Das Positive an der Sache ist, dass der großartige Staat New York einen brandneuen Gouverneur hat, Mr. David Paterson.

Von unserem neuen Großmeister war schon viel zu hören. Man erinnert uns ständig daran, dass er der erste schwarze Gouverneur dieses Bundesstaates und der erste blinde Gouverneur des Landes ist. Und er hatte ein weiteres »erstes Mal« in petto: Er ist vermutlich der erste Politiker überhaupt, der wenige Stunden nach Ablegen des Amtseides der Presse alles über sämtliche außerehelichen Affären erzählte, die er und seine Frau jemals hatten.

Geniale Methode, *diesen* Sexskandal gleich im Keim zu ersticken, Dave!

Und – ist es nicht unglaublich? – direkt nach dieser freimütigen Enthüllung zeigt Jim McGreevey sein Grinsegesicht wieder in den Nachrichten, um der Welt zu erzählen, dass er und seine Frau flotte Dreier mit einem anderen Mann hatten, offenbar dem Mitarbeiter, mit dem McGreevey auch normalen Zweimannsex hatte, als er und Dina noch verheiratet waren. Dina hingegen leugnet natürlich, jemals bei einem solchen Abenteuer mitgemacht zu haben.

Was ist, fühlte sich McGreevey etwa vernachlässigt? Neidisch, dass Spitzer einen saftigeren Sexskandal hatte? Oder dass Paterson eine fortschrittlichere Ehefrau hat, die, im Gegensatz zur ehemaligen Mrs. McGreevey, hochvergnügt zumindest einmal in nicht allzu ferner Vergangenheit von den Kirschen in Nachbars Garten naschte?

Vielleicht brauchen wir einen weiteren Zusatzartikel zur Verfassung: Trennung von Kirche, Staat und Genitalien.

George W. Bush, der sich, das muss man ihm lassen, nie als Bollwerk der Moral präsentiert hat, hatte in seinem Umkreis eine ganze Reihe von unappetitlichen sexuellen Figuren und Eskapaden.

Da gab es einen Blogger namens Jeff Gannon, der es ohne journalistische Legitimation und unter falschem Namen schaffte, zu etlichen von Bushs Pressekonferenzen eingeladen zu werden. Mr. Gannon berichtete später der *Washington Post*, dass seine Berufserfahrung überwiegend daraus bestand, sich online als schwuler Prostituierter anzubieten.

Gannon hat allerdings auch Fürsprecher. Cliff Kincaid ist der Vorsitzende von AIM (Accuracy In Media; Genauigkeit in den Medien), einem Überwachungsgremium, das es sich zur

Aufgabe gemacht hat, »verzerrende und wahrheitsentstellende Nachrichten« wieder »zurechtzurücken«, die von »den liberalen Nachrichtenmedien« verbreitet wurden. Über den selbsternannten ehemaligen schwulen Prostituierten und falschen Reporter schrieb Kincaid: »Die Kampagne gegen Gannon zeigt die paranoide Mentalität und böswillige Natur der politischen Linken.«

Gäbe es nicht die verdammten liberalen Medien, hätte Jeff noch immer einen Job als Pseudo-Journalist. Es ist furchtbar, sage ich Ihnen. Einfach furchtbar.

2005 ernannte Bush John Bolton zum Botschafter bei den Vereinten Nationen. Das ist derselbe John Bolton, von dem seine erste Frau sich scheiden ließ, weil er sie zwang, beim Gruppensex mitzumachen. Sie verließ ihn, als er gerade verreist war, und nahm einen Großteil der Möbel mit.

Lewis »Scooter« Libby, einstmals George Bushs Assistent und Dick Cheneys Stabschef, schrieb 1996 einen Roman mit dem Titel *The Apprentice* (Der Lehrling). Es wimmelt darin von den verkommensten und abartigsten Storys der gesamten Literaturgeschichte, in denen es meist um Sodomie, Inzest und Pädophilie oder eine Kombination dieser drei ging.

Georges kleiner Bruder, Neil, sagte 2003 bei seinem Scheidungsprozess aus, er habe während einer Geschäftsreise nach Asien vor einigen Jahren »etliche Male« Sex mit einem Haufen fremder Frauen gehabt. Sie tauchten einfach ständig in seinem Hotelzimmer auf, sagte er. Neil war nicht sicher, ob diese Frauen Prostituierte waren, aber da sie nie Geld verlangten, dachte er sich, es wäre schon okay, Sex mit ihnen zu haben.

Marshall Davis Brown, der Scheidungsanwalt von Neils Frau, fragte während der Gerichtsverhandlung: »Mr. Bush,

Sie müssen doch zugeben, dass es ziemlich bemerkenswert ist, wenn ein Mann im Hotel einfach die Zimmertür aufmacht und eine Frau dort steht und er Sex mit ihr hat.«

»Das war recht ungewöhnlich«, gab Neil zu.

Bildung liegt bei den Bushs in der Familie. Manchmal liegt sie aber auch einfach am Boden.

Die betrübliche Geschichte des republikanischen Kongressabgeordneten Ken Calvert aus Kalifornien ist ein klassisches Drama von Hybris und Selbstbetrug. Der Mann lebt in einer Welt, die sein eigenes Klischee in einem Maße übertrifft, dass man kaum noch glauben kann, dass er tatsächlich echt ist. Noch unverständlicher ist, dass er stets wiedergewählt wird.

Calvert galt in jenen berauschten Zeiten in den 1990ern als Verfechter der Christlichen Koalition, als der Begriff »Familienwerte« durchs Land schallte, als würde er etwas bedeuten. Nur wenige Leute zeigten mehr Bekehrungseifer als Ken Calvert selbst.

Im November 1993 saß Calvert im kalifornischen Corona in seinem geparkten Wagen, das Gesicht einer Prostituierten zielsicher in seinem Schoß vergraben.

Ein Polizist traf auf seiner nächtlichen Runde auf den ehrenwerten Ken und seine neue kleine Freundin. Der Kongressabgeordnete schob die Hure weg, steckte seinen

»Wir können nicht verzeihen, was zwischen dem Präsidenten und [Monica] Lewinsky geschehen ist«, sagte Calvert, als würde das irgendjemanden interessieren.

Schniedel wieder in die Hose und wollte weglaufen. Nach wenigen Schritten wurde ihm klar, dass es ihm niemals gelingen würde, dem Bullen zu entkommen, jedenfalls nicht, ohne zuvor an die dreißig Kilo abzunehmen. Also blieb er stehen und beschloss, ein zivilisiertes Gespräch mit dem netten Polizisten sei wohl das Beste.

Fast ein Jahr lang stritt Calvert heftig alle Anschuldigungen ab, er habe eine Hure für einen Blowjob am Straßenrand bezahlt. Er wurde erst etwas ruhiger, als eine Lokalzeitung das Recht einklagte, den Polizeibericht zu veröffentlichen, und gewann. Calvert erklärte, er habe damals unter ungeheuren Verlustgefühlen und Trauer gelitten, und an dem Umstand, dass es ihn in die Arme (oder den Mund) einer anderen Frau getrieben habe, sei vor allem seine Exfrau schuld. Nur wenige Monate vor dem Zwischenfall hatte sich Robin Calvert nach 15 Ehejahren von ihm scheiden lassen. Außerdem, sagte er, sei er genauso geschockt gewesen wie alle anderen, als er erfuhr, dass die Frau, deren Gesicht in seinem Schoß lag, sich als Prostituierte und ehemalige Heroinsüchtige herausstellte. Glücklicherweise war er nicht dazu gekommen, sie für ihre Dienste zu bezahlen, daher hatte er streng genommen kein Gesetz gebrochen.

Seine Exfrau bezahlte er ebenfalls nie. Sie musste seine beträchtliche Leibesfülle später wieder vor Gericht zerren, weil er seinen Unterhaltszahlungen nicht nachgekommen war.

Aber das Beste über Ken Calvert kam 1995 heraus, als seine empörte Stimme in den Chor all derjenigen einstimmte, die sich in schöner, altmodischer christlicher Empörung über jenen anderen Blowjob-Skandal aufregten, der Bill Clintons Präsidentenlaufbahn beinahe mitten in der Amtsperiode beendet hätte. »Wir können nicht verzeihen, was zwischen dem

Präsidenten und [Monica] Lewinsky geschehen ist«, sagte Calvert, als würde das irgendjemanden interessieren.

Bob Barr, Kongressabgeordneter aus Georgia und noch so ein gottesfürchtiges Bollwerk traditioneller Familienwerte und biblischer Vergeltung, trat 1996 für den Defense of Marriage Act ein, der, anders als der Name vermuten lässt, nichts mit Ehe, dafür aber sehr viel mit der Verurteilung von Homosexualität zu tun hat. Die Resolution hatte zum Ziel, gleichgeschlechtliche Beziehungen jedweder Art einzuschränken, besonders im Hinblick auf die Schwulenehe. Mit Donnerstimme und sorgfältig geprobter Empörung verkündete Barr: »Die Flammen des Hedonismus, die Flammen des Narzissmus, die Flammen ichbezogener Moral lecken an den Grundfesten unserer Gesellschaft, der Institution Familie.«

Und Bob wusste sogar, wovon er sprach. Man hatte ihn fotografiert, wie er bei der Gala zu seiner Amtseinführung zwei Stripperinnen Schlagsahne von den Brüsten leckte.

Wenn es darum ging, sich als Inbegriff moralischer Rechtschaffenheit darzustellen und als Vorbild für Ehen, wie Gott sie gewollt hatte, so war er ein säumiger Unterhaltszahler für die Kinder seiner beiden ersten Ehefrauen und bezahlte die Abtreibung seiner zweiten Frau, während er eine Affäre mit einer anderen Frau pflegte. Der Zwischenfall mit den abgeschleckten Stripperinnen ereignete sich, während er mit seiner dritten Frau verheiratet war.

Einer von Barrs Landsleuten, Generalstaatsanwalt Mike Bowers, vertrat Georgia 1986 in einem viel beachteten Fall, in dem es um die Sodomie-Gesetze des Bundesstaates ging.

Vier Jahre zuvor hatte ein junger Mann namens Michael Hardwick sich in seinem eigenen Schlafzimmer um seinen eigenen Kram gekümmert und einvernehmlichen Sex mit seinem eigenen Freund gehabt. Ein Polizist, der Hardwick in seiner Wohnung aufgesucht hatte, um einen Strafbefehl wegen eines Müllvergehens zu überbringen (Georgia ist ein ordentlicher Bundesstaat), bemerkte, dass Michael und sein Freund eine »unnatürliche« Beziehung hatten. Er verhaftete die beiden auf der Stelle.

Das Gesetz, das sie gebrochen hatten, besagte unter anderem eindeutig, dass es ungesetzlich war, wenn Menschen »irgendeinen Sexualakt vollführten, an dem die Sexualorgane eines Menschen und der Mund oder Anus eines anderen beteiligt sind«. Ein wegen eines solchen Vergehens verurteilter Mensch konnte zu bis zu zwanzig Jahren im Gefängnis verurteilt werden, wo diese Art von sexueller Aktivität bekanntermaßen so gut wie niemals vorkommt.

Der Fall kam bis vor den Obersten Gerichtshof der USA, wo – unglaublicherweise – das Gesetz von Georgia bestätigt wurde und noch zwölf Jahre lang bestehen blieb. Erst 1998 wurde es vom Obersten Gerichtshof von Georgia endlich gekippt.

In der Zwischenzeit hatte sich Generalstaatsanwalt Mike Bowers mit Anne Davis herumgetrieben, einem ehemaligen *Playboy*-Bunny, bei deren »Wiedereingliederung« er mitgeholfen hatte, indem er ihr einen Job als seine persönliche Sekretärin verschaffte. Bis zu dem Moment, als Bowers 1997 öffentlich seine zehnjährige außereheliche Affäre mit Anne eingestand, galt er als sicherer Kandidat der Republikaner für den Gouverneursposten in Georgia. Das Geständnis setzte seiner Karriere als Generalstaatsanwalt und Möchte-gern-Gouverneur ein Ende. Wie sich herausstellte, ist auch Ehebruch im großen Staate Georgia ungesetzlich.

Eine andere Kongressabgeordnete, die sich über Clintons Es-kapaden empörte, war Helen Chenowith aus Idaho. 1998 forderte sie in einer Wahlkampfanzeige den Rücktritt des Präsidenten mit den Worten: »Ich glaube an die Wichtigkeit persönlicher Haltung und Integrität.« Ein paar Tage später gab sie zu, dass sie seit sechs Jahren eine außereheliche Af-färe hatte. Sie meinte, sie stehe trotzdem ein oder zwei Stu-fen über Clinton. »Ich habe Gott um Verzeihung gebeten«, sagte sie, »und ich habe sie erhalten.«

Tja, wenn das so einfach ist ...

Der ehrenwerte Henry Hyde leistete sich ebenfalls eine wun-derbare Liebesgeschichte. Während er die Oberaufsicht über Clintons Amtsenthebungsverfahren hatte, pflegte Richter Hyde eine Affäre mit einer verheirateten Frau und dreifachen Mutter. Als ihr Ehemann dahinterkam, reichte er sofort die Scheidung ein.

Eine Zeitlang sah es so aus, als sei der einzige Politiker, der nie seine Frau betrogen hatte, der demokratische Kongressabgeordnete Barney Frank aus Massachusetts. Das lag vermutlich daran, dass er keine Ehefrau hatte. Frank war zum Zeitpunkt des Clinton-Lewinsky-Skandals der einzige offen schwule Kongressabgeordnete.

Frank war keineswegs der einzige Schwule auf dem Kapitolshügel, aber er war mit Sicherheit einer der wenigen prominenten Politiker, die den Mut und die Würde besaßen, aufzustehen und zu sagen: »Ja, ich bin schwul. Na und?«

Trotz all der verzweifelt indignierten Dementis, der Empörung und all der sorgfältig inszenierten Wut- und Schreianfälle gibt es gar nicht so wenige unter unseren amerikanischen Landsleuten und Gesetzesvertretern, die sehr viel weniger im Kreuzfeuer der Medien stünden, wenn sie sich ein Beispiel am Kongressabgeordneten Frank genommen hätten.

Und dann ist da der Urvater von allen, Newt Gingrich.

Ich wüsste gern, ob seine Mutter einen Blick auf die Visage ihres neugeborenen Sohnes warf und ihm absichtlich den Namen einer Echse gab [Newt = Wassermolch; A.d.Ü.]. Wissentlich oder unwissentlich, der Namen passt auf jeden Fall wie die Faust aufs Auge.

Ich hatte das große Pech, in meinen letzten Jahren in Georgia in seinem Wahlbezirk zu wohnen. Einer der scheußlichsten Augenblicke meines Lebens war der Abend, an dem Gingrich 1992 wiedergewählt wurde. Diese Wahl fand in jenem Jahr statt, in dem der Bundesstaat Georgia eine clevere neue Bezirksaufteilung erlebte – oder eine schamlose machiavellistische Manipulation der Wählerschaft, je nachdem, auf wessen Seite man stand.

Gingrich war in dieser Wahl keineswegs ein Newcomer. Jeder kannte seine bösartige politische Ideologie und seine alles andere als astreinen privaten Machenschaften nur zu gut.

Zugegeben, ich wusste von Anfang an, dass die Siegeschancen seines Gegners ziemlich dünn waren, aber ich hatte Hoffnung. Newts Herausforderer war Ben Jones, der in dieser idiotischen Fernsehsendung *The Dukes of Hazzard* als freundlicher, selbstgepanschten Schnaps trinkender Mechaniker namens »Cooter« berühmt wurde. Ich biss die Zähne zusammen und versuchte, meinen Brechreiz zu unterdrücken, als ich die Taste für Cooter drückte. Egal, was sonst noch passierte, sagte ich mir, Jones konnte diesem Land nicht annähernd so viel Schaden zufügen, wie Gingrich bereits angerichtet hatte.

In jener Wahlnacht berichteten die Nachrichtensender, dass Newt Cooter mit einem Stimmenverhältnis von sechzig zu vierzig geschlagen hatte. Ich weiß noch, wie ich in meinem Haus am Fenster stand und auf die blinkenden Lichter starrte, die in vielen anderen Häusern im sechsten Wahlbezirk von Georgia leuchteten. Langsam dämmerte mir eine ziemlich erschreckende Erkenntnis: Ich begann zu verstehen, was im Kopf von General Sherman vorgegangen war, als er im Bürgerkrieg durch Atlanta marschierte und sich entschloss, ein Streichholz zu entzünden. Sechzig Prozent meiner Nachbarn und Mitwähler hatten eine Echse zu unserem Abgeordneten erkoren. Sechzig Prozent. Am liebsten hätte ich aus Protest mein eigenes Haus niedergebrannt.

»Wir müssen hier raus!«, heulte ich meinem Mann vor, der, da war ich *sicher*, Newt gewählt hatte. »Ich ertrage das nicht mehr!«

»In ein oder zwei Jahren«, sagte er mit seiner allerfriedlichsten Stimme der Vernunft. Das sagte er schon seit unserem ersten Date. Dieser Newt wählende Schweinehund.

Und das ist es, was mich jedes Mal fast zum Serientäter werden lässt, wenn ich daran denke, dass Newt Gingrich mich einst vertreten hat: Es war schon seit vielen Jahren bekannt, dass Gingrich seine erste Frau um die Scheidung gebeten hatte, als sie nach einer Krebsoperation im Krankenhaus lag. Bevor die Tinte auf seiner Scheidungsurkunde trocken war, heiratete er 1981 bereits seine zweite Frau. Später ließ er sich von ihr scheiden, um die jüngere und hübschere Wahlhelferin zu heiraten, mit der er eine heiße Affäre hatte. Und in dieser Zeit war Gingrich der Kopf hinter der Bewegung, die manchen von uns als »The Contract on America« in Erinnerung blieb, deren Aufruf, die Landespolitik mit religiösen Werten aufzuladen, gruselige Ähnlichkeit mit der Politik genau jener Länder aufwies, die unserer arroganten Meinung nach Demokratie nicht »kapieren«. Und vergessen wir nicht, es war Newt Gingrich, der das Amtsenthebungsverfahren gegen Bill Clinton in Gang brachte mit der Begründung, Gott billige keine entblößten Penisse im Oval Office – oder, genauer gesagt, überhaupt keinen Sex – oder solche Präsidenten, die Newt Gingrich anlügen. Außerdem sollten wir uns ein bisschen die Kommentare einer ehemaligen Wahlkampfhelferin von Newt merken, einer jungen Dame namens Anne Manning, die öffentlich zugab, Mr. Speaker selbst einen oder zwei Blowjobs verpasst zu haben, als er noch mit seiner ersten Frau verheiratet war.

Clintons größtes Problem – mal davon abgesehen, dass er einen lausigen Ehemann abgab – war wohl, dass er Mitglied der falschen Partei war. Wäre da nicht sein verfluchtes liberales Programm gewesen, wäre er ein prima Kumpel für die gottesfürchtigen, Stripperinnen leckenden, Wahlhelferinnen bumsenden Republikaner gewesen.

Wenn man einen Schritt zurücktritt und den ganzen Wald sieht, statt sich auf den einen zerzausten, kranken kleinen Baum zu konzentrieren, über den alle reden, wirkt das, was Bill und Monica taten, beinahe wie ein Sonntagsspaziergang im Park.

Trotzdem weckt jeder von ihnen den Wunsch in mir, kochend heiß zu duschen.

Nach Jahren relativer Funkstille erschien Gingrich neulich kurz wieder auf der Bühne des Landes und trat bei CNN in *Larry King Live* auf. Er warb für sein neues Buch, *Rediscovering God in America*, und deutete kokett an, 2008 vielleicht Präsidentschaftskandidat der Republikaner zu werden.

Hol mir jemand mein Feuerzeug.

Nachwort

Denkt daran, es gibt eine richtige und eine falsche Art, etwas zu machen, und die falsche Art ist die, ständig alle dazu bringen zu wollen, es auf die richtige Art zu machen.

»Colonel Potter« in M*A*S*H

Was Metaphern angeht, so gibt es wohl kaum eine prägnantere – oder bissigere – als »Warum die Kuh kaufen, wenn ich die Milch umsonst bekomme?«.

Ich finde diese Redensart besonders beunruhigend, wenn sie wie künstlich gesüßte Säure von den Lippen einer prüden Frau tropft. Ich möchte sie dann immer fragen: »Also, in Ihrer Beziehung ... sind Sie dann die Kuh?«

Ich weiß nicht sehr viel über Kühe. Es gab nicht so viele davon in meiner alten Heimat, der Bronx, aber in meiner Jugend gab es Gerüchte, in New Jersey existierten welche, vielleicht sogar im ländlichen Teil des Bundesstaates New York. Ich war schon fast erwachsen, als ich zum ersten Mal eine lebendige Kuh aus der Nähe sah.

Diese Kuh war sehr viel größer, als ich es mir vorgestellt hatte, nicht hübscher, als ich erwartet hatte, und ihr Körpergeruch war, nun ja, nicht gerade elegant. Trotzdem verspürte ich so etwas wie Rührung, als ich in diese großen, verträumten, nicht allzu schlauen Augen sah. War es ein Segen, fragte ich mich, dass sie zu dumm war, um zu merken, dass es da draußen eine große Welt gab, die sie nie kennenlernen würde? Dass ihr ganzes Leben daraus bestand, herumzustehen (oder herumzuliegen), Gras zu kauen und aufs Melken zu warten? Auf jeden Fall muss es ein Segen für den Farmer gewesen sein, sie nicht jagen oder ihr eine Schaufel über den Kopf hauen zu müssen, bevor er sich seinen Eimer Milch holen konnte. Bei der Kuh hingegen bin ich mir da nicht so sicher.

An diesem Tag erfuhr ich, dass die Kuh leidet, wenn der Farmer schlampt und sie nicht melkt. Das Melken verschafft ihr Erleichterung. Und Erleichterung ist meiner Erfahrung nach fast immer eine erfreuliche Sache. Wenn es nur annähernd so ist, wie wenn man mit voller Blase über einen Highway fährt und auf einem Schild liest NÄCHSTE RASTSTÄTTE 42 MEILEN, dann kann ich das total nachempfinden.

Ich hatte neulich bei einem Familientreffen Gelegenheit, meinen Frieden mit dieser schrecklichen alten Maxime zu machen, als ich neben einer Alten Tante saß, die mich immer gemocht hatte. Sie fragte mich, wie es mit »dem neuen Freund« liefe.

Ich lächelte Ella gutmütig an und erklärte, er sei nicht mehr ganz so »neu«. Erstens sind wir beide nicht mehr das, was man Küken nennt. Zweitens sind wir mittlerweile zwei Jahre zusammen und haben längst alle Scheu verloren, die Dinge preiszugeben, die man zu Beginn einer neuen Beziehung immer charmant verheimlicht, etwa seine Blähungen und mein Hang zu riesigen Oma-Unterhosen. »Es ist diese Gemütlichkeit, die ich an unserer Beziehung am meisten liebe«, erklärte ich.

»Oh.« Sie gab sich größte Mühe, belustigt zu wirken.

Sie hob eine Teetasse an die Lippen, hielt kurz inne und flüsterte: »Und gibt es schon Pläne?«

»Pläne?«, fragte ich und guckte so großäugig und dumm wie jene Kuh aus Jugendzeiten.

»Ja, Pläne. Ihr könnt doch nicht ewig miteinander gehen, oder?«

Doch, ehrlich gesagt glaube ich genau das.

Sehen Sie, ich finde, Katharine Hepburn hat den Nagel auf den Kopf getroffen, als sie sagte, Männer und Frauen sollten niemals zusammenleben; sie sollten einander nur gelegentlich besuchen. Ich wäre wahrscheinlich immer noch mit diesem ersten Typen verheiratet, wenn wir nicht dieses gemeinsame Haus gekauft hätten.

»Oh nein. Keine Pläne«, sagte ich, schielte zur Bar und wünschte mir ein schönes großes Glas Tanqueray mit Tonic.

»Na ja. Dann ist es wohl nicht so ernst.« Ich wusste nicht, ob Ella erleichtert war, enttäuscht über meinen Mangel an weiblicher Raffinesse beziehungsweise moralischem Anstand oder irgendwie selbstzufrieden, weil sie mit ihrem Urteil über mich letztendlich doch Recht behalten hatte.

»Nein«, verkündete ich, wohl wissend, dass ich mich damit in ein Minenfeld begab, »ich würde nicht sagen, dass es nicht ernst ist. Wir sind eigentlich ganz glücklich, so wie es ist. Wenn das nicht mehr der Fall ist, probieren wir vielleicht etwas anderes aus.«

Es ist mir schmerzlich bewusst, dass die Art, wie ich gerne lebe und liebe, auf Leute wie Ella oft verwirrend wirkt. In ihrer Weltsicht wird eine Frau geboren, sie heiratet und gebiert (hoffentlich) weitere Frauen, die dann den Lebenszyklus fortsetzen und weiter das Fortbestehen der Menschen auf Erden von jetzt bis in alle Ewigkeit sichern, oder bis Jesus zurückkehrt, je nachdem, was davon zuerst eintritt. Männer sind wichtig für Ellas »Theorie darüber, wie die Dinge zu sein haben«, aber nur, weil Gott und Frau sie auf den richtigen Weg führen, und weil, nehme ich an, *irgendjemand* das Gepäck tragen muss. Ich glaube, das ist der Grund, warum sie seit fast fünfzig Jahren mit demselben trübsinnigen Mann verheiratet ist.

Sie seufzte und hob wieder die Tasse an den Mund. »Ja, Liebes, du weißt ja, wie es heißt. Warum die Kuh kaufen ...«

Und das war's. Sie hatte mich eine Kuh genannt.

Diese ganze grässlich einprägsame Metapher, so schlau sie auch sein mag, geht davon aus, dass der Farmer der Einzige ist, der von dem Arrangement profitiert, und dass die Kuh entweder zu dumm oder zu gefügig ist, um es anders zu sehen. Tatsache ist aber doch, dass der Farmer *auch* arbeiten muss, um die Milch zu bekommen, von der Bereitstellung von Futter und Unterkunft ganz zu schweigen. Außerdem wird völlig außer Acht gelassen, dass es der Kuh tatsächlich guttut, regelmäßig gemolken zu werden, besonders, wenn man die Alternative bedenkt, die da wäre ... Es selbst zu machen? Zu platzen?

Es liegt an der Partnerschaft, nicht an der Eigentümerschaft, dass diese Beziehung funktioniert.

Wenn ich mich in diesem Zimmer voller Verwandter umsah, fielen mir etliche Frauen ins Auge, über die der Haufen Alte Tanten bisweilen getuschelt hatte. Am anderen Ende des Zimmers saß eine, die in ihrer aufmüpfigen Jugend einmal mit einem Typen vom Rummelplatz durchgebrannt war.

Heute ist sie eine heißgeliebte, schlagfertige Großmutter. Und da drüben saß eine andere, fünfmal verheiratet, davon mindestens zweimal rechtsgültig. Sie saß neben einer anderen, die dank einer dieser phänomenalen Launen der Natur wunderbarerweise eine Viereinhalb-Kilo-Frühgeburt auf die Welt gebracht hatte, knapp sechseinhalb Monate nach ihrer Märchenhochzeit in Weiß.

Ich gab mir wirklich größte Mühe, mich zu erinnern, ob mir tatsächlich mal jemand mit einer »normalen« Ehe begegnet war, von der Art, die Alte Tanten wie Ella zumindest als »normal« definieren. In unserem üppigen Familienstammbaum und dessen zahlreichen, ausladenden Zweigen wuchern Wagenladungen von seltsamen Früchten. Waren diese ganzen Frauen Jungfrauen, als sie heirateten? Natürlich nicht. Waren alle Ehemänner Heilige? Ich bitte Sie. Hat eine von ihnen jemals irgendeine verruchte kleine Abartigkeit in ihrer Sexualität entdeckt und sie auch bis zum Ende ausgelebt, insgeheim oder anderswie? Oder eine Wagenladung Schwestern zusammengetrommelt, um die angebliche Geliebte einer der Ehemänner windelweich zu prügeln? Ja, ja und ja. Gab es nie eine kreativ gestrickte »Woher kommen wir?«-Geschichte? Es existiert keine andere Erklärung dafür, wieso ich drei Großmütter habe. Gab es Liebe? Immer.

Aus tiefstem Herzen preise ich sie alle, die angeblich Normalen und die wenigen Glücklichen, die sich weigern, etwas so Gewöhnliches zu sein. Ich erhebe mein Glas auf die Schönheit, die Verrücktheit und den fröhlichen Leichtsinn, sich schlussendlich der Liebe auszuliefern, egal, in welcher Form sie auftritt.

Ich wandte meinen Blick wieder der Frau zu, die neben

mir saß. Ich holte tief Luft, ließ die Güte in mein Herz strö-
men und sagte, so freundlich ich nur konnte: »Rutsch rü-
ber, Tante Ella, und lass mich dir erzählen, was ich von dir
weiß.«

Quellen

ABC News
The Age
AIM (Accuracy in Media)
Al-Madinah (Zeitung, Saudi-Arabien)
AM New York
American Journal of Psychiatry
The Ann Arbor News
The Arab American News
Asian News International
Associated Press
Atlanta Journal-Constitution
Autopsy 6: Secrets of the Dead (HBO-Fernsehserie)

BBC News
The Birmingham Mail
The Birmingham Post
The Bismarck Tribune

Canadian Bride
CBS News
Chicago Reader
Chicago Tribune

CNN
Columbia Encyclopedia
Columbia News Service
Court TV Crime Library
Craigslist

Daily India
The Daily Mail
The Daily Mirror
The Daily Record
The Daily Telegraph
Denver Rocky Mountain News
dpa (Deutsche Presse-Agentur)

The Economist
Encyclopaedia Britannica

First Coast News
Forbes Magazine
Fox News

Gorkhapatra Sansthan (Staatliche Tageszeitung, Nepal)
The Guardian

The Huffington Post

IMDB (Internet Movie Database)
The Independent

The Journal News
Journal of Criminal Law and Criminology
Jupiter Research

KARE-11 (Zweigorganisation von NBC News, Albuquerque, New Mexico)

The Liverpool Daily Post and Echo
The Livingston Daily

The Mail Today
Marketing Vox
Media Development (Weltverband für Christliche Kommunikation)
Metro News (Kanada)
Metropolitan Museum of Art, New York City
The Mirror
MSNBC News Services

The National Catholic Reporter
National Geographic
NBC News
Nerve
New York Daily News
New York Post
New York Times
Newsweek
NPR (National Public Radio)

Orlando Sentinel

The Palm Beach Post
PBS
People
The People
The Pittsburgh Tribune-Review

Reuters
Rolling Stone

Salon.com
The San Francisco Chronicle
Sky News
Smithsonian Institution
The Smoking Gun
Snopes.com
Song Without Words: The Photographs and Diaries of Countess Sophia Tolstoy von Leah Bendavid-Val. National Geographic Books, 2007
Spiegel Online
The Sun
The Sunday Independent
The Sunday Mail
The Sunday Mercury
The Sunday Mirror

The Taipei Times
The Telegraph (Großbritannien)
The Telegraph (Indien)
Time
The Tribune (Chandigahr, Indien)

Undying Love von Ben Harrison, St. Martin's Press, 2001
U.S. News and World Report
USA Today

The Washington Post
*Wenn Frauen Mörder lieben. Hintergründe einer rätselhaften
Faszination* von Sheila Isenberg, Bastei Lübbe, 1993
Western Mail

... und die rund 1 400 Wahnsinnigen, die ich zu meinen meist-
geschätzten Freunden, Verwandten, ehemaligen und derzeitigen Angeheirateten sowie sämtlichen Kombinationen selbi-
ger zähle.